El otoño de las mariposas

El otoño de las mariposas

Andrea Portes

HarperCollins *Español*

ISBN: 978-0-71808-759-3

Impreso en Estados Unidos de América
16 17 18 19 20 DCI 6 5 4 3 2 1

A mi hijo, Wyatt, que es mi sol, mi luna y mis estrellas.

Y a mi marido, Sandy, que es mi montaña, mi océano y mi auro-ra boreal.

PRIMERA PARTE

CAPÍTULO 1

Seguro que nunca pensasteis que estaríais sentados a la mesa de los frikis. No pasa nada. Te acostumbras. Creedme.

Pero aquí tendréis ciertas responsabilidades, así que vamos a dejar las cosas claras.

Hagamos un repaso a la mesa, ¿de acuerdo? En el sentido de las agujas del reloj… El alérgico a los cacahuetes, la chica del aparato en los dientes, el TOC y yo. Probablemente os estéis preguntando por los nombres. Mirad, no voy a endulzároslo. No os los digo por una razón. Ya os lo explicaré. En serio, ¿por qué me metéis prisa?

Puede que tengáis que cuidar de estas personas cuando yo me haya ido, ¿vale? Por ejemplo, la chica del aparato en los dientes es bastante fácil. Y, sinceramente, el alérgico a los cacahuetes también. Salvo porque hay que asegurarse de que no tenga frutos secos cerca, ni siquiera piñones, en serio. Si come frutos secos, se hincha como un pez globo y tendréis que pincharle la epinefrina en el muslo o se morirá. No exagero. Se morirá literalmente. No os preocupéis. Ya os enseñaré cómo hacerlo antes de irme.

En realidad el TOC es el único a quien hay que vigilar. Lo que pasa es que, si no colocas en fila el salero, el pimentero, el bote de kétchup y el de la mostaza, pero en fila exacta, paralelos al borde de la mesa y justo en el centro de la misma, pues bueno, se pone como loco, empieza a llorar y a temblar y a gritar que vamos a morir todos. Pero no pasa nada, porque toma medicación. Aunque, claro, a

11

veces se le olvida tomar dicha medicación y entonces la colocación de los condimentos conducirá al fin del mundo, así que es mejor colocarlos bien desde el principio. ¿Por qué arriesgarse?

Ya os podéis imaginar que tanto frikismo junto en un mismo lugar puede tener como resultado cierta cantidad de palizas. Pues sí, imagináis bien. Pero no pasa anda. Normalmente soy yo la que se lleva la peor parte. Para eso estoy aquí. Y de hecho es la razón por la que acabé aquí. Yo solía ser una adolescente normal que odiaba el instituto y que deambulaba por ese experimento que es la escuela pública. Era una especie de purgatorio. Un lugar seguro.

Pero digamos que perdí la cabeza en décimo curso y decidí defender al alérgico a los cacahuetes después de que le hubiesen pegado a la espalda por enésima vez un cartel en el que ponía *Alergia al pene*. Lo que pasó fue que intentó defenderse. Y eso no lo permitían los deportistas, que obviamente disfrutaron muchísimo metiéndolo en el cubo de basura más cercano y haciéndole rodar por el pasillo entre cuarta y quinta hora.

Mirad, es que no sé qué me pasó. Pero, fuera lo que fuera, sucedió como un torbellino. En la primera parte del torbellino les grité y les llamé neandertales con el cociente intelectual de un bloque de cemento. En la segunda parte del torbellino me metieron a mí en el cubo de basura y me hicieron rodar por el susodicho pasillo entre cuarta y quinta hora. Y en la tercera parte del torbellino acabé sentada a la mesa de los frikis hasta la eternidad. No importa. ¿Queréis saber un secreto?

Me gusta estar aquí.

Este es mi lugar.

Sí. La mesa de los frikis. Genial.

Al menos aquí no tengo que explicarme sin usar tecnicismos o fingir que me importa el fútbol o hablar sobre los beneficios y los inconvenientes de la laca para el pelo. Aquí es aceptable quedarme mirando al vacío durante una hora entera y nadie me molesta. Lo único que tengo que hacer es asegurarme de que en la mesa no haya cacahuetes, de que los condimentos estén en fila y de que no haya nada demasiado fibroso que se pueda quedar atascado en el aparato. Es fácil, ¿no?

Yo me habría quedado aquí de buena gana. De verdad que sí. Para siempre.

Ahora mismo el TOC y el alérgico a los cacahuetes están poniéndose poéticos hablando del año que viene. Hablan de lo que pasará cuando yo vuelva de la Costa Este, llamándola la Costa Peste, dicen que comeré rollitos de langosta y que diré cosas como «querida, qué velada más encantadora», y que me acosará algún Kennedy. La chica de la ortodoncia cree que será mejor invertir en muchos blazer azul marino y tal vez inventarme un blasón familiar.

Y no tengo agallas para decirles la verdad. No tengo agallas para decirles que no volveré. No tengo agallas para decirles que tengo un plan con tan solo dos puntos. Pero a vosotros os lo diré, ¿de acuerdo? Siempre y cuando me guardéis el secreto. ¿Preparados? Es un plan muy sencillo, en serio.

1) Mudarme a la Costa Este.

Y...

2) Suicidarme.

CAPÍTULO 2

¿Queréis saber lo que ocurrió?

Bien. Puedo explicarlo todo.

Es por el «debería».

Sí, esa palabra. Por eso pasó todo.

¿Os parece una locura? Por poco tiempo. Lo entenderéis cuando os cuente toda la historia. Y es una historia que os va a encantar.

Así que sí. «Debería».

Si tiene que ver con «debería» o con «tiene que ser», entonces sin duda estáis tratando con mi madre.

Si tiene que ver con «así son las cosas», ese es mi padre.

Y esas cosas nunca, jamás, son suficientemente buenas.

No. Para mi madre no.

Aunque ella ya ni siquiera vive aquí. Vive en Francia. A las afueras de París. En Fontainebleau. En el bosque de Fontainebleau. Sí, de hecho es un hada. ¿No os parece como si fuera una fábula? Pues esperad, que ya llegaremos a eso.

Si pensáis que mi padre y yo vivimos en París, o en Francia, o en Fontainebleau, pensáis mal. No, nosotros venimos de un lugar muy glamuroso del que quizá nunca hayáis oído hablar. Es lo más. El último grito. ¿No sabéis de qué lugar hablo? Bueno, pues allá va.

What Cheer, Iowa.

Sí, habéis oído bien. What Cheer, Iowa. Que viene a significar «Qué alegría». Quizá penséis que me he distraído mientras hablábamos, me he girado hacia la persona que está sentada a mi lado y le he dicho «¿qué?», y esa persona ha respondido «Alegría», pero no. No. Ese es el nombre del pueblo. What Cheer.

Hay muchas teorías sobre el origen del nombre. Yo estoy bastante segura de que la razón principal es la de confundir a todos cuando les digo de dónde soy.

La historia que a casi todos les gusta contar es aquella en la que, en tiempos remotos, todo el pueblo –y quiero que os imaginéis a un puñado de gente con mono, quizá alguno con una pipa hecha con una mazorca de maíz, otro con una cuerda a modo de cinturón, y también un caballero anciano vestido de negro con el pelo blanco como George Washington– reunido en el ayuntamiento para pensar el nombre del pueblo. No se ponían de acuerdo. Empezaron a insultarse. A acusarse. Puede que incluso se lanzara alguna silla.

Al final se convirtió en tal caos que la única persona respetable allí, que supongo que sería el del pelo de George Washington, declaró:

—¡De acuerdo! El próximo que entre por esa puerta, lo primero que diga, ¡ese será el nombre del pueblo!

Y entonces, sin previo aviso, un viejo vagabundo solitario entró en la sala. Supongo que ese fue el momento en que todos se quedaron callados. Puede que incluso pasara por delante una planta rodadora. Quizá hasta los ratones se quedaron helados esperando. Un amable pueblerino dijo «Adelante, señor. Tome asiento». A lo que el vagabundo respondió, «¿Qué silla?». Pero nadie pudo oír nada, porque se habrían dejado la trompetilla en casa o algo así, así que creyeron que había dicho «¡Qué alegría!». Y he aquí la fuente principal de mi malestar. What Cheer, Iowa.

A la gente del pueblo le encanta contar esa historia. La cuentan con auténtico brío. Cuando llega la frase final, todos se ríen y sacuden la cabeza fingiendo no haberla oído mil veces antes.

Sí, claro, yo puedo contar esa y un millón de historias más sobre What Cheer que harían que en el pueblo estuviesen orgullosos, pero por ahora centrémonos en el hecho de que la población es de 646 personas. En realidad 645, si me contáis a mí.

Porque ahora mismo, si me estáis viendo, voy en un tren. ¿Me veis? Soy la pelirroja de pelo ensortijado y boca graciosa. No os riais de mi boca; todo el mundo tiene que tener una y a mí me tocó una rara. Rara no, exactamente, sino grande. Tengo la boca grande. En todos los sentidos. Para empezar, es grande de manera literal, y para continuar la abro mucho, pregunto mucho, quizá demasiado, sobre todo tipo de cosas. Pero lo que quiero saber es qué fue primero. ¿La boca grande o la bocazas? No puedes ir por la vida con una boca como esa y, por defecto, no acabar usándola para preguntar muchas cosas que la gente piensa, pero que nadie quiere decir. Si hubiera nacido con una boca fina, como Kristen Stewart o algo así, seguro que estaría siempre callada y sabría cuál es mi lugar. Seguro que vestiría de beis. Seguro que nadaría en beis.

Pero no fue eso lo que ocurrió.

Lo que ocurrió fue que me tocó esta boca graciosa, que por decreto de la existencia humana me convirtió en una «bocazas». Y además me tocó un padre arruinado, porque mi madre y él están divorciados. Así que, si empiezas con una niña sabihonda, la crías en un lugar llamado What Cheer y no le das dinero (Gracias, familia arruinada), acabas con alguien como yo. Una chica que viste ropa de segunda mano y no para de hacer preguntas.

Lo llaman «extravagante».

Yo lo llamo «si no llevara ropa de segunda mano, vestiría con un barril de pepinillos».

Si hubiera nacido con una boca pequeña y una familia rica, podría haber vestido de beis hasta el día del juicio final.

Podría haber tenido el pelo liso y haber dicho cosas absurdas como: «¡para hacerte la pedicura en casa, embadúrnate los pies con un gel hecho de huevos de dodo que cuesta mil dólares!». Como esa famosa que tiene ese blog de estilos de vida. ¿No os habéis dado cuenta de que esa rubia de cara pálida no para de hacer el ridículo? Ya sabéis de quién estoy hablando. Admitidlo. Tengo una teoría, y no es que esa mujer sea inalcanzable o demasiado privilegiada o demasiado trascendente. Mi teoría es que simplemente es tonta. Ya está, ya lo he dicho.

Pero esta no es su historia. Dios, eso sí que sería un tostón.

No, esta es la historia de una chica de What Cheer, Iowa.

Y el tren ha abandonado la estación. Literalmente. El tren ha salido de la estación hace quince minutos y yo me voy a conquistar el mundo. Y por «conquistar el mundo» me refiero a acomodarme tranquilamente en una tumba que yo misma he creado y después ponerle fin a todo con un acto dramático. Aún estoy puliendo los detalles, por cierto. Querría ver el terreno antes de tomar decisiones precipitadas.

Diría que me he pasado el ochenta por ciento del año sentada ahí entre el TOC, la del aparato en los dientes y el alérgico a los cacahuetes intentando decidirme. ¿Cuál es la mejor manera? ¿Cuándo debería hacerlo? ¿Debería ser algo discreto, donde nadie se entera hasta que alguien me encuentra, por ejemplo entre las estanterías de la biblioteca? ¿O debería ser un salto dramático desde lo alto de la torre del reloj que aparece en el folleto?

Pero, mirad, TOC, la del aparato y el alérgico no sabían que, al despedirse de mí, no volverían a verme nunca más. Se lo oculté. ¿Por qué deprimirlos? Creo que ya tienen suficientes problemas, ¿no os parece?

Mentiría si dijera que no iba a echarlos de menos. Voy a echarlos mucho de menos. ¿Este plan? ¿Lo de obligarme a ir a la Costa Este para que me vuelva sofisticada? ¿Para convertirme en un miembro respetable de la sociedad? Sinceramente me parece un plan diabólico.

Así que hago un pacto conmigo misma. No pienses en ellos. Mételos en una caja lejos de ti y no pienses nunca en ellos. O, al menos, intenta no pensar en ellos. No quiero andar todos los días llorando, ¿verdad? Eso no es sofisticado.

Imagino que os estaréis preguntando por qué no me voy hacia el Oeste. ¿No es allí donde se va todo el mundo? ¿No pasa siempre al final de una película, o de un libro, o de lo que sea, que el protagonista se encoge de hombros o tiene un momento de lucidez o mata al malo antes de subirse a un tren, o a un avión, o a un autobús, o a un caballo y dirigirse hacia el Oeste, donde el sol brilla y las palmeras te abanican hasta quedarte dormido?

Yo me pregunto qué hará la gente cuando llega allí.

Seguro que miran a su alrededor y dicen «Vale».

Y entonces California hace un gesto de desdén y sigue con su dieta a base de zumos.

Así que, por si acaso os lo estáis preguntando, no. No, no me marcho a California. Quiero decir que este es el comienzo de la historia, ¿no? No sería apropiado que me fuera allí ahora. Y seguro que acabaría viviendo en la calle con un tío llamado Spike como compinche en mis delitos.

No, no. Esta historia trata sobre el «debería». En plan, debería ser más sofisticada, según mi madre. Y debería ser menos friki si quiero triunfar en la universidad de la Ivy League a la que sin duda asistiré. Enviar a alguien a California para que se vuelva sofisticada es como enviar a alguien al Krispy Kreme a perder peso.

No. Para garantizar esa importantísima sofisticación, me encamino a la escuela Pembroke, que está en el Este. Ah, ¿que nunca habéis oído hablar de la escuela Pembroke? Eso es porque básicamente se trata de un secreto y nadie puede entrar a no ser que sus padres aparezcan en la guía social o sus tátara tátara tátara tátara abuelos llegaran a bordo del *Mayflower* o que se llamen Sasha o Malia. De lo contrario, no tendréis suerte. Ni lo penséis, porque os deprimiríais.

Entonces, ¿cómo un bicho raro y bocazas como vosotros consigue entrar en un lugar que obviamente debería rechazarme y despreciarme incluso antes de decir su nombre? Bueno, pues aquí viene lo bueno.

¿Habéis oído hablar alguna vez de esa teoría del dinero llamada «La lógica de la acción colectiva»? Ya sabéis, la teoría de las ciencias políticas y de la economía de los beneficios concentrados frente a los costes difusos. Su argumento principal es que los intereses menores concentrados predominarán y los intereses mayoritarios difusos se sobrepasarán debido al problema de los oportunistas, que se intensificará a medida que el grupo crezca.

Claro que no habéis oído hablar de ella.

Nadie la conoce.

Salvo los economistas. Y los banqueros. Y los politólogos. Y todos aquellos a los que les importan mucho el dinero y el poder y necesitan asegurarse de mantener el dinero y el poder mientras los demás se preguntan dónde han ido a parar los puestos de trabajo, o por qué trabajan cuarenta horas a la semana y siguen sin poder poner comida sobre la mesa.

Bueno, pues esa teoría, esa teoría, que es imposible de entender, fue la obra importantísima de... redoble, por favor... mi madre. Prácticamente todos los que viven en ese pequeño microcosmos del mundo, ese donde están el dinero y el poder, conocen esa teoría y conocen a mi madre.

No es que la conozcan exactamente. Es más bien que la veneran.

Sí. Es venerada.

Lo sé, es raro.

Y por esa razón ha escrito un millón de libros y ha estado en un millón de consejos de gobierno y ha trabajado para nada menos que dos presidentes. O sea, en sus gabinetes. Ya os hacéis una idea. Es alguien importante. Un pez gordo.

No os pongáis celosos, no es una mujer agradable.

Si estáis pensando en poneros celosos, pensáoslo mejor y bajad las escaleras y abrazad a vuestra madre normal, que puede que no haya dado con una famosa teoría económica, pero puede también que se acuerde de vuestro cumpleaños, o de Navidad, o de que existís. Creedme. Si tenéis madre y ha ido al menos a UNA actividad de las que hayáis hecho en toda vuestra vida, ya sea la liga infantil, el recital del colegio o la obra de Navidad en la que hacíais de la Virgen María (¡La Virgen María, por el amor de Dios!), bueno, entonces me ganáis. Y podéis estar orgullosos.

Sin embargo, esto resulta útil para entrar en la escuela Pembroke.

Porque en sitios así, si tu plaza no la garantiza la familia en la que hayas nacido, entonces solo es cuestión de que alguien haga una llamada de teléfono. Y, cuando recibes la llamada de un ex presidente, contestas al teléfono. Incluso aunque ese ex presidente sea solo un amigo que hace una llamada para otra amiga. Para que la hija de dicha amiga entre en tu escuela.

Es así de simple. Así funcionan esos lugares.

Ah, ¿que pensabais que entraba el mejor candidato?

Pues no.

Este es el tipo de cosas que no deben saberse. Como la gasolinera esa que hay al salir del pueblo, al salir de What Cheer. Y mi padre tuvo que dejar de ir ahí. Al menos conmigo en el coche. ¿Por qué? Porque viven ahí. La familia entera. El de la gasolinera, su mujer y sus tres niños pequeños. Viven allí mismo. Encima de la gasolinera. Se puede ver a los niños mirando desde la puerta de la entrada, vestidos solo con unos pantalones cortos. Y el más pequeño, el bebé, con solo un pañal. Y mi padre tuvo que dejar de llevarme. Porque después me daba un ataque y le decía que teníamos que volver y darles a esos niños ropa limpia y quizá comida, y le decía «no es justo, papá. ¡No es justo, no es justooooo!!!

Y entonces mi padre intentaba tranquilizarme. Intentaba calmarme. «Shh. No pasa nada. Shh, volvemos si quieres. ¿De acuerdo? ¿De acuerdo, cariño?». Pero yo me daba cuenta de que una parte de él se preguntaba si su hija habría perdido un tornillo. Si su hija sería una de esas chicas que algún día acaban inevitablemente en un manicomio.

Pero, ¿y esos niños que viven encima de la gasolinera? ¿Quién hace su llamada de teléfono? ¿Quién descuelga el teléfono y se asegura de que vayan a un buen colegio? ¿O de que coman? ¿O de que tengan zapatos?

Nadie. Eso es. Nadie.

Así que disculpadme porque voy a suicidarme.

Es broma. No puedo suicidarme. ¡Ni siquiera hemos salido de Iowa todavía! Dios, sed pacientes. ¿Qué es lo que os pasa?

Así que ahora mismo estáis contemplando a una chica arruinada de dieciséis años con un vestido de segunda mano de camino a un colegio pijo en la Costa Este.

Esta chica de dieciséis años está recuperándose de una llorosa despedida de sus variopintos compañeros de mesa en la cafetería; unos compañeros a los que, pese a sus evidentes defectos, no quería abandonar. Esta chica de dieciséis años puede que lleve consigo o no la foto del chico al que había estado acechando para que fuera su pareja en el baile de fin de curso, el chico cuyo nombre no se atreve ni a pronunciar. Una foto que arrancó a escondidas de la copia del anuario de la biblioteca de la escuela.

Vale, Gabriel. Se llama Gabriel.

De hecho es Gabe, pero yo le llamo Gabriel. Cuando hablo con él en mi imaginación. Porque obviamente es como un ángel caído del cielo. Y le gusta que le llame Gabriel. En mi imaginación.

No os he contado la despedida con mi padre. Sinceramente creo que, si os lo cuento, empezaré a llorar de nuevo. En plan sollozar. Mi padre intentaba no llorar. Intentaba ser valiente. Como un vaquero. Como un vaquero que contempla el horizonte con los párpados entornados. Y me gustaría deciros que no importa. Que nada de eso importa.

Pero sí que importa. Porque se supone que no tendrías que despedirte de tu padre por un «debería».

El que inventara esas normas por mí puede irse a la mierda.

¿Sabíais que mi madre incluso me envió una sudadera de Princeton? Como si la cosa se diera por hecho. Pembroke y después Princeton.

Ahora mismo esta chica de dieciséis años no lleva puesta una sudadera de Princeton, sino que va caminando por el vagón cafetería y pensando «necesito una copa». Pero no os preocupéis. Ella no bebe. Porque, si una chica como ella empieza a beber, bueno, afrontémoslo, poco le queda para tocar fondo tal y como está.

Así que no es del todo improbable que acabe en el arroyo cuando llegue septiembre.

Y ya estamos a 31 de agosto.

CAPÍTULO 3

Lo que pasa es… que vas de un pueblo a otro, haces algunas paradas, algunas paradas muy breves, y después ni una sola. A veces llegas a algún lugar grande. Davenport. Rockford. Chicago. Y entonces hay mucho ajetreo y todos se vuelven locos intentando alcanzar sus cosas, mirar en los asientos, mirar en el compartimento superior, mirar debajo de los asientos, quizá incluso en el pasillo. No paran de mirar y mirar. Pero en realidad no es más que un montón de basura. En realidad no se necesita ninguna de esas cosas. Tal vez el carné de conducir y algo de dinero. Pero ¿esa sudadera, esa revista *Us*, esos Cheetos? No necesitas esas cosas. Crees que sí, pero en realidad nadie las necesita. Así que mejor dejarlas.

Para cuando el tren se detiene en Chicago, el camarero del vagón cafetería ha dejado claras sus intenciones. Le gustaría comer. En Chicago. Conmigo. Ha dicho algo sobre una pizza de masa gruesa, pero estoy segura de que tiene otra cosa en mente. Otro tipo de plato.

Soy demasiado joven para él, pero eso nunca parece importarles. Cuando tus tetas deciden aparecer, de pronto todos los tíos empiezan a mirarte como si quisieran comerte, y entonces tienes que empezar a inventarte excusas para que algún degenerado baboso no intente llevarte a la parte de atrás para convertirte en una mujer deshonesta.

P.D.: Tengo dieciséis años. Nadie con un trabajo a jornada completa y unas inminentes patas de gallo debería invitarme a comer pizza de masa gruesa.

Pero, claro, nunca es Gabriel, nunca es ese chico tan mono, Alex, de los ultramarinos el que se interesa. Puede que a ellos no les guste la pizza de masa gruesa. O puede que no les guste yo.

Pero el caso es que… tengo un pequeño problema. Podría decirse que es un defecto personal.

La curiosidad.

Lo sé, lo sé, la curiosidad mató al gato. Todo el mundo lo dice. Qué falta de originalidad.

Pero lo mejor es la segunda parte de la frase. ¿La conocéis? «La satisfacción lo resucitó».

No sé por qué ese gato tiene que ser macho. Prefiero decir que la curiosidad mató a la gata y la satisfacción la resucitó.

Cuando era pequeña, mi curiosidad hizo que la maestra de la guardería pensara que me habían dejado caer de cabeza. No me habían dejado caer de cabeza, le aseguró mi padre. Pero ella no entendía cómo podía quedarme sentada en el patio, lejos de los juegos, mirando la calle todo el tiempo. Pero es que había mucha acción allí. Las idas y venidas de los adultos. Una vez incluso hubo una pelea de madres delante del supermercado Piggly Wiggly por culpa de una cesta de huevos de pascua. Muy acalorada.

Pero ahora, en este mismo instante, la curiosidad me guía a través del amplio esplendor de mármol de la estación de tren de Chicago. Hay techos abovedados y columnas por todas partes, de un blanco roto, aunque no lo suficientemente oscuras para ser beis. Este es el tipo de sitio en el que te imaginas a Al Capone pegando tiros. O a alguien de *El caso Bourne* corriendo mientras es perseguido por alguien y todo el mundo se asusta. Aunque en la vida real nadie se asustaría. Probablemente seguirían mirando sus teléfonos móviles. Tuiteando «persecución en la estación».

Dentro de poco los guionistas de cine tendrán un problema con esto.

Quiero decir, ¿qué es una escena de persecución si la gente no para de actualizar su estado? ¿O de grabarla con el móvil? ¿O de tuitearla? Sinceramente, calculo que nos quedan unos veinte años antes de que se extinga la especie. Veinte años hasta que los océanos crezcan lo suficiente para matar a todo el mundo, y nos quedaremos ahí parados grabándolo mientras nos engullen.

Ya lo veréis. En vuestro iPhone.

Así que me he citado con este tío en un sitio que se llama La masa gruesa de Sal el gordo. *Très romantique.*

Es una mezcla entre Steve Buscemi y Brad Pitt. Lo sé, es extraño. Pero lo que intento decir es que… tiene ojos saltones y parece muy cansado, pero al mismo tiempo es rubio y sus ojos son azules. Así que es como feo y guapo a la vez.

Está intentando fingir que le importa mi seguridad.

—Tu tren sale dentro de dos horas, así que asegúrate de estar en el andén a las tres y cuarto.

Y es cierto. Mi tren sale en dos horas. Pero, si este tío se preocupara realmente por mi seguridad, no me habría invitado a La masa gruesa de Sal el gordo, eso seguro. Me habría invitado a quedarme en el tren y me habría dado una revista. Puede que incluso una piruleta.

—¡Te va a encantar esta pizza! ¿Alguna vez has probado la masa gruesa de Chicago?

Parece entusiasmado.

—No, lo siento.

No sé por qué debería sentir no haber probado nunca esto de lo que todo el mundo presume. Es como la gente de Seattle que habla del café. Ni que lo hubieran inventado ellos. Ni que fuera la cúspide de la evolución humana. Ya basta, Seattle. Es una bebida. Dejadlo ya.

Tampoco sé por qué estoy aquí, salvo por la antes mencionada mezcla de aburrimiento y curiosidad que otrora supusieran mi perdición y lo poco que me importa todo ya.

Además, me ayuda saber que dentro de poco ya habré muerto.

¡Al menos vamos a aprovecharlo! ¡Pizza de masa gruesa para todos!

Aunque ahora se me ocurre que este tío podría ser peligroso. A lo mejor no ha sido una idea tan buena. A lo mejor lo buscan por asesinato, por asesinato en serie, y este es su truco. El gancho: la pizza al estilo de Chicago.

Empieza a entrarme el miedo.

—Mira, creo que debería regresar. No quiero perder el tren.

—Pero, si te quedan dos horas… —responde él.

—Sí, pero, a veces tiendo a perder el rumbo. Créeme. Ya me he chocado contra una farola en más de una ocasión.

—¿En serio?

Se inclina hacia mí y susurra.

—Y… ¿fumas hierba?

Vale, allá vamos. Esto es lo que hacen en la tele, ¿no? Sacar a relucir las drogas, o el alpiste. Intentan confundir a una chica para que tome una mala decisión. Mi padre ya me advirtió sobre esto. Gracias a Dios.

—Pues no. Soy católica.

Como si eso importase algo. Sí, señor, soy la única católica que se plantea pecar porque el Papa nos dijo que no lo hiciéramos. ¡Somos tan puras como la nieve recién caída!

—Ah.

—Y además tengo dieciséis años.

Se le abren mucho los ojos. Entonces me mira con ojos de cordero degollado.

—¿Dieciséis? ¿Estás segura de que no son… dieciocho?

Qué asco.

—Mira, será mejor que me vaya.

—Oh, vamos… ¡Ni siquiera la has probado aún!

—Eh, no.

—Vale, de acuerdo.

Ahora parece enfadado. He advertido que los tíos cambian muy deprisa cuando ven que no tienen oportunidad. Es como si de pronto se levantara el telón y te dieses cuenta de que has estado todo el tiempo hablando con un imbécil.

—Bueno, ha sido un placer conocerte. Siento que no hayas podido estrangularme o algo así.

Me mira molesto.

—No te hagas ilusiones. Tampoco eres tan guapa.

—Si quieres decir que no soy tan guapa como para estrangularme, entonces me lo tomaré como un cumplido, muchas gracias.

¿Veis lo que quiero decir? Hace dos minutos este tío era el admirado Tom Hanks. ¿Y ahora?

Mejor no confiar nunca en un hombre al que le gusta tanto la pizza de masa gruesa.

En el camino de vuelta hacia el andén me encuentro con una tienda de regalos. Hay un espejo en la estantería del fondo que estoy evitando mirar, ahora que sé que no soy guapa. En este pequeño establecimiento puedes comprar todo tipo de cosas para decirle a tu gente que has estado en Chicago. Vasos de chupito. Tazas. Imanes para la nevera. Y yo compraría alguna también. Si tuviera gente.

No tengo gente.

Tengo a una persona.

A mi padre.

Y él no quiere un imán para saber que he estado en Chicago.

Probablemente mi padre desearía ahora mismo que Chicago no existiese.

Y, ahora mismo, yo desearía no existir tampoco.

CAPÍTULO 4

¿No tenéis nunca la sensación de que se supone que debéis hacer algo? ¿La impresión de que hay algo grande y oscuro colgando sobre vuestras cabezas, como una zanahoria, pero que es invisible y desconocido y que tenéis que averiguarlo porque, si no lo averiguáis, la fastidiáis?

O peor, sí que lo averiguáis. Quizá averiguáis qué es eso que se supone que debéis alcanzar y entonces no podéis hacerlo. Simplemente no lo hacéis. Os quedáis mirándolo a la cara y decís: «No puedo».

Entonces, durante el resto de vuestra vida sabéis lo que sois.

Alguien sin iniciativa.

Es como ese miedo que me viene a veces a la cabeza, cuando estoy en la cama por las noches. ¿De qué se trata? ¿De qué se trata? ¿Lo averiguaré algún día? ¿Acaso hay algo que averiguar? Tiene que haber algo. ¿No es cierto? De lo contrario, soy alguien sin iniciativa.

Mi madre, por otra parte, toma siempre la iniciativa.

Ella lo ha conseguido.

Todo el mundo sabe quién es y alucina con ella, y alucina más cuando descubre que es mi madre. Es asqueroso.

Mi padre no es alguien con iniciativa. Eso sucede a veces. No todo el mundo llega a ser famoso. O conocido. O vagamente conocido.

Mi padre, por alguna razón, dejó zarpar ese barco. Tal vez le faltara ese instinto asesino o lo que sea que necesitas para quitarte a todos de encima a codazos y salir disparado hacia la estratosfera.

O quizá es que malgastó demasiado tiempo siendo padre. Mi padre.

Mirad, mientras mi madre estaba por ahí charlando con jefes de estado o capitanes de la industria, mi padre estaba enseñándome a montar en bicicleta. Y perfeccionando sus recetas con la olla de cocción lenta. Y buscando en Google instrucciones paso a paso para coser un dobladillo.

Así que quizá sea culpa mía.

Y luego hay otra cosa. Sigue enamorado de mi madre. Mi padre. Intenta fingir que lo ha superado, pero menciona a mi madre como tres veces al día, habla de lo que está haciendo, del último premio que ha ganado y me dice que debería importarme, que debería llamarla para darle la enhorabuena. Finge querer tenerme informada, pero no os equivoquéis; está obsesionado. Se me rompe el corazón. Me dan ganas de zarandearlo y decir: «¡Supéralo! ¡Es patética, asúmelo!». Pero él sigue hablando y hablando sobre sus últimos y maravillosos logros. Os podéis imaginar que el hecho de que nunca haya llegado a ser alguien con iniciativas no le pasa desapercibido. Quizá se esté volviendo un poco loco.

El tipo de locura que se repite. Como un engranaje que gira y gira sin parar. Así: «Deberías llamar a tu madre, porque le acaban de dar un premio por blablablá». Luego espera dos minutos. Y entonces, «deberías llamar a tu madre, porque le acaban de dar un premio por blablablá». Sin parar. Una y otra vez.

Y pensamientos obsesivos. Como un pánico. Una y otra vez. Pensamientos sobre todo. Sobre ella. Sobre los productos químicos que se usan en las tintorerías. Sobre los detectores de humo. Sobre el peligro que entrañan los desconocidos y los cinturones de seguridad y todas las cosas que pueden salir mal en un mundo que cabe en un cobertizo.

—Hagas lo que hagas, no te olvides la chaqueta, pastelito.

Ah, sí. Mi padre me llama «pastelito». Es porque, en algún momento de mi vida, desarrollé una adicción por los postres. Mirad, no es algo de lo que esté orgullosa, ¿vale? Es que no puedo resistirme a una tarta o a un pastel como hace la mayoría de la gente.

Mi afición se extiende a otros productos horneados. *Cupcakes*, galletas. Dios, incluso *cronuts*. Nadie puede resistirse a un *cronut*. Ni siquiera el Papa.

Pero, en defensa de mi ligeramente obsesivo padre, diré que hay algo con lo que se obsesionó sin necesidad de esforzarse. Mi madre le dio algo que sirvió para alimentar su miedo ciego y atenazador.

Se fugó con su padrino.

Sí, ese tío que en la boda da un discurso sobre lo maravilloso que es el novio. Pues ella se fugó con él.

Ya está. Ya lo he dicho. Normalmente no me gusta decirlo, porque no me gusta pensar en ello. Me gusta hacerlo pequeño, meterlo en una caja y alejarlo de mí. Pero de vez en cuando sale de la caja y vuelve arrastrándose hacia mí, me trepa por los hombros y se me mete por los oídos. Y ahí está. Ese hecho innegable.

Tu madre engañó a tu padre.

Con el padrino de este.

Y después se fugó con él.

Es un poco como si te apuñalaran. Como si te dijeran «que te jodan». Y te preguntas qué clase de persona haría una cosa así. Pues os diré qué tipo de persona. Una persona rota por dentro. Una persona que le arrebataría un chaleco salvavidas a un niño en el *Titanic*.

Así que, aunque mi madre sea alguien con iniciativa y todo el mundo piense que es la leche y quizá mi padre se repita un poco, como el tío de *Rain Man*, yo me quedé con él después de la separación. Mi madre dice que le rompí el corazón o algo así, pero es que le gusta ponerse dramática. Es de las que hablan mucho, pero después se pierden la obra de Navidad.

Mi padre es el tipo de persona que llega pronto a la obra de Navidad, que trae flores a la obra de Navidad y que prácticamente se subiría al escenario y representaría toda la obra de Navidad si se lo permitieras.

Así que sí, me quedé con mi padre. Y sí, es una vida humilde. Y con ello quiero decir que estamos arruinados. Principalmente trabaja en la farmacia y no tenemos intención de mudarnos al Ritz próximamente. Pero, aun así, prefiero ser pobre a ser, bueno, a ser como ella.

Sé lo que estáis pensando. Estáis pensando que habrá una reconciliación de familia feliz al final de la historia. Que habrá un momento en el que suene la música y de pronto se llegue a un entendimiento y mi madre vuelva de Europa y todos nos abracemos y quizá haya un perro al que le acariciemos la cabeza.

Bueno, siento romperos el corazón, pero ese momento nunca sucederá. Esta historia no va de eso. Mi madre me consiguió plaza en Pembroke, y ya está. Si me gradúo con honores, habrá como un cinco por ciento de probabilidades de que asista a la graduación. Nada más. No hay disculpas sentidas, ni revelaciones entre llantos, ni momento musical en el que nos alejamos juntos en un coche de caballos.

Y no me importa.

Pero vamos a dejar una cosa clara. Aun así no quiero ser alguien sin iniciativa. No, señor. Quiero ser esa persona que aprovecha las oportunidades y saca partido de ellas.

Pero también quiero que pare ese deseo molesto, esa obsesión. Que pare de una maldita vez. Que pare de torturarme, de decirme que tengo que hacer más, que tengo que ser más, que tengo que hacer algo o seré una inútil, o no seré nada, o no seré nadie.

Había una niña que solía quedarse sentada en el arenero. Se pasaba allí todo el día construyendo castillos de arena y derribándolos después para volver a levantarlos. Feliz como una perdiz.

Haría cualquier cosa por ser esa niña.

Pero ahora puedo sonreír. Puedo sonreír sabiendo que todo eso acabará pronto. Cuando el tren sale de la estación, con su *chu-cu-chucu-chuuu*, se dirige por las llanuras hacia el Este y yo sonrío sabiendo que, cuando apague las luces, esa cosa —esa cosa en mi interior que es mi madre— no podrá volver a atraparme.

CAPÍTULO 5

Mirad este lugar, por favor. Es mejor que en el folleto. Lo digo en serio. Tiene gárgolas. ¡Mirad! En lo alto de la catedral, al otro lado del parque, allí están. Tiene dos que miran hacia abajo. Igual que en ese lugar de París que siempre aparece en las películas cuando el mundo se va a acabar. Ya sabéis, aquí en Estados Unidos muestran la Casa Blanca volando por los aires, y en Londres aparece ese reloj gigante. ¿Y cómo se llama el sitio de París? Notre-Dame. Eso es. Aparece Notre-Dame. Con gárgolas. *Avec* gárgolas. Es francés. ¿Veis? Acabo de llegar y ya soy más sofisticada.

Pero, creedme, si miro a mi alrededor resulta evidente. Soy lo más bajo dentro de lo más bajo de este lugar.

Parece como si todos los edificios estuvieran embrujados. Castillos de piedra gris con chapiteles por todas partes. Arcos grises. Caminos de piedra gris que se pierden entre los árboles. Un pueblo fantasma.

Me sorprende que no salga un fantasma del edificio de admisiones para recibirme.

Pero no es un fantasma lo que sale. Es más bien un vampiro. Una mujer vampiro de piel blanca y pelo negro que probablemente haya desayunado pudin de sangre esta mañana.

Sale del edificio llamado Holyoke.

Habla como le hablas a alguien a quien tienes que ayudar. Personas más lentas de reflejos que tú. Personas por debajo de ti.

—Hola, Willa. Willa Parker, ¿verdad? Encantada de conocerte.

Ah, se me había olvidado. Me llamo Willa. Sí, ya lo sé. Es porque a mi padre le encantan *My Ántonia* y Willa Cather y vivimos en el Medio Oeste, etcétera, etcétera. Venga, decidlo. Tengo suerte de que no le gustaran Hemingway o Wharton o Shakespeare, de lo contrario me llamaría Ernest o Edith o William. Solo lo he oído repetido hasta el infinito. Pero no importa. Os perdono. Sé que vosotros también estáis emocionados por estar aquí.

La mujer vampiro se presenta.

—Me llamo Ursula Cantor y soy la directora de admisiones. Estamos encantados de tenerte aquí. ¿Sabías que en nuestras clases de economía estudian el libro de tu madre?

«No pongas los ojos en blanco. No pongas los ojos en blanco. No pongas los ojos en blanco. Es la primera impresión, ¿recuerdas? Vamos, Willa, sé simpática».

—Oh, ¿de verdad? Es… genial. Me aseguraré de decírselo.

Es mentira. No se lo diré porque nunca hablo con ella y, aunque hablara con ella y se lo dijera, le daría igual. O quizá no. Es como una narcisista ciega. Nunca son suficientes los cumplidos.

Pero fingiría que le da igual.

¡Un momento! Falsa modestia.

¿Una habilidad sofisticada que debería intentar dominar, quizá?

—Es muy amable por su parte recibirme. Me siento honrada.

¿Veis qué bien se me da? Incluso he dicho «amable». Me gusta este nuevo personaje. Yo. Nueva y mejorada. Mi yo de la Costa Este.

La vampira Ursula sonríe. Tiene pintalabios en los dientes. Rojo pasión. O quizá sea sangre del pudin del desayuno.

—Te alojarás junto al patio Radnor. En Thiswicke. Tercera planta al final del pasillo. Habitación tres cero nueve. Te encantará oír que tiene una preciosa vista hacia el Paseo Shipley.

—Oh, me encanta oír eso.

No he entendido más que la mitad de lo que ha dicho, ¡pero miradme! Ahora me encanta oír cosas. Antes solo me gustaban las cosas.

—Además, me gustaría supieras que estoy aquí para cualquier cosa que necesites para sentirte cómoda. Házmelo saber.

—Oh, muy amable por su parte. Gracias.

Soy imparable. Ahora soy perfecta. Mis modales son impecables.

La vampira Ursula ve algo por el rabillo del ojo y su refinamiento es reemplazado por la ira.

—¡Remy! ¡Apaga eso ahora mismo!

¿Remy? ¿Quién diablos se llama Remy? Pensaba que era una especie de alcohol. O sea, espero que esa chica no se apellide Martin.

Me giro y la veo.

Mejor dicho, me giro y veo a…

REMY.

En mayúsculas. Mejor dicho, me giro y veo a…

REMY.

Fuente Ar Berkley. Remy se merece una fuente Ar Berkley. Y todo en mayúsculas. Remy se merece tener una estatua gigante en su honor.

Esto es lo que lleva puesto:

Primero, lleva una minifalda de cuadros. Eso no es nada raro. Es un uniforme. Pero ella la lleva con calentadores. Esos no son de cuadros. Son a rayas. ¡A rayas! ¡Horizontales! ¡Con los colores del arcoíris! Lleva una americana bermellón con la insignia de la escuela. Un escudo de armas. (¿Qué creíais que iba a ser? ¿Un pato montado en un Chevrolet?). Lo dicho, es el uniforme. Pero entonces, cuando te fijas bien, ves que ha escrito encima. Con un rotulador permanente, quizá. Todo tipo de palabras, tal vez aleatorias, tal vez no. Lleva unas botas, pero tienen como unos adornos étnicos a los lados, algo mongol, quizá. Y ahora viene lo bueno. Lleva una corbata como si fuera un chico. Y trenzas. Con una cinta trenzada también. Una cinta arcoíris.

Dios santo.

¿Quién es esta persona a la que estoy mirando?

Además Remy está fumando un cigarrillo. Y ni siquiera es un cigarrillo electrónico, sino un cigarrillo de verdad. De los de toda la vida, ya sabéis. Cosa que no debería estar haciendo. No solo porque no es bueno para ella, sino porque, obviamente, esta escuela cuesta un ojo de la cara y lo último que alguien debería hacer en ella es algo que pueda resultar en expulsión. ¿Qué clase de persona se queda ahí tan tranquila, en mitad del parque, fumando un cigarrillo de los de toda la vida? Una persona a la que todo le importa una mierda. Esa clase de persona.

—Remy, tú y yo sabemos que eso no está permitido. Por favor, apágalo inmediatamente o ya sabes lo que pasará.

Remy mira a la vampira Ursula y después a mí.

—¿Quién es la nueva?

La vampira Ursula levanta la barbilla.

—Remy, no te lo pienso repetir.

Remy pone los ojos en blanco y apaga el cigarrillo.

—Perdón, señorita Cantor. Lo estoy dejando, lo prometo.

Ursula finge quedarse satisfecha. Remy me mira y sonríe con suficiencia.

Es rara su manera de darse la vuelta y desaparecer al doblar la esquina. Como si tuviera un eje. Se gira y, zas, desaparece. Es un movimiento que decido que practicaré.

La vampira Ursula me lee el pensamiento, porque todo el mundo sabe que los vampiros saben leer el pensamiento.

—Espero sinceramente que no te dejes influir por el mal comportamiento mientras estés con nosotros, Willa.

Yo asiento con la cabeza para tranquilizarla.

—Por supuesto que no. Jamás haría algo así.

Y es verdad. En ese momento lo digo en serio. Totalmente en serio.

Ahora me dan ganas de reírme al recordarlo. Al recordar aquel momento. Me reiría sin parar.

Si tuviera gracia.

Pero resulta que no la tuvo.

Ya sabéis, por todo lo que ocurrió después.

CAPÍTULO 6

¿Sabíais que este sitio está embrujado? Bueno, claro que lo está. No se puede construir un sitio con piedra gris y gárgolas por todas partes y suelos de madera y no asumir que aparecerá algún fantasma. Sobre todo si retrocedes en el tiempo y lo construyes hace doscientos años. Es como el hábitat natural para un fantasma.

Este sitio se parece a Oxford. Y eso es parte de lo que lo convierte en pijo. Es gracioso que, en Estados Unidos, cada vez que construyen algo que se parece a algo de Inglaterra, todo el mundo piensa que es lo mejor del mundo. Si tan genial es, entonces ¿qué hacemos aquí? ¿Por qué los padres de nuestro país echaron un vistazo a aquel viejo lugar, dijeron «no, gracias» y se subieron a un barco tambaleante y lleno de ratas, sin casi comida ni probabilidades de sobrevivir, para venir hasta aquí?

Porque aquello era una mierda, por eso.

Lo sé, lo sé. Se supone que no hay que decir eso. Se supone que hay que pensar que es muy sofisticado y deberíamos ser respetuosos con la reina y con la monarquía y con esos tíos vestidos de rojo con sombreros peludos que se pasan el día quietos. Pero no me lo trago. ¿Una reina? ¿En serio? ¿En este siglo? Lo mismo te daría levantar las manos y decir: «¡Dejad que coman tarta!». Entonces podrías golpear en el estómago a todos los pobres de camino a tu castillo con esos tíos de los sombreros peludos allí de pie.

No me malinterpretéis. No soy comunista ni nada de eso. Es que no entiendo por qué alguien debería preocuparse por un puñado de gente solo por quiénes fueran sus padres. ¿No se supone que has de preocuparte por lo que la gente hace? Por lo que hace con lo que tiene. Como Maya Angelou, por ejemplo. Ella no nació en una cama de terciopelo rojo. Tuvo una vida dura y terrible, y después emergió de las cenizas y se convirtió en un genio literario mundialmente conocido. Eso es lo que yo llamo una reina. No un cigoto al azar que desciende de una estirpe de sangre azul que tiene hijos solo con personas de sangre azul. En serio. Es como si hubiéramos comprado esa milonga hace mucho tiempo y siguiéramos comprándola.

Y, por cierto, este lugar no significa solo comprar esa idea, sino también venderla. Por eso copiaron los planos. Este lugar vende esa idea desde sus placas hasta sus estatuas, pasando por sus patios.

Hay incluso una reina. Hay un claustro. Hay un puñado de edificios góticos, silenciosos y altivos. Está incluso la residencia Thiswicke. Sí, Thiswicke. Hay que decirlo con ceceo. Es el edificio embrujado. Lo he buscado en Google.

Según la leyenda, a principios de siglo hubo una chica que se bañó en queroseno en mitad de la noche. ¿Por qué se bañó en queroseno? Ah, me alegro de que me hagáis esa pregunta. Es porque pensaba que tenía la peste. Obviamente. Todo el mundo sabe que, si alguna vez crees que tienes la peste, tienes que bañarte en queroseno y, además, colocar un puñado de velas alrededor de la bañera porque, claro está, te estás bañando en mitad de la noche. Darse un baño durante el día es algo que no se lleva. Sobre todo si tienes la peste.

Total, que podéis imaginar lo que sigue. Claro, una de las velas cayó por accidente en la bañera y la chica se prendió fuego por accidente, y también por accidente atravesó corriendo el pasillo del cuarto piso hasta llegar al final, donde por accidente saltó por la ventana, murió y ahora se aparece por accidente en mitad de la noche por la residencia.

Un bonito lugar. Muy tranquilizador.

Y mi habitación, claro está, se encuentra en el cuarto piso. Justo al lado del baño. Sí, el baño donde tuvo lugar el fatídico episodio del queroseno.

No os preocupéis. Estoy más que preparada para un fantasma. Este es mi plan: si oigo el baño en mitad de la noche, lo primero es meterme debajo de las sábanas. Después me echaré la manta por encima de la cabeza. Finalmente encontraré a Dios.

Sí, rezaré. Todavía no he decidido a quién rezaré, pero supongo que les rezaré a todos y espero que alguno venga a ayudarme. Incluso un reloj estropeado da la hora correcta dos veces al día.

Pero todavía no ha anochecido, así que no os adelantéis. Estamos bien. Lo único que tengo que hacer es deshacer las maletas. Maleta. Principalmente porque mis brazos no son tan fuertes. Lo digo en serio. ¿Soy la única a la que se le cansan los brazos al lavarse el pelo?

No respondáis. Sé que estoy loca. Dios, lo que daría por hacer ejercicio. ¿A que sería genial? Me encantaría hacerlo alguna vez. Y lo haré. Algún día.

Me compraré ropa de deporte y unas zapatillas todoterreno para correr mis treinta y cinco kilómetros por el bosque, pisando charcos, saltando arroyos, por entre los árboles, por el pueblo, puede que incluso por la pista de atletismo. Nadie podrá detenerme. Serán las cuatro de la mañana, pero me dará igual. Seré yo contra el mundo. Y contra mí misma. Seré mi más feroz competidora. Me veréis con los primeros rayos de sol, veréis mi aliento dibujado contra el frío. Seguiré el camino que bordea el río y estaré seria, porque iré pensando en el crimen que estoy investigando, ya que en esta fantasía soy la mujer de *Ley & Orden: Unidad de víctimas especiales*. Soy muy lista y astuta y nadie puede conmigo. He visto de todo, pero aún tengo esperanza en la humanidad. Por eso hago este trabajo y corro a las cuatro de la mañana. Soy un hueso duro de roer. Un hueso que corre.

Estoy deseando empezar.

Pero por ahora se me cansan los brazos lavándome el pelo.

Así que paso a paso.

Parece que tengo la habitación para mí sola. Quizá nadie más quiera vivir aquí arriba, en la zona de los fantasmas. Tal vez la gentuza como yo es la última en elegir habitación.

No importa, a lo mejor, si veo un fantasma, puedo preguntarle algunas cosas sobre lo que hay más allá de la muerte. Tengo algunas preguntas de las clases de la Iglesia.

Me pregunto si el fantasma advertirá mi plan diabólico de lanzarme al abismo. Me pregunto si al fantasma le hará ilusión tener compañía. A lo mejor se siente solo.

Los suelos de madera aquí son marrones oscuros, casi negros. Y hay molduras muy elaboradas. Lo sé. No bromean con el estilo de Oxford. Mi habitación hace esquina, así que tengo ventanas en dos de las paredes adyacentes. Eso significa que están al lado. Sé que probablemente ya lo sepáis, pero en mi colegio de casa tuve que explicarle a una animadora lo que significaba «sagaz». ¡Sagaz! Os garantizo que, si no sabéis lo que significa «sagaz», entonces es que no lo sois.

Por la ventana, a cuatro pisos de distancia, veo el parque. Y todo el mundo yendo y viniendo de camino al centro de estudiantes. De hecho es un lugar bastante privilegiado. Como tener asiento de primera fila. Abajo todas corren, libros en mano, o con mochilas, con sus faldas a cuadros ondeando al viento, algunas con las americanas del uniforme colgadas al hombro. Una chica lleva un pañuelo suelto. Y calcetines. Y gafas. Todas corren. Supongo que algún día todas echarán la vista atrás y se preguntarán por qué diablos corrían tanto. Ya basta de tanta prisa, ¿no? Estamos en el instituto. No creo que Vladimir Putin esté esperando el último informe detallado sobre la escuela Pembroke.

Mi padre me ha comprado un juego de sábanas con búhos. Son astutos, pero también eclécticos. Además va a enviarme una colcha, para que no «pille una pulmonía». Al parecer también tendrá búhos. Mi padre. Piensa en todo. Aunque apuesto a que también me enviará algo realmente extraño. Como un felpudo con motivos toscanos, con vides y emparrados por todas partes. O algo vagamente francés. O peor aún, intentará ser «molón» y me enviará algo con garabatos rosas y negros.

Algo en lo que aparezca Justin Bieber.

Hasta entonces, tendré que conformarme con estos búhos astutos y alternativos para que me protejan. Ni siquiera tengo un cuadro que colgar. ¿Qué podría colgar? ¿Un póster con un gato colgando de un árbol? ¡Aguanta ahí! ¿Y un cuadro de la Torre Eiffel? ¿No es eso lo que hace todo el mundo? Eso demuestra que tienes clase. O la foto esa del marinero que está besando a una chica en Times Square? Ya sabéis, esa que es en blanco y negro. Si miras esa foto de cerca, parece que ella ni siquiera quiere que la bese. Hacedlo. Comprobadlo. La chica no tiene ninguna gana.

¡Un momento! Sí que tengo una cosa. Saco la foto de Gabriel del bolsillo pequeño de mi mochila. La coloco sobre el escritorio y me quedo mirando sus ojos marrones oscuros, esos que me imagino contemplando en mitad de una canción lenta y hortera en el gimnasio decorado con papel crepe.

Pero ahora, de pronto, no entiendo por qué me lo imaginaba tanto. Estoy mirando la misma foto por la que babeaba y, de pronto, me doy cuenta. Qué mal. En realidad Gabriel es bastante… normal. A lo mejor no es más que un Gabe, después de todo. A lo mejor, ahora que estoy aquí, él también es demasiado… provinciano.

Hago una bola con el pedazo de papel y lo lanzo a la pequeña papelera situada en el rincón.

Recibo un mensaje de mi padre en el momento justo.

Estoy orgulloso de ti. Llámame si me necesitas. ♥.

Podría llamarle y empezar a hablar sin parar, pero eso haría que se preocupara.

No. ¡Sé fuerte, Willa!

No empiezo las clases hasta dentro de dos días, lo que significa que tengo justamente cuarenta y ocho horas para quedarme aquí sentada, en mi ubicación privilegiada, e intentar encontrar a Remy. No, no estoy acechándola. Solo quiero ver si tiene amigas. Y, si las tiene, cómo podría convertirme yo en una de ellas. Quizá.

Pero no estoy acechándola.

Por favor. Eso jamás.

CAPÍTULO 7

Nadie parece fijarse en mí el primer día de clase. Ni en el mal sentido ni en el bueno. En ningún sentido. Es como si fuera invisible. Me parece bien. Prefiero ser invisible que humillada. No parece haber ninguna agresión directa hacia mí, y es un alivio. En Iowa, había días en los que me hacían la zancadilla dos veces antes de primera hora. Dos veces.

Generalmente me siento en primera fila y miro a la profesora. Pongo cara de estar escuchando y parece que estoy muy interesada y que ella es la persona más fascinante del mundo y que dice cosas fascinantes. Y de hecho a veces es cierto. Pero solo a veces. No importa. La cara de atención sigue siendo la misma. Interrogante, crítica, meditabunda, con algún asentimiento de cabeza esporádico para expresar que lo he entendido. Creedme, funciona. He sacado sobresalientes desde que estaba en preescolar. Desde la guardería, incluso. Si hubiera habido clases en la sala de maternidad, me habría graduado con honores. Esos bebés no habrían tenido ninguna posibilidad.

Hasta ahora, mis profesores, con contadas excepciones, han recompensado con sobresalientes mis expresiones de interés, mis preguntas curiosas que no llegan a desafiar la autoridad y mis afirmaciones generales en clase que hacen que el profesor se sienta el más inspirador del mundo.

Ayuda sentarse en la primera fila y poner la cara de atención. Ladear ligeramente la cabeza, aunque no demasiado. Lo justo para

41

insinuar contemplación. Te quedas en primera fila para que nadie pueda distraerte. Eso también es importante. La concentración.

Las clases son las siguientes: Literatura inglesa, Literatura contemporánea, Cálculo, Biología, Historia de América, Arte, Teoría de la música. Las clases de arte y de música están bien porque combinan el aprendizaje real con la práctica. Como por ejemplo aprender sobre el *pop art* y después hacer nuestro propio *pop art*. O aprender sobre la época del jazz y después una canción o dos. Mola, la verdad. Mucho mejor que lo que tenía en casa. En casa era más bien en plan «haz esto y no hagas preguntas. ¡Apréndete esta fecha y repítela como un loro!». Pero hoy hemos aprendido cosas sobre Billie Holiday y su canción sobre la fruta extraña, aunque no significa fruta en absoluto, porque va de que antes ahorcaban a la gente en el sur solo por ser negra, y es una de esas cosas que no quieres oír, ni siquiera saber, pero tienes que oír y saber para asegurarte de que nunca vuelva a pasar. O para poder estar preparada para responder cuando algún pariente estúpido diga algo horrible sobre esa época en la que «la gente sabía cuál era su lugar». O al menos puedes saber que no debes decir esa misma cosa horrible.

Me pregunto cuántas chicas en esta clase tendrán tíos o abuelos racistas a los que tengan que escuchar. Seguro que es un problema masivo. Se supone que la gente mayor ha de ser sabia, no imbécil. No entiendo qué ha sido de la sagacidad.

Vale, hasta ahora mi favorito es el profesor de Historia de América. Lleva coderas en la americana de tweed y la camisa algo arrugada, como si hubiera dormido con ella puesta. Tiene el pelo castaño claro y los ojos azules. Y sí, es mono y todo eso, pero no pienso pedirle una cita. Pero seguro que muchas chicas se enamoran de él. Es algo que se nota. Como si hubiera un suspiro generalizado en la clase. Con las alumnas a punto de desmayarse sobre sus pupitres.

Remy no ha aparecido en todo el día, así que está claro que fue solo producto de mi imaginación. Una especie de alucinación o un deseo que pedí.

Esta noche cenaré aquí por primera vez. Seré sincera, no es algo que me haga mucha ilusión. Hay que comer en la cafetería y son todo mesas largas al estilo Hogwarts, y no conozco a nadie, así que básicamente estaré allí sentada sola. Como una idiota.

Entonces lo recuerdo.

Hay una máquina expendedora en el centro de estudiantes. Así que mi ágape nocturno consistirá en unos Doritos y un Sprite, en mi habitación.

Ahora empieza a anochecer pronto y las luces de la cafetería llegan hasta el jardín, pero todo lo demás da un poco de miedo. Esta noche hay luna llena y es tan grande que parece que podrías alcanzarla con el brazo, bajarla y hacerla rodar por el patio.

Pero hay algo raro. Algo extraño. E insistente. Algo que guía mis pasos, me atrae por el jardín. Me aleja de la cháchara y del sonido de los cubiertos de plata procedentes de la cafetería.

Ahora estoy yo sola, bajo la luna, al otro lado del jardín, frente a mi ventana. Hay un banco al final, bajo una hilera de árboles. Es de mármol blanco y demasiado grande, en serio. Ni siquiera es elegante. Solo un banco de alabastro gigante que resplandece bajo la luz de la luna. A la espera.

Fuera no hace frío, pero se nota que pronto empezará a hacerlo. Algo en el aire está a punto de oler a hojas quemadas. A algo que se muere.

Ese banco está esperándome a mí y, casi sin darme cuenta, ya estoy sentada en él. Mientras miro a través del jardín hacia la luz que sale de la cafetería, contemplo el brillo cálido, oigo la cháchara que se diluye en el cielo nocturno y siento que el mundo me está aislando. ¿Sabéis lo que quiero decir? Como si no perteneciera a este lugar, ni a ningún otro. Soy como la chica rara que no tiene un lugar al que ir. Una parte de mí siempre se siente así, ¿sabéis? Como un zorro en la nieve. Oculto en el ártico, asomando la cabeza por la tundra. (Como yo). Rodeada de bordes blancos y helados que se pierden en el horizonte sin nada a la vista. (Como yo).

Absolutamente nada.

Sin refugio.

Tal vez una parte de mí desee ser ese zorro en la nieve a quien nunca permiten entrar. Tal vez a una parte de mí le dé miedo entrar. Siempre se habla de los chicos que intentan ser lobos solitarios y esas cosas, pero ¿qué pasa con las chicas? Quizá haya chicas raras que quieran aullar a la luna también. Chicas raras como yo.

Miro las pequeñas ventanas, que son diminutas desde el otro lado del jardín, y es como ver una presentación de diapositivas. Observo y no puedo evitar preguntarme de qué estarán hablando todas esas cabezas y cómo conseguirán hablar de algo. ¿Cómo puedes resultar normal? A algunas personas se les da muy bien. ¿Os habéis dado cuenta? Como si pudieran sonreír sin más, ser felices y hablar con cualquiera y quedarse satisfechas. Normales.

Pero yo no soy normal.

Soy una insatisfecha.

Inquieta. Siempre buscando una roca debajo de la que esconderme, o una habitación, o una cueva, o un banco al otro lado del jardín a la hora de la cena, cuando todos los demás entran, siguen con el juego y hacen que parezca muy fácil. Y yo miro a la luna y me pregunto, ¿por qué estoy insatisfecha? ¿Por qué soy un zorro en la nieve? ¿Por qué nunca estoy en casa? ¿Qué sentido tiene crear a alguien así? O tal vez no tenga sentido. Tal vez sea solo un error. Un fallo. Un defecto en el diseño.

Me viene a la mente la cara de mi padre y, sin darme cuenta, vuelve a ocurrir. Las estúpidas lágrimas, frías bajo el aire de la noche, resbalando por mi cara. Me las seco con los antebrazos y suspiro. Si miro hacia la hilera de árboles, veo el campanario al otro extremo.

Lo contemplo durante unos segundos. Sí, ese es un buen lugar para suicidarse.

—¿No te parece una obra de teatro?

Las palabras salen de la nada y yo pego un respingo. Me doy la vuelta y allí está.

Remy.

—Perdona. ¿Te he asustado? No era mi intención.

—No, es que…

Es que ¿qué? ¿Es que estaba pensando en lo aislada y sola que estoy? Dios. Nunca sé qué decir.

—Pero, ¿no te lo parece? La gente de ahí dentro. A contraluz. Parece como si acabara de levantarse el telón y ahí están. Primer acto.

Señala con la cabeza hacia la cafetería.

—Sí, algo así.

Está apoyada en un roble y lleva otra combinación de ropa igual de extraña. Es como si se vistiera a oscuras, pero consigue parecer una creación de Isaac Mizrahi. Tiene sentido, pero no lo tiene. Y no sé qué decir de ella, salvo que lo es todo.

—¿Cuál es el problema? ¿No te gusta la comida de la cafetería? A mí tampoco. Antes era peor. En serio. Ahora se han vuelto orgánicos o algo así.

—Ah.

¿Veis? Ahora mismo soy un genio de la palabra hablada.

—Déjame adivinar. No es la comida, es la compañía.

—Más o menos.

Saca otro cigarrillo de los de toda la vida. Lo enciende.

—¿Quieres probar? Es mentolado. Sabe a *After Eight* en llamas.

Yo niego con la cabeza.

—De hecho la comida de la escuela de los chicos es mejor. No es justo.

Ah, ¿no sabíais que había una escuela de chicos? Sí, es la escuela hermana de Pembroke. A un kilómetro y medio a pie o a una parada en el tren local R5 Paoli. Fundada en 1805. ¿Estáis listos? ¿Listos para saber cómo se llama? No os riais. Se llama Witherspoon. Lo sé. O sea, es casi como si quisieran que a sus alumnos les den una paliza. Pero así se llama, y es nuestro colegio hermano. Eso significa que se supone que tienen que importarnos. Interesarnos por sus partidos de *lacrosse*, sus cotillones, sus obras de teatro absurdas y cosas así.

—¿Alguna vez has estado allí?

—¿Dónde?

—En Witherspoon.

—No. Suena demasiado… marchito.

Ella se ríe.

—Créeme, lo es.

Nos quedamos ahí paradas un momento. Sigo sin entender por qué me habla.

—Bueno, eh, mañana tengo un examen, así que…

Empiezo a andar hacia Thiswicke. Ni siquiera sé por qué me marcho, salvo porque estoy avergonzada y no se me ocurre nada que decir. Y era mentira. No tengo exámenes mañana.

—¡Eh! —me grita—. ¿De dónde eres, por cierto?

Dios, ¿debería decírselo? Pensará que soy patética y no volverá a dirigirme la palabra.

Pero entonces pienso, ¿y a quién le importa? Tampoco es que me quede mucho en este mundo.

A la mierda.

—Iowa.

—¿Qué? ¿En serio?

—Sí —me resigno.

—¿De dónde?

Allá vamos.

—What Cheer.

—¿Perdona?

—What Cheer. Soy de un sitio llamado What Cheer, Iowa.

—Oh, Dios mío, ¡es el mejor nombre de sitio que he oído jamás!

¿Qué? Frunzo el ceño, confusa.

—Nunca había conocido a alguien de Iowa. ¿Todos son como tú?

—Eh…

—Porque entonces sabría de dónde sale toda la gente mona.

No estoy segura de haber oído bien. ¿De verdad acaba de decir eso? ¿Y qué si lo ha hecho? ¿Y por qué? ¿Y qué si estaba hablando de mí? ¿Estaría hablando de mí?

Lo único que sé es que será mejor que me marche. Antes de decir una estupidez. Y de que se dé cuenta de que soy una perdedora. No sé qué decir. No tengo nada que decir. Soy torpe. Soy rara y será mejor que me marche. Ahora mismo.

Ejecuto un gesto rígido, algo parecido a una despedida con la mano, mezclada con un saludo militar y una reverencia, y me doy la vuelta para regresar a Thiswicke.

—Vale, bien. Ya nos veremos… Iowa.

Sonríe y da una calada.

Mientras atravieso el jardín tengo la impresión de que me está mirando. Analizándome. Evaluándome. Pero lo extraño es que no creo que sea algo malo. Tengo la sensación de que, por alguna razón, no sé por qué, a aquella chica tan genial…

… podría caerle bien.

CAPÍTULO 8

Al día siguiente en clase de Literatura contemporánea empezamos a leer *Ojos azules*, de Toni Morrison. Nuestra profesora es la señorita Ingall. Tiene el pelo castaño claro y la piel blanquecina como un pez. O sea, es prácticamente verde. Pero hay algo en ella. Algo amable. Te da la impresión de que debe de ser vegana o algo así. Alguien que comiera carne no sería tan pálida. Seguro que en el coche lleva una pegatina de *Salvad a las orcas*. A mí no me importa. También me gustaría salvar a las orcas. Si pudiera, salvaría a los delfines también. Y a las nutrias marinas. Sinceramente, me pasaría la noche entera yendo de tanque en tanque liberando a todos los mamíferos marinos y gritando «¡Nadad! ¡Nadad! ¡Sed libres!». ¿Por qué tienen que sufrir solo para que la gente los mire y aplauda? Si quieres ver una orca, súbete a un barco. O ve el Discovery Channel. ¿Por qué alguien tiene que capturar a un pobre mamífero marino para que tú puedas comerte un helado mientras lo señalas?

La señorita Ingall tiene unos ojos amables. Todavía proyectan luz. No está casada. Quizá eso explique la luz. Lleva zapatos Mephisto para estar cómoda y una falda larga con vuelo. Tal vez nunca se case. O quizá esa sea su ropa para dar clase. Tal vez al llegar a casa se suelta el pelo, se pinta los labios de rojo y mata a los chicos con su ingenio y sus tacones de aguja. O quizá tiene un gato. Un gato llamado Señor Bufidos.

Soy consciente de que puede que algún día yo acabe como ella. Sola. Con un ejército de gatos. Si mi ubicación en esta clase sirve de indicador, soy una apuesta segura. Me siento al fondo de clase. Sola. Sí, eso es. Nadie se sienta a mi lado. Ni siquiera se lo plantea. Mis asientos habituales en la primera fila están todos pillados.

Lo mejor es ir poniéndoles nombre ya a los gatos.

Señor Arisco. Senador Ronroneo. Señorita Bigotes. Presidente Maullidos.

Tendré por lo menos cincuenta, así que añadid los que queráis a la lista. Estoy segura de que pronto me quedaré sin ideas.

—Perdón, ¿esto es Literatura contemporánea?

La clase entera se gira y allí, en el umbral de la puerta, está Remy.

La chica que tengo delante le da un codazo a su compañera de mesa y susurra.

—Esa es la chica de la que te hablaba…

La señorita Ingall las manda callar.

—Sí, esto es clase de Literatura contemporánea. ¿Y puedo preguntar quién es usted?

—Remy Taft. Esta es mi clase, creo. Mi nombre debería estar en la lista.

—Sí, está usted en la lista. Y… también estaba en la lista ayer, pero no apareció.

—Ah, sí, es que llegamos anoche. Perdón.

—Bueno, señorita Taft, confío en que no vuelva a llegar tarde. Tome asiento.

Remy camina por el pasillo. Hay silencio. Inquietud. Incluso… esperanza. Me da la impresión de que Remy es muy popular. Creo que todas esperan que las honre con su presencia, con su sonrisa, con su apellido. Taft. Como el presidente.

Y ahora me ve. Y ahora sonríe. Y ahora se sienta.

Junto a mí.

—¡Vaya, hola! Si eres tú. No puedo creer que estés en mi clase. Gracias a Dios.

Y las dos chicas que tengo delante, que hasta el momento me ignoraban y actuaban como si tuviera la lepra, de pronto me miran y deciden que tal vez deberían haber intentado hacerse amigas mías. Se miran la una a la otra. Perplejas. Se comunican por telepatía: «Oh. La hemos fastidiado».

Yo estoy teniendo una especie de experiencia extra corporal ahora mismo.

Remy se sienta.

Una de las chicas se inclina hacia ella.

—Hola, Remy.

Remy apenas le presta atención; levanta la mirada y pronuncia un somero «ah, hola».

—¿Te acuerdas de mí? Nos conocimos el verano pasado. El 4 de julio, de hecho. En los Hampton.

—Ah. Puede ser. Estaba bastante borracha…

La chica parece algo humillada y un poco decepcionada. Pero intenta disimularlo.

—Ah, sí… yo también.

La chica no sale airosa.

Remy le dirige una sonrisa educada y se vuelve hacia mí. Y ahora lo sé.

Remy es la que manda en el colegio.

Claro que sí. Se apellida Taft. Se viste como si acabara de salir de la secadora. Y fuma cigarrillos mentolados de los de toda la vida de manera ilegal.

Bien, ahora que hemos dejado eso claro, la pregunta es… ¿por qué se muestra amable conmigo? No, lo digo en serio. Quizá sea un truco. Podría ser eso. A lo mejor me está gastando una broma. Para humillarme.

—¿Podemos compartir el libro? He perdido el mío.

Es el segundo día de clase.

—¿Qué? Ah, sí… claro…

—¿Me he perdido algo hoy?

—Eh, no, hemos hecho unas pruebas extrañas que no tenían nada que ver con nada.

Se ríe al oír aquello, aunque no entiendo por qué.

Y me pregunto si sabrá lo nerviosa que estoy. O que me siento como una idiota. O que me tiemblan las manos cuando levanto el libro para compartirlo con ella. ¡Manos, por Dios, dejad de temblar!

Me siguen temblando. Miradme. ¡Soy un desastre total!

Siento los ojos de las dos chicas mirándome. Me doy cuenta de que intentan averiguar quién soy. Siento que hacen un agujero en la americana con la mirada, pero no tengo el valor para decirles la verdad. Decirles que no soy nadie.

Y que tengo la impresión, justo ahora mismo, de que Remy me ha convertido en alguien.

CAPÍTULO 9

Lo que estoy haciendo es pasar inadvertida. Quedarme quieta y mantenerme alejada de todas. Esta es la cuestión: De pronto siento como si hubiera un foco apuntándome. Gracias a Remy.

Desde el día que se sentó a mi lado en Literatura contemporánea. Desde aquel día, es como si tuviera un láser en la espalda. Todo el mundo mirándome. Y conjeturando, aunque sin preguntar. Analizándome. Discerniendo. Pero sin preguntar.

¿Y yo? Yo me mantengo callada.

Remy se sienta a mi lado en clase. Nada más. Hablamos. Intercambiamos notas. Nada más. Una vez me acompañó por el jardín. Nada más.

Pero, fuera lo que fuera lo que hiciera antes, no debía de ser gran cosa, porque nunca la veo con nadie en el colegio y de pronto todas se muestran mucho más amables conmigo que antes. Es como si antes yo fuera Walmart y ahora Comme Des Garçons.

Y eso no es todo. La última vez que fui a comer, la chica que estaba a mi lado haciendo cola en la barra de las ensaladas, que se llamaba Abigail —porque la gente de aquí tiene nombres como Abigail. Y Martha. Y Betsy. Y otras madres de la Revolución americana—, se vuelve hacia mí y me pregunta si quiero sentarme con ella y con sus amigas. Yo miro hacia allí y veo que están todas mirándome. Expectantes. Como si hubieran hablado de ello. Como si lo hubieran planeado. Como si estuvieran intentando captarme.

Nunca antes habían intentado captarme.

Ni siquiera desviarme mínimamente.

Es raro. Pero más raro aún es que no sé nada de Remy. No es que salga con ella. No es que venga a mi habitación y hagamos peleas de almohadas. Es... nada. Es una sonrisa y un libro compartido en Literatura contemporánea. Porque siempre se le olvida.

Es que no lo entiendo, en serio.

Y tampoco sé qué hacer.

Mi padre siempre dice que, si no sabes qué hacer, no hagas nada. Así que mi solución es... pasar inadvertida. Mantengo la cabeza agachada, voy a clase, hago preguntas perspicaces, pero no controvertidas, levanto la mano con la respuesta, pero no demasiado, estudio y hago los ejercicios, pero no demasiado. Básicamente sigo siendo un ratón de biblioteca, pero ahora soy un ratón de biblioteca con miradas clavadas a la espalda.

Pero incluso esta noche, esta misma noche, al salir de la ducha estaba lavándome los dientes frente al espejo... ya sabéis, en el cuarto de baño embrujado. Pues esta noche una chica que duerme al otro extremo del pasillo empieza a lavarse los dientes a mi lado. Empieza a lavarse los dientes a mi lado y a mirarme. Es incómodo. Cuando te estás lavando los dientes no es un buen momento para mirar. Después, cuando termina, empieza a hablar conmigo. Sin venir a cuento.

—Oye, ¿tú no estás en mi clase de Literatura?

—Eh, sí. Eso creo.

—Mola la clase, ¿verdad? Me gusta la profesora.

—¿La señorita Ingall? Sí, es maja.

Entonces me mira un poco más y me doy cuenta de que está a punto de decir algo más, o que quiere decir algo más, pero no lo hace. Se queda allí parada. Y resulta cada vez más incómodo.

—Bueno, pues... ya nos veremos en clase.

Me doy la vuelta para regresar a mi habitación embrujada desde el cuarto de baño embrujado.

—¡Oye! Podríamos estudiar juntas. Ya sabes, como somos compañeras de pasillo.

Yo me doy la vuelta.

—Sí, claro. Estaría bien.

Me llamo Emma, por cierto.

—Ah, bien.

—¿Tú cómo te llamas?

—¿Eh? Ah, pues... Willa. Me llamo Willa.

Siempre hago lo mismo. Cuando me convierto en el centro de atención, siempre se me olvida mi nombre durante unos tres segundos. Es vergonzoso.

—Ah, mola. Bueno, pues nos vemos en clase, Willa.

—Sí, claro.

Es una conversación demasiado larga para mantenerla cuando llevas solo una toalla y hace frío. No es que haga un frío invernal, pero sí un frío de esos que preceden al otoño y con los que podrías pillar un resfriado.

Y ahora sé que esa chica se me acercará mañana en clase. Cuando yo esté junto a Remy. De verdad, os lo digo. Es como si todo el colegio hubiera estado intentando conectar con la esquiva Remy Taft y, ahora que me ha bendecido con su amistad, yo soy la herramienta para lograrlo.

Pero si solo soy yo.

La misma de siempre.

Y no soy la herramienta para nada... ¿verdad?

CAPÍTULO 10

No os vais a creer lo que pasó. Juro por Dios que no me lo estoy inventando. ¿Recordáis lo que os conté sobre la leyenda del baño? Bueno, pues aquí va.

Esa misma noche, la noche en la que la chica esa, Emma, me acosó durante mi rutina de higiene dental… bueno, pues esa misma noche, en torno a las tres de la madrugada… oí la bañera. Sí, el agua del cuarto de baño. Y eso no es todo. Me desperté sobresaltada, algo sudorosa, la verdad. Di un respingo en la cama y volví a oírlo. El agua corriendo.

No es para tanto, ¿no? Quizá alguien estaba dándose un baño a las tres de la mañana. Cosas más raras se han visto.

Bueno, eso fue lo que pensé. Así que me quedé allí sentada. Un buen rato. Escuchando. Y seguí sentada. Pero el agua no paraba. Estuvo así como una hora. Un baño de una hora.

Así que ahora empiezo a preguntármelo. ¿Sucederá algo? A lo mejor alguna se ha quedado dormida en la bañera. A lo mejor debo ir a ayudar. A lo mejor por eso me he despertado en un primer momento.

Así que, ahora que sé que tengo que ser la heroína del momento, ahora que hay una pobre muchacha dormida en la bañera y yo soy la única que puede salvarla… me levantó de la cama y camino de puntillas por el pasillo hacia el cuarto de baño.

Y entro.

Pero…

Allí no hay nadie.

Ya ni siquiera oigo el sonido del agua. Eso también se ha esfumado.

De acuerdo, hay dos bañeras allí. Cuatro duchas, cuatro lavabos, cuatro retretes y dos bañeras. Supongo que, cuando construyeron este lugar, pensaron que solo dos chicas en este piso se darían un baño al mismo tiempo.

Pero el caso es que no hay nadie en las duchas. Lo compruebo. No hay nadie en los retretes. Lo compruebo. No hay nadie en los lavabos. Lo compruebo. Y… no hay nadie en la bañera. Al menos en la primera. Lo compruebo. Pero la segunda tiene una cortina corrida y resulta evidente que es allí donde se esconde el fantasma. O donde no se esconde. (¿El fantasma de Schrödinger?).

En serio, ¿cómo voy a asomarme al otro lado de esa cortina blanca cuando es posible que haya una chica fantasma en la bañera? ¿Y si está empapada y morada y me mira sonriendo y entonces le cambia la cara y le salen los colmillos? Esas son las preguntas, esas son las preguntas…

Aguanto la respiración.

Tomo aire.

Y descorro la cortina.

Suelto el aire.

Nada.

Pero ahora estoy más asustada.

¿Sabéis por qué?

No hay agua en la bañera.

No, ni una sola gota. Nada. *Nothing.* Seca como el Sahara.

Uno de esos grifos ha estado abierto durante una hora entera, lo juro por Dios, lo he oído. Me ha despertado y ahora nada. Absolutamente nada.

Así que empiezo a retroceder. Porque me estoy asustando de verdad. El corazón me golpea en el pecho y empiezo a sentir que alguien, o algo, me está mirando. Sabe que estoy aquí y me está observando, pero yo no puedo verlo. Y me imagino que podría ser esa chica fantasma empapada, que sonreirá, pero después le crecerán los colmillos y tal vez empiece a reírse malévolamente mientras me arrincona.

Así que retrocedo muy despacio, me alejo de las bañeras, paso frente a las duchas y los lavabos, salgo del baño y regreso a mi habitación.

Y entonces me quedo allí parada.

Me quedo allí, en mi habitación, intentando averiguar qué acababa de suceder e intentando calmarme. Inspiro. Espiro. Una respiración profunda para tranquilizarme. Empiezo a hablar sola. No estoy loca, no os vayáis a pensar, solo intento hablar para alejarme del precipicio. Intento emplear el yoga para salir de esta situación.

—Vale, Willa, vale… no ha sido más que una coincidencia. A lo mejor no has oído el agua. Porque no hay nadie allí. Tal vez estabas soñando. O tal vez era en el piso de abajo o algo así. Quizá ese sea el grifo que has oído.

Pero sé que no es cierto tampoco. Abajo el baño está al otro lado del pasillo, en el extremo opuesto. Alguien podría gritar allí y yo no podría oírlo. Y mucho menos oír el agua corriendo.

Así que decido que no era nada y que estoy comportándome como una idiota y decido volver a la cama. Me meto debajo de las sábanas y decido hablar bajito para quedarme dormida. Y funciona. Durante cinco minutos. Hasta que estoy a punto de volver a dormirme.

Y entonces vuelvo a oírlo.

El grifo de la bañera.

Abro los ojos y miro al techo.

Esto no puede estar pasando.

Y sigue y sigue. Intento pensar en todas las cosas que podrían ser, todas las posibles explicaciones aleatorias, pero nada. Nada. Es que suena como el agua de la bañera.

Bueno, ahora empiezo a cabrearme. Obviamente hay alguien ahí gastando una broma. Tiene que ser eso.

Así que me levanto de nuevo y regreso muy despacio, sin hacer ruido, para poder pillar a quien sea que me está gastando la broma.

Y entro.

Y, otra vez…

No hay nadie allí.

CAPÍTULO 11

Tomo una decisión ejecutiva.

No voy a quedarme en mi habitación esta noche. De hecho, no voy a quedarme en mi habitación nunca más.

Me acerco al armario, hago la maleta, guardo mis libros, mi ropa para el día siguiente, mi cepillo de dientes y cualquier otra cosa que quiera volver a ver. Lo meto todo en la mochila y bajo las escaleras hasta la sala de estudio del primer piso. De hecho es una habitación agradable. Tiene sofás y lámparas y mesas de cerezo. Incluso hay una chimenea. Y una pared de librerías empotradas llenas de libros desde el suelo hasta el techo.

Dejo mis cosas sobre la mesa y me derrumbo en el sofá. Esta será mi cama esta noche, me da igual si me hace parecer que estoy loca. Obviamente hay una chica fantasma y amoratada en el cuarto de baño y no tengo intención de conocerla en persona. Sí, sé que suena como si estuviese perturbada. No, no pienso volver a subir ahí nunca más.

#losientoperonolosiento

Ya tengo suficientes problemas. Dios.

No soy una persona religiosa, pero creo haber llegado a la parte de mi plan que implica encontrar a Dios.

—Dios mío, Alá, Visnú, Jehová, Buda, y todos los dioses del olimpo de la Justicia. Por favor, haced que esa cosa se vaya y me deje en paz y por favor protegedme de los fantasmas en general para siempre jamás. Amén.

Miro hacia las estrellas para asegurarme de que llega mi mensaje y de que el Dios que esté de servicio sepa que hablo en serio.

—Gracias. Os lo agradezco. Estáis haciendo un gran trabajo. Salvo en Oriente Medio. Podríais enviar algunos ángeles allí. Pero, aparte de eso, buen trabajo. Seguid así. Y, aunque sé que me estoy repitiendo, controlad las visitas fantasmagóricas.

Y sé que pensáis que esto es ridículo, pero os juro que lo de la bañera ha ocurrido de verdad, y mañana tendré que pensar en una manera de largarme de esa habitación.

Pero ¿cómo?

No puedo decirles que está embrujada.

¿Estáis de broma? Me enviarían de vuelta a Iowa con una camisa de fuerza. Y entonces todos hablarían de ello.

Y a mí me acosaría un espectro mucho más terrorífico. Mi madre.

CAPÍTULO 12

Cuando llega la clase de Literatura contemporánea, parece que llevo dos días en pie. ¿Qué puedo decir? Apenas dormí la noche anterior, gracias a las visitas del más allá.

—Vaya. Mírate. ¿Te has entregado a una vida de delitos y prostitución?

Es Remy. Claro.

—No. Mi habitación está embrujada.

—¿En serio?

—Bueno, en realidad es mi cuarto de baño.

—Oooooo. El caso del cuarto de baño embrujado...

—Básicamente todo el piso en el que me han instalado está embrujado por una especie de fantasma del baño.

—Eres... rara —se queda mirándome con la boca abierta. Las cejas enarcadas. Pero esa boca abierta... tiene forma de sonrisa.

Entra la señorita Ingall y todas se sientan en sus sillas.

—Bueno, clase, doy por hecho que todas hemos leído el libro entero. Levanten la mano.

Todas levantan la mano excepto Remy. Ella está demasiado ocupada escribiéndome una nota en la esquina de su cuaderno.

Dice: *¿Qué vas a hacer?*

La señorita Ingall llama a alguien de la primera fila. Me molesta no estar sentada en la primera fila, pero los asientos están asignados. ¿Cómo diablos voy a poner mi cara de atención si no estoy en primera fila?

Contesto a Remy en la esquina de mi cuaderno.

Mudarme.

¿Cómo?, responde ella.

Yo respondo también: *¿Pidiéndolo?*

No te dejarán, es su contestación.

Yo trago saliva.

Ella me mira negando con la cabeza.

La señorita Ingall está escribiendo algo en la pizarra. Algo sobre «el otro» y «vivir al margen».

Yo le susurro a Remy:

—Pero... tienen que dejarme. Estoy desesperada.

La señorita Ingall se da la vuelta.

Remy garabatea:

Yo sé lo que hacer. Tienes que fingir que te suicidarás si te dejan ahí. Entonces tendrán que cambiarte. O serán responsables. En un tribunal. Ya sabes, si realmente intentas hacerlo.

Qué interesante. Todo este tiempo tenía que fingir que no iba a suicidarme y ahora tengo que fingir que sí voy a hacerlo. El mundo al revés.

Y la señorita Ingall nos ha pillado.

—Willa, Remy, ¿hay algo que queráis compartir con el resto de la clase?

—No, señorita Ingall —respondemos al unísono.

—Bien. Willa, ¿qué crees que significa? Vivir al margen.

—Eh... creo que tal vez significa que todo el mundo, que toda la historia se centra en otra cosa. Como los hombres. Los hombres ricos. Los hombres ricos y blancos, de hecho. Y sus historias de heroicidades. Como la historia americana. No trata de ti. No si eres mujer. Y menos si eres una mujer afroamericana o latina. Y sobre todo si eres pobre. Así que estás... digamos que al margen, vives al margen, defiendes tus opiniones al margen, intentas marcar la diferencia tal vez, desde el margen... pero en realidad nadie tiene interés en escucharte. En verte. Porque no eres la historia que quieren contar.

La señorita Ingall me mira. Igual que el resto de la clase.

—Eso es, Willa.

La señorita Ingall se da la vuelta. Espera unos segundos y vuelve a girarse hacia mí.

—Y, Willa… ¿por qué no es la historia que quieren contar?

—Supongo que porque… si cuentan tu historia desde el margen, eso debilita su historia, su línea argumental… digamos su marca. Les amenaza. Todas sus justificaciones para hacer todo tipo de atrocidades se van por la borda si te hacen caso.

—Bien, Willa. Muy bien.

Remy me mira y susurra:

—¡Desde luego! ¡Qué lista eres! O a lo mejor ese fantasma se te ha metido dentro y ahora estás poseída por un *nerd*. Cualquiera de las dos opciones me parece bien.

Yo sonrío. No tiene sentido, ¿verdad? Remy Taft. Emparentada con el presidente Taft. Remy, que es rica. Remy, que nació con todo lo necesario y más. ¿Está de acuerdo? ¿Qué sabe ella sobre vivir al margen? ¿Cómo podría saber algo?

Ella es la historia con mayúsculas. ¿No ha sido siempre así? Una chica blanca, guapa y rica que procede de una familia rica que vive en una casa rica.

No hay razón para que resulte interesante.

Y me avergüenza decirlo, pero no confío en ella.

No confío en ella por el lugar del que procede y por lo fácil que es, por lo fácil que debe de ser. Y también porque la veo en Literatura contemporánea y después desaparece y se marcha al lugar donde va la gente que es fascinante sin proponérselo y no vuelvo a verla hasta la clase siguiente. ¿Dónde se meterá?

Pero entonces dice algo gracioso y me cae muy bien, no puedo evitarlo. Es como si le diera igual todo. Con su ropa extravagante y su costumbre de no hablar con nadie. Lo hace todo a su manera única y peculiar y poco le importan las consecuencias.

Y esa debe de ser la razón por la que todas están obsesionadas con ella.

—Porque no la entienden. Son incapaces de clasificarla.

La señorita Ingall está terminando la clase y escribiendo los deberes en la pizarra.

—Escribid un momento de vuestra vida en el que sentisteis que estabais al margen. Tres páginas —todas lo escribimos, nos ponemos nerviosas pensando en lo que vamos a hacer. Cómo impresionar a la señorita Ingall. Cómo sacar un sobresaliente.

Suena la campana y la habitación se convierte en un torbellino de movimiento y libros y páginas que vuelan por todas partes y mochilas que se cierran.

La señorita Ingall me detiene al salir.

—Willa, ¿crees que podrías pasarte por mi despacho en algún momento que te venga bien? Yo estoy allí los lunes y los miércoles de dos a cuatro de la tarde.

—Claro... eh... ¿va todo bien? Sé que mi último trabajo fue un poco exagerado, pero estaba...

—No, no, nada de eso. Me gustaría hablar contigo de algo.

—Ah, vale. Sí, por supuesto.

—Cuarta planta, edificio Wharton. Es en la parte del fondo.

—Ah, de acuerdo. Gracias.

Remy y yo nos alejamos por el pasillo.

—¿De qué crees que se trata?

—A lo mejor quiere embrujarte. O acosarte.

—¡Qué asco, Remy! ¡Calla!

Pero me río. Claro que me río.

Pasamos frente a un grupo de chicas junto a la puerta. Dejan de hablar y miran a Remy como si fuera el aterrizaje en la luna. Una de ellas la saluda tímidamente con la mano y la chica que está a su lado le da un manotazo, avergonzada. La primera chica parece humillada.

Me doy cuenta.

Remy no se da cuenta.

No parece darse cuenta de nada.

Se inclina hacia mí con malicia y susurra:

—Venga, vamos a suicidarnos de mentira.

CAPÍTULO 13

Cuando estoy junto a Remy me siento famosa.

Lo sé. Sé que suena estúpido. Pero sucede una cosa. Durante toda mi vida he sentido como si todos los demás estuvieran en una fiesta invisible. Y a veces se ven partes de esa fiesta en la tele o en Internet o en el cine o en las revistas. Y es una fiesta alucinante e increíble donde todos son superfantásticos y delgados y glamurosos y nadie tiene que preocuparse por el dinero, la comida o vulgaridades semejantes. No, es una fiesta llena de gente resplandeciente, una fiesta con una peculiaridad: que yo no estoy invitada. Porque no soy excepcional ni alta ni delgada ni hija de multimillonarios. No soy más que una chica normal. Y aunque alguna vez me invitaran a la fiesta, sería un error garrafal. Como si fuera la sobrina del tío del primo de alguien y todos se darían cuenta y, si se salieran con la suya, conseguirían echarme de inmediato.

Porque no pertenezco a esa fiesta. Esa fiesta es para la gente fabulosa. Y yo no soy fabulosa. Soy de Iowa.

Pero con Remy no.

Cuando estoy con Remy, sí que estoy invitada a esa fiesta. Cuando estoy con Remy, estamos en la fiesta. Y todos nos miran y desean estar con nosotras y nos sonríen y se nos acercan para ser supersimpáticos. Y no es por mí. Sé que es por Remy. Pero aun así. Aun así, con Remy, esa sensación, esa duda, ese nerviosismo y esa vergüenza, vergüenza por existir, se van lejos, muy lejos, y estamos solas Remy y yo. Remy y yo en nuestra película privada, donde somos famosas y todos a nuestro alrededor nos iluminan.

Razón por la que, temporalmente, me trasladado a su habitación.

Pero, según parece, ni siquiera ella se ha trasladado a su propia habitación. Lo digo en serio; aquí no hay nada. Hay una sábana encimera y una sábana bajera estirada sobre el colchón, aunque ni siquiera ajustada. Obviamente Remy es una prófuga de la justicia.

—¿Sabes babear?

—¿Qué?

—¿Crees que puedes obligarte a babear?

—Eh… ¿de qué estás hablando?

—Mira. Tú piensa en un limón. Piensa con ganas.

—Qué rara eres.

Remy se inclina sobre la cama, de lado, con la boca abierta, e intenta babear. Parece un pez volador espástico.

—¿Por qué quieres obligarte a babear?

—No sé. Parece que, si puedes obligarte a babear o a sonrojarte, entonces puedes obligarte a llorar. Y vas a tener que llorar para salir de esa bañera embrujada.

—No es una bañera embrujada. Es una zona embrujada. Es una zona embrujada alrededor de la bañera.

Ella se ríe.

—¿Dirías que es en la cama, en el baño y más allá de la tumba?

Tengo que morderme el carrillo para no sonreír.

—Diría que puedes burlarte todo lo que quieras, pero te juro que no pienso volver ahí.

De acuerdo, se supone que estamos estudiando. Son las tres de la tarde y ya no tenemos clases, pero lo único que estamos haciendo es tumbarnos sobre su cama e intentar babear.

—Esto es una tontería.

—Vale, vamos a practicar el llanto.

—De acuerdo.

Me incorporo y empezamos la escena. Remy hace de la decana imaginaria del alumnado.

—Venga, voy a meterme en el personaje. Mi-mi-mi-mi-mi-mi… Vale, ya estoy lista.

Se sienta y aprieta los labios.

—¿Y por qué desea cambiar de habitación, jovencita?

—Porque estoy pensando en suicidarme.

Hay algo aquí. Algo rápido que le sucede a mi cara. Es un indicio. Un accidente. Mis ojos están a punto de delatarlo. Mi plan. El plan de suicidarme de verdad.

Remy para. Me mira. Es una mirada diferente.

—Vaya. Eso ha estado… muy bien.

—Gracias.

—Te he creído de verdad.

Ahora me mira fijamente.

—Oh. Qué raro —cambio de postura.

Y ella sigue mirándome. Su mirada parece un láser.

Me encojo de hombros.

—Venga, tenemos que practicar.

Remy arquea las cejas y sigue con la escena.

—De acuerdo, de acuerdo. Vaya, joven Willa, eso me parece una exageración.

—No lo es, señora…

—Señora Persnickles.

—No lo es, señora Persnickles. Tengo mucho miedo a las alturas y esta habitación es una de las más altas del campus. En serio… está realmente alta. Como si fuera en un avión o algo así. Tengo vértigo. Siento que voy a caerme. En plan, precipitarme al abismo para siempre.

—Vale, ahora llora.

—¿Qué?

—Que llores. Esa es nuestra entrada. Cuando la señora Persnickles parezca dudar.

—De acuerdo, pero no voy a hacerlo ahora. Me lo ahorro.

—Está bien. Como un relámpago en una botella. Hay que guardarse esas cosas.

—Un momento. ¿Tú sabes cómo llorar?—Claro.

—¿Dónde aprendiste?

—En rehabilitación.

—¿Qué?

—Lo sé. ¿Te lo puedes creer? Me pillaron una vez, una, por posesión de hierba. Pero no fue para tanto. Una chorrada. Como diez dólares.

—No conozco la jerga de la marihuana, pero voy a asentir y a fingir que sí.

—Bien. Porque no es nada. En serio. Y todos se pusieron como si fuera el fin del mundo, y sin darme cuenta estaba en el lugar más deprimente de la tierra donde todos compartían sus historias en círculo. Arg. Menuda chorrada.

—Vale, pero a lo mejor fue…

—Fue una estupidez. Totalmente absurdo. Salvo que hice dramaterapia. Es muy útil poder controlar tus emociones a voluntad. No me importaría ganarme la vida con eso.

Se ha cerrado en banda. Lo pillo. Rehabilitación. A lo mejor se avergüenza. Intento cambiar de tema. Caerle bien de nuevo.

—¿La decana del alumnado de verdad se llama señora Persnickles?

—Sí. Se llama Billybottom Persnickles tercera.

—Ah, bien, no me dignaría a conocer a Persnickles primera. O segunda.

—Claro que no, querida —contesta Remy arrastrando las palabras—. Estaría muy por debajo de tu nivel.

Fuera empieza a hacer frío y solo nos quedan dos horas antes de que cierre el despacho, y no pienso dormir una noche más en esa habitación embrujada, así que es el momento.

—Bueno, deséame suerte.

Agarro mi americana y dejo a Remy fingiendo que babea.

—Voy a conseguirlo —me dice.

—¿Qué?

—El babeo. Voy a obligarme a babear.

—¿Los ricos sois todos así de raros?

Es una pregunta de verdad.

—Sí. Aunque los nuevos ricos no, claro. Ellos son demasiado burgueses para ser raros. Intentan convertirse en una idea de lo que es ser rico, pero al final siempre resultan ridículos y un poco patéticos.

—¿Yo te resulto ridícula y patética?

—No. Tú me resultas un poco loca.

—¿De verdad? —preguntó parpadeando.

—Bueno, no soy yo la que va a cambiarse de habitación por un retrete embrujado.

—Es una bañera. Una bañera embrujada.

—Exacto.

CAPÍTULO 14

Para cuando llego al despacho de la decana, ya he perdido toda esperanza. Claro que no me van a dejar cambiarme. Fantasmas. ¿Qué más da? Sé que tengo los días contados y solo es cuestión de tiempo hasta que me una también al ejército de almas errantes que vagan por el purgatorio. ¿O se limitan a esperar? Creo que vagan y esperan. Pero, ¿no hacemos eso todos en realidad?

Mmm. Tal vez esto sea el purgatorio. Y simplemente no lo sabemos.

Un momento.

Tal vez esto sea el infierno.

No, no, no puede ser el infierno. Hay demasiadas flores. Y puestas de sol. Y mi padre. Él nunca estaría en el infierno.

Pero quizá el infierno esté cerca.

En Nueva Jersey, por ejemplo.

Se abre la puerta y allí está la decana del alumnado. La señorita Smith. Qué aburrimiento. La señora Persnickles era mucho mejor.

—¿Puedo ayudarla, jovencita?

De hecho parece maja. Mucho más *hippie* de lo que había imaginado. Como si se comiera un tazón de muesli para desayunar, una barra de muesli para comer y, para cenar... un sándwich de muesli. Lleva sandalias Birkenstock. Con calcetines. Claro. Tiene el pelo rizado y corto alrededor de la cabeza.

—Hola, sí, eh… bueno, he venido a pedir un posible cambio de habitación.

—Ah, entiendo.

Me hace un gesto para que me siente. No voy a mentiros, en el despacho hay muchos tapices Navajos. Hay incluso un atrapa sueños. Me pregunto si atrapará mis sueños de conseguir una nueva habitación.

—Sí, eh, es que…

Me esperaba a una persona mucho más pija y estirada en aquel decorado. No a esta mujer del incienso. Las frases que tengo ensayadas no me sirven. Tendré que improvisar.

—¿Y puedo preguntar qué tiene de malo su habitación actual?

—¿Sinceramente?

—Sí. Sinceramente.

—Está embrujada.

¡Odio mi bocaza, odio mi bocaza, odio mi bocaza! ¡Cállate!

—¿En serio?

Vale, esto se va a pique a toda velocidad. Para empezar, se supone que no debía decir eso y, para continuar, se suponía que ella no debía responder como si yo pudiera llevar razón.

—Sí, o sea, es que… lo que pasa es…

Ella escucha mi terrorífico relato sobre el cuarto de baño embrujado. Hasta el final. Con todo detalle. Por el momento parece que no va a llamar a los hombres vestidos de blanco. Pero supongo que en cualquier momento pulsará un botón y allí estarán, o si no saldré disparada por encima del tejado.

—¿Y crees que no podrás trabajar si te quedas?

—¿Usted podría?

Parece indecisa. Esto va a necesitar algunas lágrimas.

—Temo que, si me quedo, podría… suicidarme. Como si los espíritus pudieran convencerme o algo así. La chica fantasma.

Ella arquea una ceja.

Oh, Dios. Esto no funciona. Vale, piensa en algo triste, piensa en algo triste, piensa en algo triste…

Ya lo sé. Ya está. Piensa en lo injusto que es que tu madre esté por ahí paseando por las colinas de Francia aunque sea una persona horrible y tu padre, que es la persona más cariñosa del mundo, está atrapado en What Cheer, Iowa, sin ninguna alegría y con muchas facturas que no puede pagar. Piensa en el hecho de que estás fingiendo que vas a suicidarte cuando de hecho pensabas suicidarte porque el mundo entero es tremendamente injusto.

Y aquí viene lo bueno. Lo que hace que esto funcione. Intento contener las lágrimas. Sí, ese es el truco. Intentar contener las lágrimas. Nadie quiere llorar nunca, ¿no? Así que, aunque se me estén llenando los ojos de lágrimas solo con pensar en la injusticia de mis padres y en el peso del mundo y el elaborado ardid del suicidio que estoy fingiendo y al mismo tiempo ocultando… me contengo.

—¿Willa? Perdona… ¿Willa?

Ahora está intentando llamar mi atención. Liberarme de este peso.

—¡Este peso eterno de ser humana en este orbe que gira junto al sol en un universo infinito en el mar del multiverso infinito!

Eso es lo que sale de mi boca. Digo las frases y no puedo controlarlas. Peor. Sigo hablando.

—¿Qué significa todo esto? ¿Cómo puede haber un multiverso?

—¡Willa! No pasa nada. Todo saldrá bien. Toma.

Me entrega un pañuelo. Yo jadeo, intentando recuperar el control de mi respiración y de mí misma.

Miro por el rabillo del ojo izquierdo. Obviamente ya he acabado. Va a echarme de este lugar y mi único refugio será el circo de Barnum & Bailey. Seré un payaso triste y la vida en la carretera será dura, pero subsistiremos con alcohol y partidas de cartas todas las noches junto a la jaula del león. Un día dejaré suelto al león y devorará al codicioso dueño del circo antes de alejarse corriendo hacia la puesta de sol.

—Hay una solución muy sencilla —dice la señorita Smith.

—¿La-la hay? —pregunto entre hipidos, como si fuera la última niña del orfanato.

—Sí, por supuesto. Ahora toma aire y pensaré qué es lo mejor que podemos hacer.

Ahora la señora *hippie* revisa sus informes, rebusca en sus carpetas y examina sus páginas. No habla para sus adentros, pero podría hacerlo. Si pudiera resolver este problema entornando los párpados, habría quedado resuelto hace una hora.

—Siento haberme puesto nerviosa con lo del multiverso —susurro yo.

Ella finge no oírme.

—De acuerdo. Aquí está. El edificio residencial Denbigh. Perfecto. Está al otro lado del jardín y estarás en la cuarta planta. Es una habitación preciosa. Tiene hasta chimenea. Suena bien, ¿no te parece?

—¡Sí! Eh, quiero decir que sería fantástico. No puedo agradecerle lo suficiente su amabilidad en este momento de congoja.

¿Congoja? Sí, acabo de decir «momento de congoja».

—Oh, no es nada. Para eso estamos aquí. Y… —mueve las cejas arriba y abajo—… voy a darte una de las mejores habitaciones del campus.

—¿De verdad?

—Por supuesto. ¿Sabes? Probablemente no debería decírtelo, pero… no eres la primera que decide marcharse de esa habitación.

—¿Habla en serio?

—Bueno, mira, yo no creo en fantasmas. Pero sí que parece que esa habitación se vacía con cierta frecuencia. Quién sabe por qué…

—Vaya.

Me guiña un ojo y me entrega la llave.

¿Estará colocada? ¿Qué es lo que pasa? Esto es todo muy extraño. Pensaba que en este colegio todos serían terribles, estirados y arrogantes. Y como la decana Hardscrabble, de *Monsters University*. Pero esta mujer. Esta mujer con calcetines y sandalias no está mal.

Y todo esto ha funcionado… porque Remy me había dicho qué hacer.

—Escucha, Willa, sé que a veces es difícil hacer la transición desde otros lugares, quizá incluso desde otros mundos… así que, si necesitas algo, no dudes en venir a verme. Siempre estoy aquí. Bueno, no siempre, eso sería raro, pero mis horas de atención a los alumnos están publicadas, y estoy aquí durante esas horas, así que ya sabes. Pero no quiero que sientas que estás aquí sola. Porque te aseguro que no lo estás.

Vaya.

¿Creéis que habrá sido por mi representación digna de una nominación al Globo de Oro a la mejor actriz protagonista? ¿O creéis que es porque soy una friki de What Cheer, Iowa? ¿Por eso se mostrará tan simpática? ¿Y por qué me guiña el ojo? Eso también es un misterio. El Misterio del ojo de la decana de alumnos.

Cada vez que alguien es simpático conmigo, mi instinto es alejarme corriendo lo más rápido posible. Y eso es justo lo que voy a hacer.

—Eh, bueno, gracias.

—De nada, Willa. Recuerda, estás aquí por una razón.

—¿Aquí en Pembroke o aquí en la tierra en general?

Ella sonríe, divertida.

—En ambos sitios. Willa, a mí también me abruma el concepto del multiverso. Pero quizá significa que el universo está lleno de infinitas posibilidades.

De acuerdo.

Podría quedarme sentada contemplando esta interacción durante cinco días seguidos, pero estoy ansiosa por ver mi nueva habitación. Vuelvo a darle las gracias a las decana de las posibilidades infinitas y me dirijo hacia mis nuevos aposentos. Ahora estoy en la residencia Denbigh, con una habitación aún mayor, con chimenea y, claro está, vistas espectaculares.

Debería inventarme historias y llorar más a menudo. Debería preguntarme con más frecuencia qué haría Remy.

Decido ir a por el resto de mis cosas mañana. Esta noche no. Ya ha oscurecido y los fantasmas probablemente estén acampados en mi antigua habitación, fumando en pipa y leyendo el *New Yorker*.

CAPÍTULO 15

—¡Ha funcionado!

Voy casi corriendo por el jardín como si yo también fuera un fantasma. Estoy deseando llegar, porque me muero por contárselo a Remy y ni siquiera he llegado aún.

Entro en la residencia, subo corriendo las escaleras y entro en la habitación de Remy, que tiene la puerta abierta. Tengo ganas de contarle lo de mi brillante interpretación, y la habitación que he conseguido, y quiero que vayamos a verla ahora mismo. Pero Remy no está allí. No hay ni rastro. Nada. La cama está deshecha. La ropa está toda tirada por el suelo. Pero Remy no está.

Aunque la puerta está abierta. Eso es raro.

—¿Remy?

A lo mejor está en el cuarto de baño. Recorro el pasillo y veo a una chica muy seria mirándome con el ceño fruncido.

—Hola. Perdona, ¿has visto a Remy?

Ella niega con la cabeza y vuelve a entrar en su guarida.

El cuarto de baño huele a cloro y a más cloro, pero Remy no está allí.

Tal vez esté en la sala de estudio. La sala de estudio de esta residencia está inusualmente destartalada en comparación con la antigua sala de estudio. Es como si hubieran organizado todas las demás salas de estudio con un plan calculado y después se dieran cuenta de que se habían olvidado de una. De esta. Esta que tiene muebles de los años sesenta. Digamos que esta sala de estudio no aparecerá en el folleto.

Hay una estudiante pelirroja que probablemente sea descendiente de Tarta de Fresa acurrucada en el rincón de lectura. Me mira molesta. Entonces se da cuenta de algo y cambia por completo. Ahora sonríe. Me dirige una sonrisa de fresa.

—Hola, eh, ¿has visto a Remy? Remy Taft.

—Sí, lo sé. O sea, que la conozco. O sea, no como a ti, pero la conozco.

Esto es cada vez más raro. Ahora parece que se desvive por ser amable y se pone roja, pero su pelo también es rojo, así que todo es rojo en el rincón de lectura.

—Eh, bueno, vale. Si la ves, ¿podrías decirle que Willa la está buscando? Esa soy yo. Soy Willa.

—Lo sé.

No entiendo qué está pasando. Se supone que nadie ha de saber quién soy. Esa es la misión de Remy. Yo solo soy su compinche. La compinche de confianza que no es la estrella del espectáculo, pero que siempre está ahí para reírse de los chistes, para asistir a las actividades y generalmente para hacer que todos se sientan mejor consigo mismos. Soy el yogurt helado, no las virutas de la cobertura.

—Se lo diré. No hay problema.

Tarta de Fresa sigue con su lectura después de dirigirme una sonrisa tranquilizadora. Decido que me cae bien. Lee libros en el rincón de lectura de la peor sala de estudio del campus. Esta chica se ha propuesto ganarse mi corazón. Tal vez sea como yo. Un lobo solitario. No lo suficientemente buena para la sala de estudio elegante.

Salgo de la residencia, siento en la cara la luz de última hora de la tarde y me da la impresión de que tal vez todo salga bien. No solo bien, tal vez mejor que bien. Tal vez todo salga a la perfección. El sol tiñe el cielo de rosa y naranja, lo que significa que hay posibilidades infinitas en un lugar donde puedes llorar y conseguir habitaciones con chimeneas y vistas. Donde puedes ser amiga de Remy Taft. Donde la gente sabe que te llamas Willa.

CAPÍTULO 16

La residencia Denbigh está al otro lado del jardín, frente a la biblioteca, oculta entre los abetos y los pinos. Desde mi habitación, en el cuarto piso, contemplo a través de las copas de los árboles las idas y venidas por el jardín, pero estoy tan arriba que solo oigo silencio y el canto ocasional de los pájaros, que en realidad son dinosaurios voladores.

Ni me habléis de los pájaros. Es que no puedo.

Mi única tristeza, que es una tristeza absurda, es que Remy no estuviera aquí cuando he abierto la puerta. Habríamos aguantado la respiración mientras metía la llave en la cerradura y abría la puerta, después habríamos gritado de emoción y habríamos hecho una pelea de almohadas al ver lo fantástica que era mi nueva habitación.

Eso no ocurrió. En su lugar, subí las escaleras hacia mi solitaria habitación situada al final de la residencia, metí la llave en la cerradura sin ninguna alharaca, abrí la puerta y me asomé a la mejor habitación del mundo. Pero no hubo gritos. Ni pelea de almohadas.

Hubo solo un leve suspiro que nadie advirtió. Ni siquiera pareció importarles a las hojas de los árboles. Y la otra habitación que hay cerca de la mía en aquel rincón, al final del pasillo, es una diminuta habitación que está justo al lado, y que parece que está vacía. Está abierta, pero en realidad esta habitación adyacente apenas cuenta como habitación. Es más bien un armario grande.

¡Pero mi habitación! ¡Damas y caballeros, esto es lo más! La madera del suelo es de otro color, tiene como pequeños diseños grabados. ¿Qué se les ocurrirá después? En mi pueblo, si querías diseños en la madera del suelo, tenías que usar un rotulador.

Pero, esperad, ¡hay más! La chimenea tiene azulejos alrededor y los azulejos también tienen diseños. Como dibujos pequeñitos. En uno aparece una chica sentada junto a un lago. En el azulejo. La escena está pintada en el azulejo.

Y, frente a la ventana, no es broma, hay una ardillita, justo en el hueco entre la ventana y tres de las pequeñas torrecillas que parecen haber proliferado por todo el campus. La ardilla está quieta, como de perfil, aferrando una bellota, fingiendo que no me ve, o que no existe en absoluto. Está evaluando la situación. Está intentando averiguar si voy a intentar comérmela.

—Hola, ardilla —le digo con voz cantarina. Para alertarla de mis intenciones.

Mis intenciones de no comer ardillas.

—Hola, ardillita. ¿Qué tal?

La ardilla decide que no soy su enemiga mortal, sigue prestando atención a su bellota e ignora mi presencia.

Sabes que te ha tocado la mejor habitación si una ardilla te da la bienvenida. Es una señal del Señor todopoderoso para indicarte que estaba destinado a ocurrir. Lo único que no estaba destinado a ocurrir era que estuviese sola en esta habitación. Quiero compartir esta habitación. Quiero saltar por esta habitación y gritar y reír. Quiero celebrar grandes acontecimientos en esta habitación y quizá incluso tomar el té los domingos.

Pero estoy a la espera.

En *standby*. En esta habitación.

Sola.

CAPÍTULO 17

Dos días más tarde, ni siquiera ha ido a clase. Pero no importa. He analizado mi comportamiento y he decidido que tal vez estuviera siendo un poco obsesiva y tal vez tampoco le cayera tan bien. No la culpo. Así que no importa. Ahora trabajo la aceptación. Todo es como debería ser. Soy Yoda. No podéis detenerme.

Salvo que…

Cuando regreso a mi flamante y asombrosa habitación en la residencia, allí está Remy. Sentada en mi cama como el gato que se ha comido al canario.

—Oye, tú sí que sabes llorar de mentira.

Yo me río, algo desconcertada. ¿Cómo habrá entrado allí?

—Bueno, Iowa, creo que estamos de acuerdo en que esta es la mejor habitación de todos los tiempos y yo no siquiera sabía que existiera. Así de buena es.

—Lo sé. ¿Te lo puedes creer? Es como si me hubiera tocado la lotería o algo así.

—¿Quién vive al lado?

—Nadie. La habitación es demasiado pequeña. Probablemente sea del tamaño de tu armario.

—Los aposentos de la doncella.

—¿Qué?

—Los aposentos de la doncella.

—Yo no tengo doncella.

—Lo sé. Pero antes la tenían. La gente solía enviar a sus hijas aquí, *avec* doncella.

—¿En serio?

—Oh, sí. Y… tenían a una mujer que te lavaba el pelo por cinco dólares. En el sótano.

—¿Vivía allí?

—Sí, era como un trol —Remy sonríe y se levanta—. No, pero pasaba allí toda la semana. Y lo abolieron por clasista en los años noventa. En los noventa, en serio.

—Vaya. Ojalá siguiera aquí. No soporto lavarme el pelo. Me duelen los brazos.

Pero Remy no me está escuchando. Está demasiado ocupada pasando junto a mí, yendo a la habitación de al lado, agarrando la cama y llevando esa cama a mi habitación.

—Eh… ¿qué estás haciendo?

—Eh… trasladar esta cama aquí.

Ahora está colocando la cama en la habitación, justo debajo de la ventana.

—Ahí es donde tiene que estar —asiente para dar el visto bueno a su trabajo antes de regresar a la otra habitación y volver con el colchón.

Deja el colchón sobre la estructura de la cama, quita el polvo con las manos y vuelve a supervisar su obra.

—Queda perfecta. Iré a por mis cosas.

Antes de que yo pueda decir nada, o incluso asimilar qué diablos está pasando, Remy sale por la puerta y baja las escaleras. La veo corriendo emocionada por el jardín, imagino que yendo a por sus cosas, imagino que para venirse a vivir conmigo, imagino que para empezar a dormir en esa cama que acaba de instalar.

Bueno, supongo que no estaba siendo tan obsesiva al fin y al cabo. Imagino que estaba siendo… ¿normal?

Imagino que, al lado de Remy, cualquiera parece normal.

CAPÍTULO 18

Nuestra primera sesión de estudio en la habitación se desarrolla de la siguiente forma: yo organizo nuestro espacio de trabajo. Remy pide sushi. Yo coloco los libros. Remy se va al otro extremo de la habitación. Yo abro mi libro. Mi teléfono vibra a mi lado.

Y ahora me doy cuenta de que Remy me está escribiendo. Desde la cama. Desde el otro lado de la habitación.

XQ YA NO ME LLAMAS?

Respondo.

STAS LOKA

Sigo estudiando. O lo intento.

Y otra vez Remy.

MI AMOR S SINCERO

Mi turno.

ERS TONTA

Y ahora ella.

ERS D+IADO MONA XA SER BOLLERA

Otra vez mi turno.

ME MUERO. 1 MUERTE LNTA.

Y ahora, vuelta a estudiar.

Remy se queda callada y yo estoy a punto de sumergirme en un apasionante capítulo sobre la importancia del ferrocarril y la industria en el desenlace de la guerra civil. Salvo que...

El tono de llamada de Darth Vader.

Miro el teléfono.

¡Y veo quién es!

Descuelgo.

Está al otro lado de la habitación, pero no nos miramos la una a la otra.

—¿Hola? ¿Hola?

Respondo.

—Hola. ¿Quién es?

—Soy Ryan Gosling. Llamo para decirte que me he enamorado de ti aunque nunca nos hayamos conocido.

—Eso es genial, Ryan, pero el problema es que estoy estudiando en este momento, así que tendrás que llamarme más tarde y además casarte conmigo.

—Si me caso contigo, ¿caminarás bajo la lluvia como en *El diario de Noah*?

—Sí, Ryan.

—Vale, de acuerdo. Adiós.

Remy cuelga.

Bueno, esto es todo muy emocionante, pero es que tengo que estudiar. Allá voy, de vuelta al genio de Abraham Lincoln.

Vuelve a sonar el tono de Darth Vader.

—¿Diga?

—Hola, soy Robert Pattinson. Te llamaba para decirte que has ganado un viaje a mi pene.

Intento no reírme.

—Es muy tentador, Robert, pero tengo que estudiar.

Cuelgo.

Nada.

Nada. Vuelta a estudiar…

Tono de Darth Vader.

Descuelgo.

—¡Viaje a mi pene!

Ya está. Ambas empezamos a reírnos y ya no estudio. Vale, ahora ya sé cómo va esto.

Para estudiar: alejarme de Remy.

Para reír.

Para ser feliz.

Para no suicidarme…

Quedarme junto a Remy.

Pero a Remy ya se le ha pasado. Ahora se asoma a los aposentos de la doncella, cosa que parece hacer con cierta frecuencia últimamente. Y ahora puedo estudiar. Puedo.

CAPÍTULO 19

Hay una cosa que están preparando en el colegio de los chicos, en Witherspoon. Cuanto más oigo hablar de esos chicos, más lástima me dan. Es como si todos escucharan a Phish. Y jugaran al *hacky*. E inevitablemente alguien tendrá unos bongos.

La escuela preparatoria Witherspoon.

Lo digo en serio.

Esos chicos deberían empezar a reproducirse fuera de su círculo. La mitad de ellos parecen incapaces de levantar una maleta. No es que vayan a tener que hacerlo. Pero, llegado el caso, no podrían. Es patético. En serio, ¿qué va a ser de ellos? Si no tienen acceso a su fondo fiduciario, están perdidos.

Pero bueno, el caso es que creo que están organizando algo. Una obra de teatro. Obviamente es una estratagema para atraer a las chicas. A las chicas de teatro, pero chicas al fin y al cabo.

He visto el cartel en la pared. Pruebas. ¿Sabéis de qué va la obra? De hecho es un musical. No gritéis, Dios. ¿Qué os pasa? A veces me dais vergüenza.

Vale, allá va:

Es *Grease*.

Sí. Esos blanditos de ahí van a representar *Grease* y estamos todas invitadas a formar parte de la magia. Obviamente todas querrán ser Sandy. Claro está. (Aunque todo el mundo sepa que el personaje que más mola es Marty. Marty es la que está buena. Sale con universitarios. Y con marines. Y con ese tío famoso de la tele que presenta el concurso de baile del instituto Rydell).

Así que estoy ocupada riéndome de esto en mi cabeza, desternillándome por dentro, en serio, pero de pronto Remy está a mi lado, mirando el cartel, y va y dice esto.

—¿Qué? ¿*Grease?*

—Lo sé. Es patético.

—Tan patético que vamos a hacerlo.

—¿Qué? Ni hablar.

—Vamos. Al menos saldremos de este lugar dejado de la mano de Dios. Al menos durante unas horas. De lo contrario estamos destinadas a convertirnos en damas rancias y solteronas que se pasan el día jugando a las cartas. Posiblemente al pinacle.

—Tienes que estar de coña. ¿Estás fumada?

—¿Qué? No. ¿Por qué? ¿Quieres fumarte?

—No, es solo una expresión.

—Jo, venga, será divertido.

—Espera. ¿Hablas en serio? O sea, ya sé que te encantaba la dramaterapia o como se llame, pero ¿esto?

—Sí. Esto. Sin duda creo que deberíamos presentarnos a las pruebas. ¿Qué mal podría hacernos?

—Sé lo que estás pensando. Cuentas con el gusanillo del teatro. Cuentas con que me pique el gusanillo y me convierta en una apasionada del teatro.

—Quizá. Pero en realidad cuento con que tengamos una excusa para darnos un pirulo por ahí.

—Creo que lo que quieres es verle el pirulo a alguno.

—Puaj.

—Es un decir —respondo encogiéndome de hombros.

—Mira, quedará bien en tu expediente académico. ¿Qué me dices de eso?

La panacea.

—No sé…

Pero ya sé que lo voy a hacer. Si Remy quiere hacerlo, yo quiero hacerlo. Solo para estar con ella. Solo para tener más cosas de las que reírme y burlarme. Solo para estar en su mundo. Para estar junto a ella. Para cachondearnos, bromear, partirnos de risa, enviarnos mensajes desde la misma habitación, hacer el tonto, pero actuar como si formásemos parte de nuestra película personal.

—Además, seguro que Milo lo hace.

—¿Milo?

—Ah. Nadie te ha hablado de Milo.

—¿De qué estás hablando?

—Joder, realmente eres de Nebraska.

—De Iowa. Y no, me lo estaba inventando. Para impresionar a todo el mundo.

—Milo. Milo Hesse. O sea, el tío del que estás a punto de enamorarte.

—Sí, claro.

—Créeme.

—¿Cómo lo sabes?

—Porque todas están enamoradas de él.

—¿Hasta tú?

—Solo somos amigos. Pero créeme. Ese chico es irresistible. Como las patatas fritas.

—No me gustan las patatas fritas.

—Bueno, pues esta patata frita te gustará.

Y ahora no puedo dejar de pensar en ese chico irresistible que hasta a Remy le gusta. Y es raro porque tengo miedo de este chico y al mismo tiempo estoy celosa de él. ¿Por qué a Remy le gustará tanto? No es más que un estúpido. Y ella es Remy. Remy Taft. ¿Por qué iba a rebajarse a que le gustara alguien? ¿No está por encima de eso? Se supone que ella gusta a todo el mundo, ¿recordáis?

Decido que voy a odiar a ese tal Milo.

CAPÍTULO 20

Si alguna vez queréis ver a un puñado de gente hacer el idiota, id a un casting. Cualquier extraterrestre procedente de la galaxia de Andrómeda que entrara en este auditorio pensaría que ha entrado en un manicomio. Creedme.

Se suponía que debíamos ir con ropa ancha. Para bailar. Para cantar. Para dar vueltas y fingir que estamos contentos. O tristes. O esperando el autobús. El asunto en general es bastante ridículo. Aquí hay chicas haciendo ejercicios vocales. Y chicos. Adolescentes cantando escalas.

En serio, es vergonzoso.

Lo que Remy no sabe es que me he marcado un objetivo para este casting: fracasar.

No, señor, no tengo absolutamente ninguna intención de perder mi tiempo pisando las tablas o como sea que lo llamen y cantando una canción sobre perder mi virginidad con un motero buenorro delante de un puñado de desconocidos. Preferiría embadurnarme en sangre y saltar a un tanque lleno de tiburones. Así que, pase lo que pase, cueste lo que cueste, pienso hacerlo fatal.

Remy, por otra parte, se ha empeñado en conseguir el papel de Sandy. Está concentrada. Está ensimismada. Está inspirada. Y es la única persona aquí a la que le queda bien este look. El look teatral y liberal de ropa holgada. Yo describiría su look como una mezcla de los años ochenta con el *après-ski*. Algo en sus botas de piel te transporta a Suiza. Sea lo que sea, parece recién salida de un número de *ELLE* y las demás parecen salidas de Walmart. Hay que reconocérselo. No hay ningún estilo que sea incapaz de bordar. Quiero decir que su vena sartorial es digna de admirar.

—¡Muy bien, actores! Acercaos. Quiero que utilicéis el espacio de manera creativa. Pensad más allá de lo evidente. Y, por favor, desinhibíos. No hay respuestas correctas o incorrectas. Porque este es un lugar... mágico.

Miro a Remy con cara de «esto es ridículo». Ella me dirige una mirada de seriedad dramática.

—Quiero que encontréis un lugar en el auditorio, puede ser cualquier parte, un lugar que os hable, que os esté llamando. Y quiero que finjáis que sois un helado de cucurucho.

Yo pongo los ojos en blanco hasta tal punto que casi me hago daño en una cuenca. Remy intenta no sonreír.

—Un frío y refrescante helado de cucurucho. Sí, sí, eso mismo. Muy bien.

Todos actúan como si fuesen untuosos y se mueven despacio. Yo no. ¡No, señor! Yo soy un sorbete de naranja y tengo estilo y energía. Puede que los demás helados sean lentos, pero yo decido encarnar la acidez del sorbete de naranja. La vainilla dice: «me aburro». El chocolate dice: «cómeme o muere». El de chocolate, nueces y malvaviscos dice: «estoy compensando por algo». Pero, ¿el sorbete de naranja? El sorbete de naranja dice: «Soy raro. Estoy loco».

Y por tanto realizo un baile muy extraño, lo que hace que las demás aspirantes a Sandy y a Rizzo me miren de reojo, aunque no con demasiado descaro, no vaya a ser que me haga parecer interesante... por ejemplo, lo suficientemente interesante como para conseguir el papel. Y también hace que a Remy le resulte imposible encarnar a un helado, porque está haciendo tanto esfuerzo por no reírse que tiene la cara oculta tras el telón de terciopelo rojo, lo que le hace parecer un helado de cucurucho acosando sexualmente a una cortina.

Mi baile es rápido. Y descoordinado. ¡Y lleno de alegría de vivir!

Remy ya está en el suelo hecha una pelota. Una pelota de helado derretido. Me mira asomándose por debajo de su axila y veo que tiene la cara roja como un tomate.

Algunas de las demás bailarinas han parado.

Principalmente se dedican a mirarme con el ceño fruncido.

La profesora de teatro es la señora Jacobsen. Es como si Patricia Reichardt se hiciera mayor, engordara treinta kilos y se pusiera un elegante traje verde azulado con falda de tubo y chaqueta a juego. También lleva gafas. Son de carey. Y también lleva pañuelo. Con pájaros. Pájaros en el pañuelo y seguro que también en casa.

—Perdona… Willa, ¿verdad?

—Sí —continúo bailando. ¡El espectáculo debe continuar!

—¿Qué clase de helado de cucurucho eres exactamente?

—Soy un sorbete de naranja.

—Por favor, ya puedes parar de bailar.

Paro. Remy sigue mirándome desde debajo de su axila, hecha un ovillo junto al sistema de poleas del escenario.

—¿Puedes explicarlo, Willa, por favor? No sé si entiendo tu helado. Parece muy diferente a los demás helados.

—Exacto. Exacto, señora Jacobsen. Es que el sorbete de naranja es diferente. Los demás sabores suelen decir siempre lo mismo. Pero yo no. No. El sorbete de naranja dice: «estoy loco. No me importa. ¡Voy a mi propio ritmo! ¡Elígeme a mí! No soy relajante como la vainilla, el chocolate o la fresa».

Se hace el silencio en la habitación.

Es evidente que van a echarme de la prueba. Misión cumplida.

La señora Jacobsen se me acerca.

Ahora está tan cerca que huelo que lleva un perfume de rosas, y he de decir que huele bastante bien.

Y, dado que Remy me ha inspirado para ser todo lo que puedo ser, y en este caso solo puedo ser alguien que no quiere formar parte del elenco de esta obra, llega el momento de poner fin a esta farsa… de una vez por todas.

—Vaya, qué agradable.

—¿Perdón?

—Su perfume. ¿Son rosas? ¿O gardenias? Dios, qué bien huele. Es sutil, pero descarado. Bien jugado, señora Jacobsen.

Remy se incorpora y se queda apoyada contra la pared con cara de asombro.

—Ah. Vaya, gracias. ¿De dónde eras, Willa?

Puf. Me preparo para las risitas flojas.

—De Iowa.

Un ligero, casi imperceptible murmullo de burla comienza a inundar la estancia.

Me preparo para el hachazo.

—Bueno, Willa, enhorabuena. Eres Frenchy.

Siento que el suelo se abre bajo mis pies.

—¿Qué?

—Eres Frenchy. Eres perfecta para el papel.

—Eh… ¿en serio?

—Sí, Willa. ¡Eres la primera persona que está en el elenco de la obra de este año!

—A ver, no es que quiera llevar la contraria ni nada de eso, pero ¿no le parece que yo soy más Marty? Porque… bueno, ella mola bastante, hay que reconocerlo, con esos marines y todas las fotos que lleva en su cartera y esas cosas…

—Lo siento, Willa, pero no eres Marty.

—¿En serio?

—Odio tener que decírtelo.

—Un momento. ¿Cómo? ¿Por qué no soy Marty?

—Simplemente no lo eres, querida. No te ofendas.

—Entonces, ¿quién lo es? Solo por curiosidad.

—Ella.

Y la señora Jacobsen señala hacia el otro extremo de la sala, yo sigo con la mirada la dirección de su mano y allí está… por supuesto… Remy.

Claro. Remy tiene que ser Marty.

Remy levanta la mirada.

—¿Yo?

—Sí, tú. ¿Cómo te llamas?

Reina el silencio en el auditorio. Es como si ninguna de las presentes pudiera creer que hubiera alguien en el planeta que no hubiera oído hablar de Remy Taft. Solo les falta suspirar.

—Remy.

—Bueno, Remy, enhorabuena. Eres oficialmente Marty.

—Un momento. Entonces, ¿tengo el papel? ¿Y ella también? Si ni siquiera hemos leído las frases todavía. Qué raro.

Y la señora Jacobsen sonríe.

—Todo es cuestión del reparto. Hay cosas que no se pueden actuar. Créeme.

La sala entera se desmoraliza y quiere matarnos.

Remy me mira y levanta los pulgares. Está resplandeciente.

—Vale, las demás, vamos a tomarnos un descanso. Cuando volvamos, haremos la lectura. Chicas, vosotras quedaos. Obviamente.

Pues ya está. Remy me ha traído a esta absurda prueba de teatro, he intentado con todas mis fuerzas hacerlo mal y ahora tengo el papel de Frenchy.

Me propongo hacerlo mal con más frecuencia.

Remy corre hacia mí dando saltos de alegría.

—¿No estás emocionada? ¡Podemos ser actrices! ¡A mi madre no le hará ninguna gracia!

—¿Qué? ¿En serio?

—Sí. «Eso no se hace», así me lo dicen. Pero que les den. ¡Yo voy a hacerlo!

Yo parpadeo.

—Vaya. No sabía que te lo tomaras tan en serio, la verdad.

—Pues sí. Aunque no puedo hacerlo.

—Remy, puedes hacer…

Y estoy en mitad de la frase cuando de pronto Remy me agarra del brazo con violencia y me arrastra hacia el telón rojo del teatro.

—Mira.

—¿Qué?

—Mira ahí. ¿Lo ves?

—¿Ver a quién?

—A Milo. Ese es Milo. Justo ahí. Junto a esa estatua griega desnuda.

Yo no me había dado cuenta de que hubiese una estatua griega desnuda al otro lado de la sala. Es una estatua pequeña, pero está sentada allí, junto al arco de la entrada, en una postura desafiante para no marcharse.

Pero esa estatua griega desnuda me hace mirar hacia abajo y ver a la persona que está de pie en la puerta. Esa persona que acaba de entrar, a quien la luz rodea como un halo de proporciones clásicas.

Y ese tío, de pie en la puerta, rodeado de un halo luminoso, no se parece a nadie de los que haya visto hasta entonces…

… y ahora sé por qué tendría que haber oído hablar de Milo.

CAPÍTULO 21

Sé lo que es ver a alguien y tenerle miedo. Ver a alguien y pensar en la infinidad de cosas en las que no debes pensar, como que no molas lo suficiente, o que eres demasiado baja, o demasiado grande, o demasiado esto o lo otro. Sé lo que es ver a alguien y prácticamente derretirte nada más verlo porque todo el mundo decía que habría alguien así. Aparece en todos los libros. Aparece en todas las películas. Aparece en todos los poemas desde el inicio de los tiempos y quizá incluso estuviera escrito en alguna caverna. Todo el mundo sabe que esa persona llegará. Esa persona que te dejará sin aire. Todos te lo dicen durante tanto tiempo y de tantas maneras que al final no te lo crees.

Hasta que ves a esa persona. Hasta que lo ves.

Milo.

Milo Hesse.

Ahora voy a contaros cómo es.

¿Conocéis esa película? Esa en la que un vaquero descubre que tiene sida y entonces empieza pasar medicina de contrabando a través de la frontera. Bueno, pues ese tío no. El otro tío. El que hace de transexual.

Ese tío.

Imaginaos a ese tío, pero imagináoslo cuando no está haciendo de mujer. Ahora ponedle metro ochenta de altura, unos vaqueros y una camiseta azul oscura de manga corta en la que hay escrito algo en japonés, pero es el poster de una película del Salvaje Oeste. Sí, el póster de una película del Salvaje Oeste, con letras en japonés, en una camiseta. Estoy segura de que pone *El bueno, el feo y el malo*, pero no voy a seguir mirando el pecho de ese chico para averiguarlo porque ya estoy acobardándome.

Y además tiene los ojos verdes. Y, o lleva pestañas falsas, o debería descolgar el teléfono ahora mismo y llamar a su madre para darle las gracias por esas bonitas pestañas. Y por la boca también. Ah, ¿no sabíais que tiene una boca deliciosa? Sí. Pelo castaño ligeramente desgreñado, aunque no demasiado. Y unas Vans de camuflaje.

Lo que ocurre ahora es que Remy está mirándome como el gato que se comió al canario. Está leyéndome el pensamiento como si fueran los titulares de las noticias que van apareciendo por la parte inferior de la pantalla que es mi cabeza, pero eso no importa porque yo me estoy deshaciendo en el suelo de todos modos.

—Te lo dije.

—¿Qué?

—Ya lo sabes.

—No tengo ni idea de qué estás hablando.

—Mmm.

Milo no nos ve todavía, pero desde luego está buscando a alguien. O eso, o va a hacer la prueba para la obra, y todos sabemos que esa no es la razón por la que está aquí.

—¡Remy!

Oh, supongo que Milo ha venido a ver a Remy. Tal vez Milo esté enamorado de Remy. Eso tendría sentido. Aunque, ¿Milo y Remy? Me parece demasiado, si queréis saber mi opinión. Pero tal vez estén destinados a estar juntos. Como Titania y Oberón.

Antes de que yo pueda evaporarme, Remy me agarra la mano y me acerca a conocer a esa persona que claramente es un robot desarrollado en un laboratorio para destruir corazones.

—Ah, hola.

Milo parece sorprendido de que Remy no esté sola. No es buena señal.

—Esta es Willa. Es de Iowa.

Matadme. Matadme ya.

—¿Qué? ¿En serio? Vaya, nunca había conocido a alguien de Iowa.

Me vendría bien que el edificio se viniera abajo ahora mismo. En serio, sin ningún problema.

—Lo sé. ¿A que mola? —es Remy, que intenta hacerme sentir mejor. No lo consigue.

—¿Cómo son las cosas por allí?

—Todos son rubios.

—¿En serio?

—Sí, escandinavos o algo así. Es allí donde fue todo el mundo. Cuando huyeron. La hambruna o algo así.

Dios, ¿de qué estoy hablando? ¡La hambruna!

Ahora Milo está estudiándome.

—¿Y dirías que eres un típico espécimen de Iowa?

—Eh…

—Nunca imaginé que la gente de Iowa fuese como tú. No sé si es que soy cerrado de mente o que nunca lo había pensado realmente, la verdad.

¿Qué?

¿Qué acaba de pasar?

Remy ve que me sonrojo y sonríe de oreja a oreja. En serio, podría arrancarle la cabeza en este momento.

—Vaya, te estás sonrojando —Milo se gira hacia ella—. ¿La gente hace eso?

Me siento la paleta más grande de todos los tiempos. Como si fuera pequeñita.

Remy se inclina hacia Milo.

—No te hagas el gallito. Es más lista que tú.

Vale, esto está empezando a ponerse raro.

—Bueno, Milo, ¿vas a ir al baile de otoño? —pregunta ella con tono desafiante.

—Desde luego que no.

Silencio. Por alguna razón, Milo se da cuenta de que esa es la respuesta equivocada.

—¿Por qué? ¿Vosotras sí vais?

—Sí —anuncia Remy.

—Entonces sí que voy.

—Willa nunca ha estado.

—Ah. Entonces la envidio.

—Eh, ¿qué es el baile de otoño? —podría hacerme la guay, pero ellos saben que no lo sé.

Remy agita la mano.

—Es un baile para celebrar la cosecha o algo así.

—¿La cosecha? ¿Y hay paseos en carros de heno y sidra de manzana?

—Más bien vestidos caros y gente vomitando —responde Milo con una sonrisa.

—¿Vomitando?

—Sí, todo el mundo se viste bien y todo el mundo adultera la bebida. Unos bailan, otros retozan.

—¿Habrá toqueteos? —me giro hacia Remy para que me lo confirme.

—Oh, claro que los habrá.

—¿Y nosotras toquetearemos?

—Desde luego.

Milo parece encandilado con Remy. La mira de ese modo. Como anhelante. Hay magia entre ellos, electrones temblorosos que rebotan de un lado a otro intentando darle forma.

—Vale, de acuerdo, entonces os veré allí.

—¿Así que vas, Milo? —ella le reprende.

—Definitivamente voy. Quizá.

Y, sin más, Milo sale definitivamente/quizá por la puerta y nos deja a Remy y a mí perplejas.

—Te lo dije.

—¿Me dijiste qué?

—Lo de Milo. Que es un zorro frío como el hielo.

96

—Cierto. Me he perdido. ¿Va a ir a esta cosa del otoño?

—Un sesenta por ciento de probabilidades con varios quizás.

—Así que quieres decir que Milo es tan impredecible como el tiempo.

—Quiero decir que Milo es menos predecible que el tiempo.

Ya regresamos, atravesamos la verja de Witherspoon para volver a Pembroke. Todos los chicos a nuestro alrededor llevan uniforme, americanas azul marino con un escudo de armas en el bolsillo y pantalones color tostado. Nos miran y enseguida apartan la mirada. Susurran los unos con los otros y vuelven a mirar.

De pronto todos parecen adorables. No altivos y arrogantes. Sino tímidos y algo avergonzados. Si yo fuera la reina del mundo, haría que todos los chicos llevaran uniforme. En serio, no hay nada más dulce en la tierra o en el cielo que un chico de ojos grandes, casi escuálido, con americana azul marino llevando libros encima.

Entre adorables y lerdos. Eso es lo que son. Y es posible que yo haya muerto en ese casting y ahora me encuentre en el cielo.

—¿Es por eso por lo que rompiste con Milo?

—¡Romper! ¿De qué estás hablando, loca? Solo somos amigos.

—¿Así que nunca habéis salido juntos o algo por el estilo? ¿Ni siquiera un poco?

—Ni hablar. Estamos demasiado unidos para eso.

—Claro. ¿Por qué iba alguien a querer salir con una persona a la que está unido? Qué asco.

Ella me da un codazo cariñoso.

—Ay, Iowa, qué mona eres. En algunos aspectos eres bastante tradicional. Supongo que pueden sacar a la chica de la granja, pero no pueden sacar la granja de la chica.

—Muuuu.

—¿Se supone que eso es una vaca?

—Sí, Remy.

—Pues suena como un fantasma.

—Quizá sea una vaca fantasma.

Remy y yo salimos de Witherspoon y caminamos por los adoquines de vuelta hacia Denbigh. Empieza a chispear, después caen goterones, luego llueve a cántaros y finalmente aquello parece un tifón.

Gritamos como locas y corremos bajo la lluvia, empapándonos. Calándonos. Ahogándonos.

Para cuando regresamos a Denbigh, es como si nos hubiésemos zambullido en el océano. Llegamos a la puerta de entrada sin aliento y riéndonos, y todas en el vestíbulo se quedan mirándonos.

Nosotras las miramos, ellas nos miran y eso hace que nos riamos más.

Y es justo en este momento. Aquí mismo. Si pudiera retroceder en el tiempo y detenerlo todo. Es justo aquí. La sensación de que todo es divertido, nada es triste, todo tiene forma de corazón y resplandece.

Daría cualquier cosa por detener la cinta justo aquí.

Pero la vida no funciona así. La vida sigue girando. Lo queramos o no.

CAPÍTULO 22

He decidido no ir al baile de otoño. ¡Que celebren ellos solos la cosecha! Además, celebrar la cosecha poniéndose vestidos supercaros y vomitando alcohol me parece más como celebrar la caída de la civilización occidental.

No pienso ir.

—Remy, tengo algo que decirte. Es sobre el baile de otoño.

—Oh, suena oficial. Sí, Willa Parker. Soy toda oídos. Por favor, ponte seria.

Remy está tumbada sobre su cama con las piernas apoyadas en la pared, contemplando las uñas de sus pies, recién pintadas de azul. Es una manera curiosa de estar sentada, pero la he probado y es bastante cómoda.

—Vale, allá va. He decidido no ir al baile de otoño.

—¿Qué?

—Yo, Willa Parker, en pleno uso de mis facultades mentales, he decidido no asistir al baile de otoño.

—No. No, no, no. Tienes que ir. Tengo que llevarte. Será divertido. Habrá toqueteos, ¿recuerdas?

—No quiero toqueteos.

—Yo no quiero toqueteos sin ti.

Ahora soy yo la que se tumba en la cama y contempla las uñas de sus pies. Las mías son naranjas. Naranjas fosforitas. No sé por qué he tomado esa decisión, pero ahora me gusta.

—Además, Milo estará allí.

—No. No pienso picar. Dijiste un sesenta por ciento de probabilidades con varios quizás.

—Sí, vale. Lo dije. Pero tienes que ir.

—No.

—Por favor. Por fi, por fi.

—Mira, Remy, incluso aunque quisiera ir, que no quiero, no podría, porque no tengo nada que ponerme y así la noche se echará a perder y me convertiré en calabaza o algo así.

—Vale, la historia no es así en absoluto.

—Mira, es que no tengo ese tipo de cosas a mano. O sea, si fuera un baile de la cosecha auténtico, con carros de heno y manzanas de caramelo, puede ser, pero no prendas elegantes. No. Ni hablar. No tengo de eso. No puedo conseguirlo.

—Ah, bueno, eso es fácil.

—Por favor, ilumíname, oh, gran sabia.

—Puedo prestarte algo yo. Tengo miles de cosas. Y están ahí, muertas de risa en mi armario. Se sienten solas.

—No sé...

—Hablo en serio. Algunas cosas todavía tienen puesta la etiqueta; es una vergüenza. Vamos. Tienes que venir. Por favor.

—¿Estás segura?

—Sí, por supuesto. Iré a por la ropa.

—¿Ir a por ella?

—Sí, voy ahora. Enseguida vuelvo.

Se levanta, se pone una chaqueta y está a punto de salir por la puerta como un torbellino en su misión de buscarme ropa.

—Espera, ¿dónde vas?

—Se llama Nueva York. Quizá hayas oído hablar de ella. Un sitio lleno de gente con edificios muy altos.

—Te vas a Nueva York ahora, sin más. Aunque tengamos un examen mañana.

—Sí, esto es mucho más importante.

Y ahí va, Remy Taft, en busca de un vestido para su amiga la pobre y patética. No sé cómo tomármelo. Por un lado le estoy agradecida. Nunca he tenido una amiga que hiciera eso por mí. Por otro lado, no es un comportamiento precisamente ejemplar. Tenemos que estudiar para un examen y ella va y se marcha.

Me grita mientras baja atropelladamente las escaleras.

—¡Deja la puerta abierta! ¡Me he dejado la llave!

Claro, no podía ser de otro modo.

CAPÍTULO 23

Supongo que Remy está tomándose su tiempo para rebuscar en su armario, porque han pasado dos días y todavía no ha vuelto. Tal vez su armario lleve a Narnia y esté ocupada luchando contra la Bruja blanca y charlando con Aslan el león. Eso tendría mucho más sentido que tardar dos días en encontrar un vestido para que su amiga vaya a un baile al que ni siquiera desea ir.

Cuando finalmente regresa, parece recién salida de la cesta de la colada. Es tarde y yo estoy estudiando en la sala de estudio de Denbigh, que deja en evidencia a las demás salas de estudio. Supongo que a esta quisieron darle un toque náutico. Las paredes de la habitación están pintadas en azul marino, con molduras blancas, y por todas partes hay cuadros de barcos, mapas náuticos, anclas e incluso cojines con corales bordados. Quizá lo que pasó fue que algún lobo de mar envió a su hija a Pembroke y a ella le dedicaron esta sala. O eso, o alguien en este colegio tiene predilección por el diseño de interiores.

En cualquier caso, yo me beneficio de esta fiesta acuática, porque no hay nadie más aquí y, ahora que lo pienso, nunca lo hay. Tal vez haya algún rumor macabro que circula sobre este sitio. Tal vez, cuando nadie mira, ese pulpo salga del cuadro para atraparte. ¡Y que no regreses nunca!

Y hablando de no regresar nunca...

—Misión cumplida.

—Eh, Remy, ¿eres tú? Yo antes conocía a alguien llamada Remy, pero se marchó en una misión y fue engullida por un universo interplanetario alternativo. La echo de menos.

—¡Bueno, pues no la eches más de menos! Aquí está. ¡O sea, aquí estoy! Saca la cabeza de esos libros y ven arriba. Tengo algo maravilloso que quiero que veas, pequeña pueblerina.

Mirad, estoy molesta con ella. Me siento como una idiota. Como si me hubiera mentido o engañado o algo. Quiero decir que hay algo que no encaja. ¿Cómo puede una chica desaparecer sin más durante tres días? ¿Dónde va? ¿Qué hace? ¿Se le ha olvidado cómo enviar mensajes con el móvil? ¿Por qué no me lo dice? Tampoco es que esté pasando armas de contrabando por la frontera con México. Espero. Y, si no es eso, ¿le pasará algo? ¿Estará muriéndose de cáncer o algo así y no se lo dice a nadie porque es supernoble y trascendental y entonces un día entraré en nuestra habitación y se habrá ido y no volveré a verla nunca más?

—Remy, voy a ser sincera contigo. Y puede que esto no mole, pero da igual, a lo mejor yo no molo. No entiendo por qué no paras de desaparecer. Y, sinceramente, no pretendo parecer tu abuela ni nada de eso, pero me preocupa.

—¿A qué te refieres?

—¿Que a qué me refiero? Vale. Has estado fuera tres días. No me escribes ni nada. Después de salir corriendo como si estuviese quemándose el colegio. Y antes de eso ya habías desaparecido durante dos días. También sin dar explicaciones.

—Ni siquiera me acuerdo.

—Vale, pues yo sí. Mira, no pasa nada, pero dímelo, ¿de acuerdo? No hay razón para andar con secretos. Es que… me preocupa, digamos.

—Espera. ¿De verdad te molesta? ¿En serio?

—Sí, la verdad es que sí. Es una cuestión de confianza o algo así.

Me dirige una sonrisa resplandeciente que casi me ciega, después me da un abrazo y pega su mejilla a la mía.

—¡Pueblerina! Es una cuestión de que te importo.

Noto un cosquilleo por todo el cuerpo. Mi ceño fruncido pierde su fuerza pese a mis esfuerzos por mantenerlo ahí.

—Sí, bueno. Sigo esperando. Explícate.

—Vale, vale, vale. Estaba en Nueva York y mi madre me pidió que me quedara unos días, porque dijo que me echaba de menos, así que lo hice.

—Aunque tuvieras un examen.

—Bueno, ya lo compensaré. Tampoco es que vayan a expulsarme.

Y eso es cierto. Claro que no van a echar a Remy Taft. ¿Cómo iban a hacerlo? Su padre es miembro del consejo administrativo. Quien la expulsara sería despedido en cuestión de días. Remy lo sabe. Ellos lo saben. Y supongo que su madre también lo sabe.

—Vale. De acuerdo. Gracias por decírmelo. Siento no molar más.

—Oh, sí que molas, Willa. Y vas a molar más cuando veas los tesoros que he recopilado en mis viajes.

—Es esta habitación, ¿verdad? Te convierte en pirata.

—¡Sí, ese es el secreto de la cueva de estudio del pirata! ¡Ahora, marinera de agua dulce, tienes que morir antes de revelar el secreto!

—Me siento gorda cuando me llamas marinera de agua dulce.

Remy se sale del personaje.

—A lo mejor te recuerda a una nutria.

—A veces sí que me siento como una nutria.

Y así, sin más, vuelve a caerme bien. Aquí estamos, igual que antes. Y me siento feliz. Muy feliz.

Y esa felicidad se transforma en alegría desmedida cuando Remy me muestra su gran hallazgo. Está en los aposentos de la doncella, junto a nuestra habitación. La estancia al fin ha adquirido su verdadera vocación de vestidor. Hay un espejo de cuerpo entero y un sofá/banco tapizado, así como un pequeño escritorio con una silla y otro espejo colocado encima, diseñado, supongo, para sentarse y admirar tu reflejo.

Y luego, en el centro de la habitación, la enorme barra llena de ropa colgada.

Tendríais que verlo. Es absurdo. Absurdo y maravilloso y frívolo y exquisito. Sedas resbaladizas, tules de colores, ricos terciopelos y llamativos rasos por todas partes.

Remy sonríe, orgullosa, se echa a un lado y contempla su trabajo.

—¿Te gusta?

Atraída como por un imán, me acerco a los vestidos, algunos bordados, algunos bohemios, algunos sencillos, pero todos elegantes y con las etiquetas puestas. No son vestidos antiguos. Son la clase de vestidos que se tarda semanas en hacer, la clase de vestidos que hay que encargar, la clase de vestidos con la que te tropiezas al subir al escenario para recoger tu Oscar.

La clase de vestido que cuesta tanto como un coche. Y son preciosos.

—Bueno, Iowa, puedes elegir.

Lo gracioso de este momento es que sé que Remy no tiene intención de prestarme ninguno de esos vestidos. No, piensa regalarme uno. El que sea, el que yo elija. Y no es por alardear. Y no es a condición de nada. Y no es por orgullo.

Es porque Remy es así.

—Dios, Remy, mira todo esto. Yo nunca podría... esto es... —hago una pausa—. Es como si... como si me hubieras salvado la vida.

Me refería a los vestidos. Solo a los vestidos. Pero ha sonado raro. Ha sonado como si tuviera planeado lanzarme desde lo alto del campanario y entonces llega alguien y me borra, así sin más, la idea o incluso el recuerdo de esa idea.

Lo he dicho antes de darme cuenta de lo que hacía. Antes de poder tragarme las palabras.

Y Remy me mira y recibe las palabras.

—No sé, Willa —me dice dándome la mano—. A lo mejor es al revés.

CAPÍTULO 24

El salón Hotchkiss es mucho más lujoso de lo que sería en cualquier película. Es un espacio enorme y cavernoso con molduras de madera oscura y lámparas de araña gigantes de hierro que cuelgan de las vigas. Dichas vigas están pintadas a mano con un estilo colorido a caballo entre *Juego de tronos* y *Aladdin*. En las paredes hay cuadros al óleo de blancos muertos y respetables. Hay una enorme chimenea de piedra en el centro del salón. Esta chimenea deja las demás chimeneas a la altura del betún. Esta noche, el fuego está encendido. Si quisierais flambear a un pequeño equipo de fútbol, este sería el lugar.

Remy y yo no vamos a juego. Nunca. ¡Eso sería cutre! Pero nos complementamos, eso seguro. Es como si estuviéramos en la misma sesión de fotos. Para Valentino. Sí, señores. Llevo un vestido de Valentino por primera vez en mi vida, y casi siento que debería cambiarlo por dinero en efectivo para pagarme las clases.

¿Os lo describo? Sé que os morís por verlo. Es un vestido de tul gris con delicadas flores de lana cosidas a mano de manera aleatoria. Comienzan en la parte de abajo y van esparciéndose a medida que ascienden por el vestido, como si el vestido saliera del bosque, hasta que no queda nada salvo raso gris y fabuloso. Es algo diáfano y me siento como un hada del bosque correteando de un lado a otro. Y luego está el vestido de Remy. Que es divertidísimo. Es un vestido de tul azul marino con un corazón rojo gigante justo encima de su corazón, y lo que parecen ser corazones y cohetes espaciales bordados en la falda del vestido. Lo sé. Parece una locura. Y lo es. No sé qué persona en su sano juicio diseñó ese vestido ni para quién. Bueno, de hecho sí lo sé. Lo diseñaron para Remy. Solo a Remy podría sentarle bien ese vestido. Aunque siempre sucede lo mismo.

Para entrar en el baile, tenemos que subir por unas escaleras de mármol y acceder al gran salón. Entramos y es como si se rayara un disco. Lo digo en serio. Se hace un silencio absoluto.

La verdad es que a mí me da un poco de vergüenza todo esto, pero Remy entra en la sala con elegancia y desenvoltura. Supongo que está acostumbrada a que la gente deje de hablar cuando ella entra en algún sitio. Claro que lo está. Pero esta es mi primera vez. Nunca nadie se había quedado callado al verme entrar.

Allí hay bastantes chicos de Witherspoon vestidos de etiqueta. Mi favorito es el que está junto al DJ, que lleva un esmoquin negro ajustado, una corbata fina, con el pelo rubio de surfista y zapatos a cuadros de Chuck Taylor.

—¿Quién es ese?

—¿Quién?

—El que tiene pelo de surfista.

—Ah, ese es Zeb. Es de Los Ángeles. Claro.

—¿La gente de Los Ángeles llama Zeb a sus hijos?

—Eh, sí. Y también evitan comer gluten como si fuera la peste, pero beben una cosa llamada Kombucha que parece como si alguien se hubiera corrido dentro.

—Qué asco.

—Pero el tío mola. ¿Quieres conocerlo?

—Quizá más tarde… ¿Ves a Milo?

Remy está distraída, mira algo en su teléfono móvil.

—Espera, enseguida vuelvo.

Y vuelve a desaparecer. Genial. Si desaparece durante dos días, me muero.

Pero el DJ está poniendo a los Yeah Yeah Yeahs y me doy cuenta de que Zeb está echándole alcohol al ponche. Y él se da cuenta de que me estoy dando cuenta.

—Shh —se lleva el dedo a la boca y sonríe.

Yo sonrío. Es un chico mono. Parece despreocupado.

—Estoy mejorando la receta. Es una receta muy antigua que he heredado de mis antepasados.

—¿De verdad? ¿Tu antepasado era Jack Daniels?

—De hecho es mi padre. No, espera, ese es Darth Vader.

Ambos nos quedamos mirándonos, algo nerviosos.

—Vale, ha sido un chiste un poco malo.

—A mí me ha gustado.

—A mí me gusta tu vestido. Pareces una especie de hada del bosque.

—Así es justo como me siento.

—Yo no me siento como un hada del bosque.

—No. Tú pareces más bien un anuncio de… de gente que lleva esmoquin y… que monta en monopatín.

—Es esa pequeña superposición en el diagrama de Venn.

Me cae bien este chico. Este tal Zeb. Me gusta que parezca que viene de diferentes climas. Climas ventosos. Hay algo tierno en él. Seguro que es budista. ¿Los californianos no son todos budistas?

Pero no tengo más tiempo para contemplar a Zeb, porque Remy ha aparecido detrás de mí, me ha agarrado del brazo y me ha arrastrado hacia los claustros. Yo miro hacia atrás por encima del hombro.

—Adiós, Zeb.

—Un momento, ¿cómo sabes mi nombre?

—Porque te está acechando —responde Remy.

Yo me quiero morir.

Gracias, Remy.

Pero ahora estamos en los claustros y todo está a oscuras. Hay un sarcófago al otro extremo de la cripta y da un poco de miedo. En el centro hay una fuente que sale de un pozo. Tiene como dos metros de profundidad. El agua sale a borbotones y la música del salón apenas se oye, aunque a través de las vidrieras se ve la luz titilante.

—Remy, me gustaba ese chico.

—Zeb mola mucho. Debería gustarte. Pero no te enamores de él, porque tiene una novia supermodelo de la que está totalmente enamorado. Su padre es un director famoso, así que digamos que ha molado toda su vida. Se crio en sets de rodaje en los que todo el mundo le adulaba.

—Ah, qué aguafiestas… Bueno, entonces esta fiesta vuelve a ser aburrida.

—No, no, esta fiesta aún no ha empezado, mi querida Iowa.

—¿Perdona?

—¿Recuerdas que te preguntabas dónde me metía a veces?

—Pues, sí, claro que lo recuerdo.

—Bueno… pues puede que te interese una de las cosas que hago a veces, pero me da miedo mencionarla, porque no quiero asustarte.

—Vaaale.

—¿Puedo contártelo? ¿Prometes no enfadarte?

—Vale.

—¿Lo prometes?

—Lo prometo.

—Vale, toma.

Y me pone algo en la mano. Algo pequeño, rosa y redondo con un corazón dibujado.

—¿Has estado recolectando corazones?

—No. No. Mucho mejor. Aunque supongo que podrías decir que es un corazón, porque te llena de amor.

—No te entiendo.

—Es éxtasis. También conocido como MDMA. Y te hace sentir como si estuvieras enamorada. De todo.

—Esto es lo que has estado haciendo.

—Y de lo que he estado recuperándome. Se necesita un periodo de recuperación.

Empieza a hacer frío fuera y estoy incómoda en todos los sentidos. Me estremezco.

—Mira, no tienes por qué hacerlo. No tienes por qué. Pero pensaba que sería divertido. Y tal vez emocionante.

Yo miro con el ceño fruncido la pastillita rosa que tengo en la mano.

—No sé…

—Bueno, quizá solo probarlo. Solo para poder decir que lo has hecho. No se va a acabar el mundo. Y, si se acaba… ¿no te gustaría llevar puesto ese vestido?

Sonríe y me da un codazo.

No puedo evitarlo. Sé que no debería, pero no puedo evitarlo. Ahí está de nuevo… la curiosidad.

—De acuerdo. ¿Preparada?

—Preparada.

—Póntela en la lengua. Yo lo haré al mismo tiempo.

Ambas sacamos la lengua como si fuéramos niñas en el médico. Ella coloca una pastilla rosa en la punta de nuestras lenguas. Tragamos. Bebemos un poco de agua en la que antes no me había fijado. Supongo que tenía calculado su plan diabólico.

—Allá vamos… —sonríe con picardía.

No sé dónde es «allá» exactamente.

No sé si soy una idiota.

Preguntádmelo dentro de doce horas. Entonces lo sabré.

CAPÍTULO 25

Bueno, pues el baile de otoño mejora bastante con la aparición de las drogas. Lo que antes era aburrido, una excusa para ponerse elegante, ahora es una comedia emocionante y descabellada en la que todo el mundo es adorable y las paredes están enamoradas del techo. Si os estáis preguntando dónde me encuentro ahora mismo, estoy en mitad de la pista de baile, y Remy está haciendo un baile interpretativo a mi lado, a mi alrededor, después se aleja y vuelve a acercarse.

Me he dado cuenta de que Zeb ha abandonado la fiesta. Ni Zeb, ni Milo. Podría ponerme triste si no estuviera volando a un metro del suelo y saltando por todas partes. Ahora mismo no podría ocurrir nada malo. No podría sonar una canción inapropiada, no puedo decir nada equivocado, no puedo ser una persona equivocada. Todo es como debería ser y todo es maravilloso.

Nunca antes he estado enamorada. Es la primera vez que me enamoro. Estoy enamorada de esto. Estoy enamorada de las lámparas de araña que cuelgan del techo, de la luces, de los corazones y los cohetes del vestido de Remy, de Remy, del DJ, de todos los presentes y de todo el mundo. Así me siento.

De pronto se me ocurre, solo por un instante, que tal vez así es como tenga que ser. Tal vez sea así como hay que vivir la vida. Enamorada. Enamorada del cielo y de los árboles y de cada día que te regalan. Tal vez sea así como hay que hacerlo.

Remy me agarra y me arrastra fuera. Cuando nos golpea el aire frío, también siento que la brisa ha decidido abanicarnos con suavidad, elevarnos del suelo hacia el cielo nocturno.

—Oh, Dios mío, mira.

Miro hacia donde señala Remy y no veo nada. Hay un camino de adoquines, el lateral de la biblioteca y un carrito de golf.

—¿Qué estoy mirando? ¿Qué pasa ahora? ¿Cómo me llamo?

—Te llamas Willa y eso es un carrito de golf.

—Vaaaale.

—Y vamos a robarlo.

—Eh…

—Sí. Confía en mí, será divertido.

Me pregunto cuántas veces en la historia de la humanidad se habrán utilizado las palabras «confía en mí» antes de que sucediera algo terrible. Creo que rondará el millón.

—Creo que podríamos meternos en un buen lío si…

Pero Remy no ha esperado a oír mi consejo. Porque está demasiado ocupada corriendo hacia el carrito de golf, riéndose como una loca antes de montarse.

—Oh, Dios mío, tiene las llaves puestas.

—Tal vez alguien lo haya dejado ahí durante dos segundos y va a volver y se va a enfadar y nos van a meter en la cárcel.

Una vez más, Remy ignora mi opinión sobre el tema. En su lugar, ha puesto en marcha el carrito, riéndose diabólicamente, y lo ha acercado hasta mí.

—Remy, Dios mío, estás loca. Creo que has perdido la cabeza.

—Sube.

—Quizá debamos pensar en los pros y los contras.

—Willa, como tu mejor amiga, decreto que debes subirte a este carrito de golf.

—De acuerdo, de acuerdo, si lo decretas…

Y, sin más, me convierto en cómplice del delito.

Recorremos el camino de adoquines y bordeamos el campus, subimos una colina y dejamos atrás Denbigh y Radnor y el centro del campus y el edificio de ciencias, y llegamos hasta el final, donde hay un gimnasio junto al estanque de los patos.

La luna está casi llena esta noche y juraría que el hombre de la luna se está riendo de nosotras, o con nosotras, aún no lo tengo claro.

Es imposible no enamorarse del viento y de las estrellas y de la locura de atravesar el campus en un carrito de golf robado, con nuestros vestidos ondeando con la velocidad.

Pero vamos demasiado deprisa.

—¡Remy, creo que vamos demasiado rápido! —le grito por encima del sonido del motor.

—¿Qué?

Ella también grita.

—¡Creo que vamos demasiado rápido!

—¡Lo sé!

—¿Qué quieres decir con que lo sabes? ¿Quieres decir que lo sabes y no pasa nada o que lo sabes y que no puedes hacer nada al respecto?

—¡Quiero decir que lo sé y que no hay nada que pueda hacer al respecto!

—¿Qué?

—¡No frena!

—¿Qué? ¡Dios!

Y vamos cada vez más deprisa, demasiado deprisa, por el camino que conduce al gimnasio y al estanque de los patos.

—¡Gira! ¡Si vamos colina arriba, nos detendremos!

—¡No, saldremos volando!

Pero Remy intenta girar y sí que aminoramos la velocidad, lo justo para que el carrito de golf llegue hasta el terraplén del estanque y, sí, se zambulla en su interior.

Y ahora nosotras también estamos en el estanque de los patos.

Remy y yo, con nuestros carísimos vestidos, acabamos de meter un carrito de golf en un estanque para patos.

Y ahora empezamos a reírnos.

Lo sé. Sé que tendríamos que levantarnos, salir corriendo y comprobar que no estamos muertas o tenemos nada roto. Eso es lo que haría cualquier persona normal, pero no es eso lo que ocurre. No, no, en su lugar Remy y yo nos quedamos sentadas con el agua hasta la cintura, riéndonos sin poder parar.

Nos tiramos así unos cinco minutos.

Hay que admitir que resulta sorprendente que nadie nos haya encontrado. Supongo que tomar el camino por la parte de atrás del campus ha sido una estrategia brillante.

—Estamos en un lío. Dios mío.

—¡No es verdad! ¡Vamos!

Remy me arrastra del brazo, me saca del carrito medio sumergido y me lleva hasta la hierba.

—Vamos a apartarnos del camino para que nadie nos vea.

—Remy, no podemos dejar el carrito ahí. Tenemos que decírselo a alguien.

—Oh, no, ni hablar. A mí no me pasará nada, pero a ti te expulsarán.

Y es cierto. Dios, soy una idiota.

—No te preocupes. Este es el plan. Volveremos a entrar en Denbigh a hurtadillas. Nadie nos verá. Están todos en el baile; mira a tu alrededor, está todo desierto.

—Vale, vale… pero… ¿qué pasa con el carrito?

—¿Qué pasa con él?

—Bueno, que lo hemos roto.

—No lo hemos roto. Ya estaba roto. Los frenos no funcionaban. Casi nos matamos.

—Oh, Dios mío. Casi nos matamos porque lo hemos robado y no debíamos hacerlo. Creo que ha sido el karma o algo así.

—Puede ser. Pero no importa. Yo lo pagaré, ¿de acuerdo? Haré que mi padre les compre dos carritos nuevos. Así ganan ellos.

—¿En serio?

—Claro. Y, además, ha sido lo mejor del mundo. Reconócemelo.

—Lo reconozco —hago una pausa—. Me siento como si estuviéramos en esa película de Audrey Hepburn. La de Roma.

—¡Europa! ¡Deberíamos ir a Europa! Willa, ¿te irías a Europa conmigo? El verano que viene. Yo iba a ir, pero no se me ocurría nadie con quien me apeteciese ir. Podemos volar a París. Allí tenemos casa. Está en el distrito dieciséis. Es algo burgués, pero está bien. Yo habría preferido Le Marais, pero nadie me hace caso nunca.

—Espera. ¿Hablas en serio?

—¡Sí! ¡Sería tan divertido!

Ahora me da vueltas la cabeza pensando en todas las cosas que podríamos hacer y ver y en todos los líos en los que podríamos meternos en París.

—Por cierto me muero de frío —Remy señala su vestido empapado.

—Yo también. ¿Crees que nuestros vestidos sobrevivirán a esta debacle?

—Claro. Se llama tintorería.

Caminamos y vemos las luces de Denbigh sobre la colina.

Remy niega con la cabeza y sonríe.

—No puedo creerme que hayamos estrellado un carrito de golf.

—En un estanque de patos.

Entonces Remy grazna. Y yo grazno también. Y me ataca graznando como un pato. Y yo finjo huir del ataque del pato. Y graznamos y nos reímos durante todo el camino de vuelta. Y, aunque estamos muertas de frío, aunque acabamos de cometer un pequeño delito, aunque yo no me drogo, pero acabo de hacerlo, esta es, hasta la fecha, la mejor noche de mi vida.

Y ahora nos vamos a París.

SEGUNDA PARTE

CAPÍTULO 26

Nunca deberíais tomar drogas e ir a clase. No deberíais tomar drogas e ir a clase al día siguiente. No deberíais tomar drogas e ir a clase al otro día tampoco. Tal vez no deberíais tomar drogas nunca. ¿Qué os parece?

Han pasado dos días desde el baile de otoño y yo sigo pareciendo un fantasma, tengo angustia y estoy deprimida. Remy lo llama «recuperación».

Aquí no hay felicidad por ninguna parte. No está permitida la felicidad. Es como si hubiéramos consumido toda la felicidad de una tacada y ya se nos hubiera acabado. Y ahora solo estoy yo. Triste. Incapaz de ser feliz. Destruida.

Remy me dijo que sería así. Quería prepararme para ello. Pero aquí sentada, en clase de Literatura de la señorita Ingall, lo único que puedo pensar es que soy idiota.

Lo que más me agobia es la sensación constante y todopoderosa de la muerte inminente. Eso es lo peor. Es realmente difícil seguir con tu rutina diaria con la sensación de que te vas a morir de un momento a otro. No se lo desearía ni a mi peor enemigo.

No es que yo tenga enemigos. Ni que fuera una superespía internacional.

—Remy, no lo soporto —le susurro.

—Es el bajón; ya casi ha pasado. Te lo prometo.

Tal vez tenga razón. Tal vez solo sea el bajón y después todo vuelva a estar bien. Lo suficientemente bien para volver a hacerlo.

Sé que eso es lo que ocurrirá. Claro que ocurrirá.

Pero saberlo y hacer algo al respecto son dos cosas diferentes.

Y, cuando miro a Remy, que también está en su propio proceso de recuperación, sé que no haré nada al respecto.

Absolutamente nada.

Y quizá no esté tan mal después de todo. Quizá solo sea el precio que hay que pagar por ser amiga de alguien como Remy. Quizá es lo que cuesta el viaje.

La señorita Ingall se queda mirándome largamente, después a Remy, y estoy convencida de que puede leerme el pensamiento. Sabe que soy culpable. Sabe que estoy hecha una piltrafa. Y no estoy orgullosa de ello.

Dios, quizá me expulsen antes de los exámenes trimestrales.

CAPÍTULO 27

He oído el rumor de que existe una «Nueva» York. La idea es…
que se trata de un lugar con unos edificios muy altos que a todos les
resultan muy importantes, y allí está toda la actividad bancaria y
hay muchos teatros y tienes que ser rico solo para mirarla. Es un
lugar que antes era peligroso, pero ahora todo el mundo dice que es
un centro comercial, que parece Disneylandia y todos desearían
que volviese a ser peligroso. Ah, y es una isla. Se llama Manhattan.
Ahí es donde crece la gente rica.

Si creemos lo que aparece en las películas, tampoco tienes mucho espacio. Incluso los médicos y los abogados viven en un lugar
que, en mi pueblo, sería considerado una caravana. Pero aquí pones
esa caravana en el cielo y ya resulta mágico.

Pero Milo Hesse no vive en una caravana en el cielo. Milo
Hesse vive en el tipo de sitio que ni siquiera aparece en las películas
porque, si apareciera, nunca lo creerías. Si apareciese este lugar en
las películas, todos se levantarían en el cine y dirían «¡Ni hablar!
¡Uhh! ¡No me lo creo!», antes de salir a la calle y ponerse a volcar
coches para protestar por el hecho de que alguien pueda vivir así.

Ha sido idea de Remy. Dijo que nos vendría bien un paseíto
por la ciudad. Supongo que no debe de haber más ciudades en el
mundo si a esta se le llama simplemente «la ciudad».

Pero hay un lugar, que pertenece a la familia de Milo Hesse,
que hace que parezca que, claro está, no hay más lugares.

Lo primero y más importante es que hay obras de arte. Y no obras de arte cualquiera. No, no. Obras de arte de las que se ven en un museo. Ejemplo: ¿sabéis ese tío que hace cuadros que son negros con la fecha escrita en blanco? Lo sé, lo sé, parecen ridículos, algo que podría hacer un niño de cuarto curso, pero valen muchísimo dinero. Porque son arte. Bueno, pues hay dos colgados en el primer piso de lo que parecen ser las dos últimas plantas del edificio, puestos en una pared vacía, con una escalera en espiral al otro lado que conduce a lo que supongo que será la guarida del villano en el piso de arriba.

¿No es de vuestro gusto? Bueno, ¿y qué os parece esto? Hay una serigrafía gigante de Jackie Kennedy, que mira hacia una serigrafía gigante de Marilyn Monroe. Ambas son del tío ese del pelo blanco y despeinado. En mitad de la habitación hay una escultura que parece un globo en forma de animal, pero es tan grande como un elefante. Y el golpe de gracia, la pieza central, es una pared negra por completo. En ella hay una enorme fotografía en blanco y negro y letras rojas, como las que se ven en esas camisetas. Y dice: *We Don't Need Another Hero* en letras enormes, delante de una niña y un niño que flexiona sus músculos. Pero parecen un niño y una niña de los años cincuenta. Y mola. Mola todo muchísimo. Todo está diseñado para resultar frío y abrumador.

Y luego está Milo. Pasa por delante como si estuviera en la estación del metro, ignorando por completo aquella amplia colección de arte contemporáneo y sube las escaleras.

—Enseguida vuelvo.

Desaparece escaleras arriba en la guarida del villano y nos deja a Remy y a mí contemplando la enorme fotografía de los niños.

—¿Qué crees que significa?

—No sé. Pero mola bastante, ¿no te parece?

Yo asiento.

—Barbara Kruger. Es asombrosa.

Ambas asentimos y miramos a nuestro alrededor.

Al otro lado hay una fotografía en blanco y negro de un niño latino de cinco años con una máscara de lucha mexicana. Es regordete y está feliz como una perdiz. Está tan feliz que no puedes evitar sentirte feliz también.

—Esa es de Nan Goldin. La favorita de Milo.

—Ah.

—En el MoMa hay un ala que se llama como los padres de Milo.

Advierte mi ligera confusión.

—El Museo de arte moderno. A su madre le gusta mucho el arte, como puedes ver. Y los huérfanos. Siempre está organizando algún acto benéfico para los huérfanos.

—Dios —sigo mirando al niño regordete.

—Lo sé. No le preguntes a él por ello, porque le da vergüenza.

Y ahora lo pillo. Puedes venir de un sitio así. Puedes tener todo esto. Pero no puede importarte. Tienes que quitarle importancia como si no fuera gran cosa y actuar como si fueras igual que todo el mundo y no vivieras en un museo y te diera igual que el apellido de tu familia aparezca en el MoMA y no te importa que tus padres sean descendientes de los que llegaron en el *Mayflower*. Así es como se hace. Quitándole importancia. Simplemente tienes que fingir que todo eso te da vergüenza.

—¿No crees que deberíamos volver al colegio? O sea, que no hemos pedido permiso ni nada.

Remy me mira y sonríe.

—Bueno, podríamos… pero ya he mentido y he dicho que nos íbamos a casa de mis padres a pasar el fin de semana.

—¿Qué? ¿Has hecho eso?

—Soy culpable.

—¿Y te han creído?

—Sí. Hacen todo lo que quiero. Mi padre está en el consejo.

—¿Eh?

—El consejo de administración, ¿recuerdas?

—Ah, sí. Claro, sí.

Doy una vuelta e inspecciono el enorme globo en forma de animal.

—Jeff Koons. Está sobrevalorado —Remy pone los ojos en blanco.

Si vives así, seguro que te enseñan a poner los ojos en blanco cuando estás en preescolar.

De pie en mitad de aquel espacio cavernoso, mirando a mi alrededor con todas aquellas obras de arte engulléndome, me doy cuenta de que estoy a miles de kilómetros de casa, a años luz de cualquier mundo conocido por mí. Este es un mundo que ni siquiera sabía que existía. Quiero decir que en el pasado tal vez viera de pasada un mundo así. Como en una película de Katherine Hepburn, por ejemplo. Pero aquí y ahora. En esta época, no sabía que hubiera gente que vive así. Y es como si una ola de tristeza se apoderase de mí. Me gustaría pensar que es una ola de empatía o de compasión por todas esas personas que viven en una caravana, o en una chabola, o en un agujero en la pared. Esas personas que sobreviven a duras penas. Pero no se trata de eso. Soy sincera conmigo misma.

No es algo tan noble.

Es que nunca tendré esto. Es que haga lo que haga, por mucho que triunfe en la vida, por mucho que me esfuerce y aunque algún día me llegue el éxito y acabe viviendo en un lugar así o incluso más grande, nunca seré de los que le quitan importancia y se avergüenzan como si no fuera gran cosa. Nunca creceré con cuadros de Andy Warhol mirándome. Nunca apareceré en la Guía social. Nunca tendré el mismo apellido que un presidente. Y, aunque me pase media vida haciendo chistes y riéndome de todo esto… la cuestión es que, en el fondo, por mucho que me avergüence admitirlo, estoy celosa.

Estoy jodidamente celosa.

Dios, mi padre estaría muy decepcionado conmigo ahora mismo.

De verdad que sí. Me daría un sermón sobre la gratitud y sobre ser una buena persona y nunca hacer comparaciones. Y llevaría razón. Sé que la llevaría. Pero eso no cambia el hecho de que, en el fondo de mis entrañas, tengo la desagradable sensación de que, por alguna razón, he perdido.

He perdido. Y nadie me había dicho nunca que hubiéramos empezado a jugar.

—Vale, ¿quién va primero?

Levanto la vista y allí está Milo. De pie entre Remy y yo. Y tiene la palma de la mano extendida. Sobre la palma hay una pastilla. Tres pastillas, de hecho. Una para cada uno.

Remy me mira y sonríe.

—Yo primero.

—¿Qué es?

—Nada malo. Éxtasis.

Y allá vamos otra vez. No es que no supiera lo que iba a pasar. Supongo que no sabía cómo me sentiría al respecto.

Pero ahora ya sé cómo me sentiría al respecto. Aquí, en este lugar.

Hay algo en mí. Algo que tiene que ver con ese último pensamiento. La sensación de que ya he perdido. La sensación de ¿por qué no? ¿Qué más da ya?

—Vamos a hacerlo juntos. Los tres —lo digo antes de poder pensarlo.

Remy asiente.

—Buena idea.

Milo va a por algo de agua mientras Remy y yo nos quedamos mirándonos, a la espera.

—No te preocupes. Milo siempre tiene buen material. Puede que incluso no nos dé el bajón. En serio.

Me gustaría pensar que esto me hace sentir bien. Pero no es así. No me gusta lo que estoy haciendo, pero por alguna razón sigo haciéndolo. Pensando que quizá, solo quizá, esa pastillita me devuelva lo que acabo de perder en esta habitación hace solo cinco minutos. Sea lo que sea, quiero recuperarlo.

Es casi como si no quisiera verlo. Como si hubiera una verdad que no deseo conocer. En este lugar. Pero, si me tomo la pastilla, si me tomo la pastilla no tendré que verla. ¡Todo será genial! Puede darme igual.

Milo regresa y los tres nos tomamos una pastilla. Me doy cuenta de que él decide tomarse dos. Imagino que tenía de sobra.

Remy me sonríe guiñándome un ojo. Yo le devuelvo la sonrisa, pero no puedo evitar preguntarme cuál será el precio esta vez. ¿Cuánto me costará este viaje?

CAPÍTULO 28

Supongo que, si vives en Nueva York, en el lugar más perfecto de la tierra con las cosas que más molan, lo primero que has de hacer es marcharte. Lo digo en serio. ¿Por qué íbamos a querer quedarnos en un lugar vacío y fantástico en mitad de esta ciudad imparable? Ni nos molestaríamos en hacerlo. ¡Qué horterada! Nadie se queda nunca en un lugar asombroso. ¿Por qué íbamos a querer hacer eso cuando podríamos meternos en un taxi e irnos a Brooklyn, a un lugar pequeño lleno de bichos raros y humo y algo que parece humo, pero que huele y sabe a algodón de azúcar, y proyecciones por todas partes y un millón de personas bailando a un ritmo repetitivo que parece una llamada de apareamiento?

Por si acaso no os habéis dado cuenta, no me hace ilusión estar aquí.

Hay un par de razones para ello.

Sea lo que sea lo que es esta droga, no me hace nada, solo siento que estoy a punto de vomitar, pero después me encuentro bien, pero después estoy a punto de vomitar, y después estoy bien de nuevo. Remy dice que todavía no me ha subido. Quizá tenga razón. No estoy segura. Pero, si voy a sentirme así, el último lugar en el que deseo estar es junto a unas personas que no sabes qué han hecho con sus vidas para acabar en un sitio así.

Y luego está Milo. Ha ocurrido algo curioso con Milo. De camino a este lugar dejado de la mano de Dios, se ha producido un incidente. Había una chica. Y no cualquier chica. Una chica que parecía supermodelo. Con el pelo rubio oscuro y un hueco entre los dientes. Pero un hueco atractivo. La clase de chica que hace que un hueco entre los dientes parezca glamuroso.

Normalmente los chicos se abalanzarían sobre este tipo de chica, pero no es eso lo que sucede. No, no. Remy y yo damos un paso atrás y vemos cómo esta chica aborda a Milo, le pone las manos en el pecho y literalmente lo empuja con fuerza.

—¡Qué cojones!

Milo parece sorprendido y algo nervioso.

—¡Qué cojones! ¡Qué cojones! ¡Qué cojones! —repite una y otra vez. Y sigue empujándolo. Y él se deja empujar. Y la gente empieza a mirar. Remy y yo nos miramos como diciendo «Dios mío, qué cojones».

—Hola… —Milo se queda sin palabras y se sonroja.

—¿Hola? ¿Eso es todo lo que tienes que decirme? ¡¡¿Hola?!!

—Eh…

—Sí. ¡Hola! ¡Que te jodan!

Y la rubia guapa del hueco entre los dientes se marcha.

Ahora solo hay un corro de personas mirando a Milo, que mira a su alrededor avergonzado.

—Perdón… era mi dentista.

Algunas risas, algunos ojos en blanco, y todo el mundo vuelve a la fiesta.

Así que, como veis, Milo se vuelve más misterioso a cada minuto que pasa. Creí que estaba bastante claro que cualquiera se desmayaría ante él, pero quizá no sea así después de todo. Quizá sea un imbécil. Quiero decir que el comentario de la dentista no ha sido el más agradable. Además, pensaba que estaba clarísimo que debía enamorarme de él y todo eso, pero no es eso lo que está ocurriendo. Y ahora mismo está convirtiéndose lentamente en una tortuga torpe que responde a las preguntas con monosílabos.

Supongo que la dentista ha logrado el efecto que buscaba.

Si no me creéis, os diré que hasta Remy se ha dado cuenta. Es que parece que Milo no puede ni mirarnos.

Quizá no debería haber admitido que soy de Iowa. Probablemente piense que soy una paleta. Quiero decir que las obras de arte de mi padre no son prestadas, pero fueron compradas a lo mejor en un rastrillo o en una tienda de segunda mano, y entre ellas se encuentra la figurita de una bruja y un cuadro en el que aparece un gato durmiendo en un prado frente a un granero al atardecer. No hay cuadros gigantes de sopas de tomate Campbell, pero sí que hay sopa de tomate Campbell. Si abres el armario de arriba a la izquierda, la encuentras.

Pues eso.

Quizá eso explique el hecho de que mi futuro marido imaginario, Milo, podría estar ahora en Tombuctú, o junto a mí en medio de esta fiesta sudorosa o bacanal o lo que sea que es esto. Me doy cuenta de que algunas de estas personas probablemente sean demasiado mayores para estar haciendo esto. A ver, que yo no sé cuál es el límite de edad para andar dando vueltas por ahí con ropa brillante, pero os aseguro que algunas de estas personas lo sobrepasan.

Si pensáis que este es el momento en el que Remy va a mirarme y a decir: «¡Vamos, es divertido!» y entonces va a empezar a bailar con ese desconocido lleno de lentejuelas que lleva pantalones cortos, pues ¿sabéis qué? Os equivocáis.

Remy parece tan molesta como yo. Le grita a Milo al oído por encima del volumen de la música y él se encoge y mira a su alrededor, a una chica que lleva puesto lo que podríamos llamar un traje de baño de cebra con lentejuelas, pero sin la parte de la tripa y con un círculo plateado que une la parte de arriba con una falda. Es bastante confuso. Y la chica en sí también parece confusa. O quizá se pregunte dónde se ha metido el resto de la cebra.

Milo asiente a lo que dice Remy y de pronto me veo arrastrada hacia fuera como en una cinta transportadora de personas, hasta sentir de nuevo el aire frío de Brooklyn.

—Dios, era horrible.

Creo que es la primera vez que oigo a Remy decir algo negativo.

—Lo sé. Muy P y T.

—¿P y T?

—Puente y túnel.

—La gente que tiene que cruzar un puente y/o un túnel para llegar hasta aquí —aclara Milo.

—A ver, ¿nosotros no hemos tenido que cruzar un puente para llegar hasta aquí… hasta Brooklyn?

—¡No!

Pero claro que sí.

Aun así, ellos dicen eso. Creo que es lo más enfático que han dicho en toda la noche. Posiblemente en sus vidas.

Hay una buena noticia.

El éxtasis nos está subiendo.

Hay también una mala noticia.

Ahora Milo está vomitando en la alcantarilla.

CAPÍTULO 29

No creáis que no sé lo que estáis pensando. Pensáis que el éxtasis es divertido y no te hace vomitar. Pero, creedme, no es así. O creed a Milo. Él os lo dirá.

Pero eso ya ha pasado. Por completo. Los vómitos. Las náuseas. El asco en general. Y lo que parece haberlo reemplazado es la parte que todo el mundo busca cuando decide pasar por la primera parte.

Ah, se me ha olvidado deciros lo que ha pasado. Milo ha vomitado, Remy ha parado un taxi y de pronto estábamos de vuelta en Manhattan, pero esta vez en un sitio que no sabía que existía. En casa de Remy. O en casa de la familia de Remy. En Manhattan. Donde no hay nadie. Porque están todos en un sitio llamado Amasandwich o Amahamburger o algo así. Pero, sea cual sea ese sitio, no es este, lo que significa que no están aquí, lo cual está bien porque Milo sigue teniendo mala cara. En plan bien. Como si Jared Leto fuese un extraterrestre. Lo cual no me parece que esté fuera de lo probable.

Entras en una habitación de color azul con molduras blancas por todas partes, incluso a medio metro del suelo. Así que las paredes azules parecen paneles. Y tienen cuadros colgados. Pero cuadros discretos, no como en casa de Milo. Nada gigante ni moderno. No, no. Esto es algo intimista y coqueto. El suelo es de madera, pero con un diseño elaborado a base de cuadros y formas. Y hay una mesa de cerezo en el centro, con flores. Y también hay candelabros.

Eso solo en la primera habitación.

La segunda habitación, la que tiene la chimenea que Milo manipula en un intento por encender un fuego o reducir a cenizas el edificio, tiene muchos paneles de aspecto chino, pero también hay molduras y un brillo cálido procedente de algún lugar, y un piano de cola en un rincón, por si te diera por el piano. Lo más curioso de esta habitación es que podrías celebrar en ella un baile. Un baile de verdad. Con vals y faldas con vuelo y todo. Hay tres zonas diferentes para sentarse, y eso sin contar los asientos secundarios, que consisten en dos sillas y una mesita que han de usarse sin duda para conspirar contra la reina.

Lo que me encanta de Remy es que, si la vieras por la calle, nunca, jamás sabrías esto. Ella nunca te lo diría. Puede que parezca que ha salido de una lavadora en funcionamiento, pero nunca imaginarías que viene de un lugar así. No es este lugar el que convierte a Remy en lo que es. Es el hecho de que no parece darse cuenta de ello.

La zona principal de asientos está frente a la chimenea, donde Milo sigue empeñado en provocar un incendio y se le ve reflejado en el enorme espejo de detrás, que probablemente se lo robaran a Napoleón hace tiempo. Si os estáis preguntando dónde está Remy, está rodando por el suelo. Literalmente. Rueda por el suelo no muy lejos de la chimenea en cuestión.

Si os estáis preguntando dónde estoy yo, estoy en el suelo junto a Remy y también estoy rodando.

¿Qué estoy haciendo aquí? No lo sé, pero parece que es lo único que podemos hacer por el momento.

Así que termina siendo una velada muy estereotipada. Las dos chicas rodando por el suelo frente a la chimenea mientras el chico se entretiene encendiendo el fuego para proporcionar calor y para tener algo que hacer. Los chicos son raros. A mí jamás se me ocurriría intentar encender un fuego ahora mismo. O manipular objetos inflamables de cualquier tipo.

Pero ahí está él. Y debo decir que, para alguien que hace una hora estaba vomitando, no se le da mal.

A mí tampoco se me da mal, porque siento como si estuviese en una nube. En esta habitación. En esta habitación con luz cálida y delicados paneles al estilo chino.

Solo quiero que lo sepáis. Hay mazapán en forma de fruta en los diferentes cuencos étnicos situados por la estancia. Como por ejemplo una fresa, un mini plátano, una mini pera e incluso una mini calabaza. La mini calabaza no es en realidad una fruta. Eso sería ridículo. Todas fingen ser fruta, pero por dentro son deliciosos mazapanes. Me propongo comérmelos cuando vuelva a tener hambre. Lo cual deberá ser dentro de dos días. Tal vez deba llevármelos conmigo, si nos marchamos antes, pero con suerte no nos marcharemos; ni antes ni nunca.

Quiero que sepáis que mi plan ha funcionado. Me siento de maravilla. Y estoy enamorada. De todo. Estoy enamorada del suelo y del mazapán y de la chimenea y del papel chino de las paredes y de Milo encendiendo cerillas y de Remy rodando junto a mí como una patata demente.

Además suenan Local Natives. Así que eso también hace que me enamore de todo sin ningún motivo.

Remy me está mirando. Ahora sonríe. Me susurra al oído:

—¿Quieres saber algo gracioso?

Local Natives me susurran en el otro oído, hablan de aviones. Repiten *«I want you back back back»*.

Remy me susurra de Nuevo:

—Eres la única persona de ese estúpido colegio a la que he traído aquí alguna vez.

La miro como si hubiera perdido el juicio.

Ella asiente.

—Sí.

—No te creo.

—¡Milo! Milo, responde a esta pregunta. En serio. ¿Alguna vez he traído aquí a alguien del colegio, de Pembroke?

Milo me mira desde la chimenea, a través del espejo.

—No.

Y esto es cada vez más raro. No digo lo que realmente quiero decir, que es «¿por qué yo?». En serio, ¿por qué, teniendo en cuenta que todas en ese colegio, todas se mueren por ser amigas de la persona que más mola de todas, la más de lo más... por qué esa venerada persona decide acercarse y elegirme a mí? ¡A mí! La más paleta de todo el colegio y probablemente de la Costa Este.

No hago esa pregunta, pero a ella no parece importarle.

Y a Milo no parece importarle.

A nadie parece importarle nada.

Todos actuamos como si aquello fuese lo lógico y no hubiera nada extraño en la situación. No, señor.

Ellos actúan como si yo debiera estar aquí. Yo también lo hago. Claro que sí. No soy idiota. No voy a pasearme por este hermoso y etéreo lugar con la boca abierta, babeando sobre las alfombras persas y los suelos de parqué.

Pero no puedo evitar preguntarme qué diría mi padre. Si me viera. Supongo que probablemente me diría que dejara las drogas. De hecho, ¿qué estoy diciendo? Me castigaría. Sin duda. Me castigaría de por vida.

Pero mi padre no está aquí ahora, no.

Y yo ya no estoy en Iowa.

¿Y no era ese el objetivo de enviarme aquí al fin y al cabo? ¿Relacionarme con la gente adecuada? ¿Hacer las cosas que ellos hacen?

—Tengo una idea.

No es Remy, sino Milo. Milo se sienta a mi lado y yo intento no fijarme en que, en este momento, es el chico más mono de la tierra.

—¿Por qué no te quedas ahí? Quédate todo lo quieta que puedas... y dime si te gusta esto.

Busco a Remy. Ni rastro. Supongo que está en el enorme cuarto de baño con los elegantes jabones en forma de caracola.

Pero ahí estoy yo, tumbada en el suelo junto a la chimenea, y ahí está Milo. Y lo que hace es tocar mi piel. Solo el brazo. Nada pervertido. Solo me acaricia la piel. Recorre mi brazo con los dedos, arriba y abajo. Y ahora los tobillos. Y los laterales de mis rodillas. Y los laterales de mis muslos. Y vuelve a subir hasta mis brazos.

Todo muy recatado.

¿No?

Pero no es así como me siento.

No me siento recatada.

Me siento como si alguien estuviese prendiendo fuego a mi piel. Y ese alguien es Milo.

Y me parece un secreto.

CAPÍTULO 30

Ni siquiera nos miramos durante el trayecto de vuelta en tren hacia Pembroke. Remy y yo, quiero decir. No pasa nada, técnicamente. Nada que se pueda señalar con el dedo y decir «¡Eso es! ¡Por eso me siento tan deprimida!». De hecho, hace menos de doce horas estábamos muy felices, volando por los cielos. Estábamos en la cima del mundo. ¿Y ahora? Es como si todo eso se hubiese dado la vuelta y ahora nos está matando la cabeza, tenemos el estómago del revés y parece que nos han puesto los ojos morados por la falta de sueño. Envenenadas. Estamos envenenadas.

Y ha sido divertido.

Sí que lo ha sido, no voy a mentiros.

Pero ahora, mirando por la ventanilla del tren con la cabeza palpitando y esa sensación de catástrofe inminente... puaj. Otra vez. Aquí estamos otra vez. No merece la pena. En serio, no la merece.

—Creo que la estoy jodiendo.

—¿Qué? —Remy se vuelve hacia mí.

—No creo que deba hacer esto. Creo que me voy a arrepentir. Ya me arrepiento en cierto modo.

—¿Qué? ¿Te refieres a nunca? ¿Nunca vas a volver a hacerlo?

—No sé. Es que, míranos.

—Sí.

—Es como si fuéramos un par de espantapájaros.

—Sí.

No es que ella esté de acuerdo. Remy no se compromete en su respuesta.

—Pero bueno, no importa. Tenemos el examen trimestral dentro de dos días. Debemos recomponernos.

—Ah, se me había olvidado.

—Hablo en serio, Remy. No deberíamos fastidiarla.

No digo lo que de verdad estoy pensando. Que es que yo tengo una beca de estudios y, si me expulsan, se acabó. La vida se esfumará para no volver nunca.

De vuelta al parque de caravanas.

De vuelta a What Cheer.

Adiós, Remy.

Si no apruebas, adiós.

Esa es la diferencia. Remy puede fastidiarla todo lo que quiera, pero la chimenea cálida siempre estará esperándola. A mí no. Yo tengo que luchar por ello.

Es raro desear luchar por algo. ¿Cuándo fue la última vez que deseé luchar por algo?

La última vez que recuerdo haber luchado fue en la pista de patinaje cuando tenía diez años. Es una larga historia, ¿de acuerdo? Pero digamos que luchar en patines no es fácil. Me gustaría decir que conservé la dignidad, pero sería decir demasiado.

—¿Qué opinas de la loca esa, por cierto?

Y así es como Remy cambia de tema.

—¿De cuál?

—La del club. La del hueco entre los dientes y las botas de tacón que no paraba de empujar a Milo y decía «qué cojones, qué cojones».

Yo me encojo de hombros.

Pero tal vez intentó tocarla a ella también en la oscuridad.

Y tal vez ella se lo permitió.

Y tal vez luego nunca volvió a saber de él.

No le he contado a Remy lo del incidente con Milo. No sé por qué no. Tengo la impresión de que, por alguna razón, él le pertenece.

Aunque ella no pare de decir que solo son amigos. De algún modo le pertenece. Pero, si soy sincera, yo no quiero que le pertenezca.

Quiero que me pertenezca a mí.

—Ah, sí. Pues no sé. ¿Crees que la dejó plantada o algo así?

—Mmm. No creo. Milo es como un conejito. No me parece algo típico de él...

Se queda callada mirando por la ventanilla. Después me sonríe con picardía.

—Por cierto... ¿qué te parece a ti Milo?

No voy a decírselo.

—Bueno, me parece que mola bastante. Cuando no está vomitando en una alcantarilla. O recibiendo gritos de una supermodelo.

Y no sé por qué he dicho eso. Solo intento guardármelo para mí. Guardarme esa posibilidad. A salvo. Impoluta.

—Además, no creo que yo le guste mucho.

—¿Por qué no?

—No sé. Es muy... tímido.

—Bueno, Milo no es de los que se te tiran encima después de soltarte una frase hortera.

En eso tiene razón. Es de los que se te acercan sigilosamente cuando vas puesta de éxtasis y te acarician el brazo durante diez segundos.

—Sí, supongo.

—Bueno, pero sí que insinuó que eras guapa.

—¿Insinuó?

—Sí, cuando nos encontramos. Insinuó que eras atractiva. El comentario de Iowa. Estoy demasiado espesa para recordarlo con exactitud.

—Bueno, ambos dijisteis más o menos lo mismo. ¿Os enseñan esa frase en la guardería o algo así?

—¿Qué frase?

—Que en Iowa es donde está toda la gente atractiva. Si yo soy de ahí.

Ella se encoge de hombros.

—Bueno, quizá ambos lo pensábamos, ¿no se te ha ocurrido?

Yo me encojo de hombros. Esto parece un concurso de encogerse de hombros.

—Sinceramente, no sé a qué estás acostumbrada en la granja, pero los tíos que yo conozco son raros y tímidos e incapaces de intentar ligar y tirarle los tejos a una chica.

—¿En serio? —me estremezco de manera involuntaria al pensar en la mano de Milo recorriendo lentamente mi piel en la oscuridad.

—Eh, sí. Son unos inútiles. Si les gustas, suelen ignorarte. O decir cosas crueles. Creo que se llama flirteo.

Vale, es la última vez que voy a hacer esta pregunta. Pero tengo que saberlo.

—¿Seguro que no estáis enamorados o algo así? ¿Algo no correspondido? Porque a mí me lo parece. Quiero decir que...

—¡Tch! No. Ni hablar. Milo no es mi tipo.

Si eso es cierto, entonces ¿por qué tengo la impresión de estar robándole el novio?

Sonreímos sin fuerza, cansadas y mareadas, con dolor de cabeza.

—Creo que la próxima vez deberíamos beber más agua.

El tren se detiene en la estación de Pembroke. Ahora todo el mundo se levanta, recoge sus cosas, mira a su alrededor.

—¿La próxima vez? —pregunto yo.

Remy me mira. Pillada.

—O sea, la próxima vez si decidimos hacerlo. Nada más.

Salimos del vagón junto a una mujer que lleva un paraguas naranja y negro. Con los «Tigres de Princeton» en el mango. La miro. Tiene más o menos la edad de mi madre. Muy delgada y con el pelo caoba. Nos sonríe educadamente.

—Pembroke, imagino.

Habla de esa forma en que habla la gente de aquí. No es pija ni nada de eso. Es solo un poco nasal, con cierto asombro, y no mueven mucho la boca. Como si todos fueran ventrílocuos.

—Sí, culpables —responde Remy.

Es un lenguaje que todos hablan. Un lenguaje que es siempre inteligente, siempre cómplice, y sin esforzarse demasiado. El lenguaje de los que no se dejan impresionar.

Pero no es eso lo que pienso en este momento. Al bajar del tren y enfrentarme al cielo encapotado de última hora de la tarde, pienso en Remy y en Milo… y en la próxima vez.

Y mientras nos abrimos paso entre la multitud y nos alejamos del andén, juro que esa próxima vez nos sigue escaleras abajo, nos sigue por la acera hasta regresar a Pembroke.

CAPÍTULO 31

En mitad del jardín, de camino a la biblioteca, hay una clase de arte, pintando. Son todo chicos. Una excursión de Witherspoon. Todos miran en la misma dirección. Hacia el campanario y el camino bordeados de árboles y la puesta de sol a lo lejos. Una vista tranquila, pero majestuosa. Al pasar junto a ellos no puedo evitar fijarme en su trabajo. Ese chico es bueno. Ese es mediocre. Aquel es bastante siniestro. Veinte interpretaciones diferentes del mismo campanario omnisciente.

Pero luego está este chico.

El gracioso.

Mirando justo hacia el lado contrario.

Y ese es Zeb.

Está allí, con el caballete girado ciento ochenta grados en la otra dirección. Hacia la cafetería. Hay un muelle de carga allí y dos tipos fumando. Trabajadores con delantales blancos y pantalones verdes. Uno blanco y rubicundo. El otro negro, más alto. Se ríen de algo. Es una carcajada rápida. Quizá se rían del jefe. Quizá de nosotras. Quizá hayan escupido en la comida de alguno. De algún idiota.

Zeb los está pintando.

No puedo evitarlo. Mi curiosidad.

—¿De qué crees que se están riendo?

—Quizá se estén riendo de mi cuadro.

141

Sigue pintando, mira hacia allí, humedece el pincel, vuelve a mirar.

—A mí me gusta tu cuadro. Es atrevido.

—Gracias, Iowa.

—Te acordabas. Qué bien.

—¿Crees que podría olvidarme?

Me mira y arquea una ceja. Parece un pícaro.

—¿Te ha dicho alguien alguna vez que tienes una vena traviesa?

—¿Te ha dicho alguien alguna vez que deberías apuntarte a esta clase conmigo?

—¿Estás loco? Pintar no está permitido en mi expediente.

—¡Dios mío! ¡No puede ser! ¡Qué idea tan terrible! ¿A qué universidad quieres ir en la que pintar está tan mal visto?

—Si le preguntas a mi madre, o voy a Princeton o será mi muerte.

—Argg. Princeton sí que es la muerte. No vayas ahí.

—¿En serio? ¿Por qué no?

—Está lleno de cabezas cuadradas. En serio, creo que reparten americanas azules y pantalones grises según llegas. Puaj. No te gustaría.

—¿Cómo lo sabes?

—Porque esa universidad es para futuros banqueros. Y no quiero pasarme de listo, pero eso no te pega.

—¿Y dónde quieres ir tú? ¿O vas a dedicarte a hacer surf en algún lugar por las noches mientras suena rock de fondo?

—Sé exactamente dónde quiero ir. A la Universidad del Sur de California, a estudiar cine documental. ¡Quiero cambiar el mundo! Como en *Blackfish*.

El profesor me ve y se acerca con actitud protectora.

—Será mejor que te vayas. No querrás que te pillen. No sería bueno para tu expediente.

Vuelvo a mirar a los dos trabajadores, que se disponen a entrar. Uno de ellos apaga el cigarrillo mientras el otro alcanza la puerta. Se acabó el descanso.

Me giro para irme.

—Eh, Willa —me grita Zeb—. Si entras en Princeton, iré a hacer un documental sobre lo aburrido que es.

Sonríe.

Yo no puedo evitarlo y sonrío también.

—Muy gracioso, Zeb. Muy gracioso.

Y noto algo en mis pasos. Cierta libertad. Hay algo curioso en la manera que tiene Zeb de abordar cada minuto del día. Algo divertido y despreocupado.

Y me pregunto qué tiene una que hacer para llegar a ser así.

CAPÍTULO 32

Ha ocurrido algo muy extraño con la obra y ahora ya no es *Grease*.

Creo que la directora del traje pantalón color verde azulado tuvo una crisis nerviosa porque alguien se comió el resto de su enchilada, que ella había dejado en el frigorífico de la sala de profesores, y se puso como loca y ahora se está tomando unos días para «centrarse», lo que creo que significa que estuvieron a punto de despedirla, pero sintieron pena por ella. Al menos ese es el rumor. Sea como sea, ahora se ausentará durante un periodo de tiempo indeterminado, así que han traído a un director nuevo con una visión nueva. Una visión que incluye a Shakespeare. Yo personalmente abandonaría el proyecto de inmediato, pero el hecho de que ya formemos parte del reparto implica que, por defecto, estamos implicadas en él.

Puaj. Shakespeare.

Va a ser un auténtico tostón.

Y, si tengo que ponerme mallas, lo dejo seguro.

La obra que han elegido es una cosa muy tétrica llamada *Hamlet*.

Si os gusta ver reposiciones de los años setenta, tal vez recordéis un episodio de *La isla de Gilligan* en el que deciden convertir *Hamlet* en un musical.

Pero esta no es esa versión. Y hay algo más. La profesora de teatro, la señora Jacobsen, ha sido sustituida por... el profesor de inglés de Witherspoon.

Profesor que, no voy a mentir, está muy bueno.

Sí. Olvidémonos de Frenchy y de cantar junto a las gradas. Ahora entramos directos en la tragedia medieval con el profesor de inglés buenorro.

Hay algunos problemas, y el principal es que todas no podemos hacer de Ofelia. Solo hay algunos papeles envidiables para una jovencita. El de chica loca que se suicida por el príncipe es el mejor de todos.

Así que, básicamente, queda claro que casi todas seremos figurantes.

El susodicho profesor de inglés es más blanco que el pan blanco, tiene el pelo negro como el carbón. En negrita. Tiene el pelo en negrita. Y subrayado.

Es sofisticado. Es elegante. Es inesperado. No se echa flores, aunque yo le echaría otra cosa. Ejem.

Si creéis que Remy no se ha dado cuenta, eso es porque es difícil saber lo que está haciendo, ya que se ha escondido detrás de mí y me está usando como escudo humano, por así decirlo. ¿Por qué?, os preguntaréis. ¿Por qué iba Remy a necesitar utilizarme como escudo humano? Bueno, pues muy simple; lo que ocurre es que se le ha desenrollado la lengua hasta el suelo y parece enamorada del profesor de inglés que tenemos delante.

Eso es. Se esconde por su lengua.

—¿Qué coño es eso?

Me susurra al oído, apenas incapaz de hablar.

—Eso… es el director de nuestro nuevo proyecto teatral de Shakespeare.

—¿Es un regalo de Dios?

—Creo que podría ser un regalo del demonio, de hecho. Teniendo en cuenta que es nuestro profesor.

—Yo creo que es mi marido.

Yo me río.

—Pero, ¿qué estás diciendo? ¿Te gustan maduritos?

Remy me sujeta por los hombros y se ríe como una colegiala.

—¿Cómo lo llamamos?

—Creo que… Humbert Humbert.

—¿Humbert qué?

—Humbert Humbert. El tío de *Lolita*.

—¿Y eso me convierte en Lolita?

—Bingo.

—Perfecto. Me encantan los papeles protagonistas.

CAPÍTULO 33

No paro de asombrarme ante la increíble fuerza de la naturaleza que es Remy Taft.

La eligieron para el papel de Marty en *Grease* básicamente por respirar.

Ahora nuestro nuevo director, el único e inigualable señor Humbert, la ha animado a hacer la prueba para el personaje protagonista (femenino) de *Hamlet*. El bueno de Bert hizo referencia a su presencia natural al sugerírselo.

A mí casi me dan arcadas.

—¿Y cómo sabe que son de verdad? —bromeé. Pero Remy no se reía. Parecía absorber las atenciones particulares de Humbert como si fuera una esponja. Veía cómo se hinchaba, cómo crecía.

Yo, por otra parte, me siento cada vez más pequeña a medida que avanzo hacia la casa Wharton.

Es un edificio colonial de color blanco situado frente a un camino de gravilla, justo al norte del jardín. Se encuentra oculto tras una arboleda y, si no supieras que está ahí, darías por hecho que alguien vive ahí horneando pasteles todo el día.

¡Pero no! Aquí hay libros, papeles y archivos por todas partes, y, al subir una escalera en curva hasta el cuarto piso, te encuentras con el despacho donde está mi profesora de Literatura contemporánea, la señorita Ingall.

Recibí una nota recordatoria suya en el buzón de la escuela. Allí estaba, junto con el paquete de mi padre (Dicho paquete incluía un *tupper* lleno de galletitas de canela y un lápiz de esos que en la punta tienen una cabeza con pelo de fieltro y ojos saltones. Me encanta. He decidido llamarlo Fuzzy McGillicutty).

La señorita Ingall me ha convocado en su guarida. Me da miedo que vaya a soltarme un sermón. Desde luego no he sido la estudiante centrada y modélica que solía ser. Así que parece que vamos a tener una charla íntima. ¿Quién sabe? Tal vez pueda darle la vuelta. Tal vez consiga créditos extra, graduarme con honores y algo escrito en latín junto a mi nombre.

Ahí está. Ojeando con sus gafas de lectura una pila de papeles tan alta como una aspiradora cuando termino de subir la escalera.

—Eh, hola.

Ella levanta la cabeza y me mira por encima de las gafas.

—¡Oh, Willa! Me alegra que hayas venido. Gracias por dedicarme tu tiempo.

—Claro. Eh…

Eh… ¿Qué estoy haciendo aquí? ¿A qué viene tanto misterio señorita Ingall?

—Willa, probablemente te preguntes por qué te he pedido que vinieras a mi claustrofóbico y caótico despacho.

—Sí, más o menos.

—Bueno, para ser sincera, tengo interés en ti.

¿Qué? ¿Interés? Los profesores ya me habían bendecido en el pasado con su aprobación tácita, pero ¿un interés explícito?

—Eh…

—¿Recuerdas por casualidad esas pruebas que hicimos? Ya sabes. El primer día de clase.

—Más o menos…

—Sé que resultaron un poco extrañas. Quizá te parecieran absurdas.

En eso tiene razón.

—Bueno, el caso es que... las estudiantes proceden de todo tipo de circunstancias. Unas de ambientes privilegiados y otras...

—¿Cómo yo?

—Bueno, digamos que hay antecedentes muy variados. El caso es que me gusta saber un poco más sobre mis alumnas... más allá de lo que hayan aprendido, generalmente de memoria, en sus anteriores centros educativos.

—Ah.

—Ciertas pruebas pueden favorecer a aquellas que, digamos, han estado expuestas a ciertos tipos de educación desde... bueno, desde preescolar.

—De acuerdo.

—Y no me parece que eso sea justo. Así que he investigado en profundidad y he encontrado un test más analítico. Una manera de ver realmente quiénes son mis alumnas el primer día, antes de causar ninguna impresión.

Yo asiento con la cabeza.

—¿Te importa? Me gustaría enseñarte algo, si no es demasiada molestia.

Ahora rebusca por su escritorio.

—Dios, nunca encuentro nada... ah, aquí está.

Y saca una carpeta azul. Y de ella un papel con un gráfico impreso.

—¿Ves esto, Willa? ¿Ves todas estas marcas de aquí? ¿Estos puntos?

—Sí...

—De acuerdo, bien. Verás, lo que estos puntos representan son simples capacidades analíticas. No tiene nada que ver con ciertos libros, ni siquiera determinadas fórmulas. Son simples habilidades analíticas.

Me mira durante un segundo, vacila.

—¿Ves este punto de aquí?

—Eh... sí.

—Willa, este punto eres tú.

—¿Ese punto soy yo?

—Sí. ¿Y ves que está separado?

Y eso es cierto. Los demás puntos están apiñados celebrando una fiestecita de puntos, y luego hay un punto alejado, excluido.

—Lo pillo. Así que voy por detrás. Tiene sentido.

—No. No, Willa. Dios, no vas por detrás. Más bien al contrario. Literalmente... te sales del gráfico. Eres... un caso aparte.

—¿Un caso aparte?

—Sí. Tienes una puntuación muy inusual y, bueno, dado tu rendimiento en clase hasta ahora, y tu participación y tus trabajos, no tengo razones para pensar que se trate de una casualidad.

Me cuesta trabajo no quedarme mirando ese punto solitario en mitad del gráfico.

—He visto tu expediente académico y tus... orígenes. Y creo que debo decirte que es posible que puedas solicitar diversas universidades muy prestigiosas, por adelantado. Y, bueno, Willa, creo que tienes muchas posibilidades de que te acepten. Además, quiero que sepas que estaría encantada de escribirte una carta de recomendación. Si lo deseas.

—¿No es un poco pronto para...?

—Bueno, sí. Por eso he dicho «por adelantado». Pero tiene sus ventajas. Tengo aquí algunos folletos, solo algunas opciones, para que les eches un vistazo. Puedes llevártelos. Nos envían montones todos los años. Francamente, es una pérdida de papel. Veamos, tenemos... Oberlin, Brown, Berkeley, Cornell. Por supuesto, cualquiera de las siete hermanas... Vassar, Radcliffe, Bryn Mawr...

—Ah. Señorita Ingall, en realidad no sé qué...

—Se me ha ocurrido que, con tus notas, los resultados de tu test, tus trabajos y tu perspectiva única, podría haber algunas opciones maravillosas de las que tal vez no seas consciente. O que quizá nadie te haya contado. No pretendo entrometerme, pero, bueno... conozco a tu madre... quiero decir que Princeton...

Me entrega los folletos con amabilidad.

—Algunos de estos lugares conceden becas completas. A aquellos que... las necesitan.

Está intentando ser educada. Está intentando no parecer una imbécil.

—Willa, tienes… un cerebro interesante. Creo que tienes posibilidades, más allá de las que supongo que sabes, la verdad.

Bajo las escaleras con los innumerables folletos y deseo marcharme lo más rápido posible. No sé si debería sentirme orgullosa o humillada.

Mientras vuelo por las escaleras, mi mente es como un caleidoscopio. No puedo encajarlo. No puedo encontrarle el significado a todo esto.

Al menos confirma algo que siempre he sospechado. Soy lo que podríamos llamar «especial». Dicen esta palabra, «especial», cuando lo que realmente quieren decir es «diferente» o «rara».

Tal vez por eso, cuando era pequeña, mi padre no podía llevarme al zoo, porque me ponía a llorar y a gritar al ver a los animales enjaulados mientras todo el mundo comía palomitas dulces y señalaba con el dedo y se reía. Tal vez por eso la mayor parte del tiempo no entiendo lo que sucede a mi alrededor o quién ha establecido las normas y por qué existe el mundo fuera de mi cabeza y por qué funciona de este modo.

Estadísticamente soy un pez fuera del agua. Mi cerebro tararea una melodía olvidada hace tiempo. Una de esas cosas no es como las demás, una de estas cosas no encaja.

Ya voy por el camino y estoy a punto de bordear los arbustos cuando me doy cuenta de que lo que hay en mi cara son lágrimas, y son miles y no se detienen.

No siento pena por mí. De verdad que no. No es eso lo que ocurre. Es que… ahora entiendo esas miradas confusas de mi padre. Él intentaba por todos los medios entender a su hija, con sus reacciones extrañas ante cualquier cosa agradable y normal como el zoo, o el arenero, o la gasolinera. Es que simplemente no sabía qué hacer. Ni siquiera yo sabía qué hacer.

Al fin y al cabo… yo no pedí esto. No pedí ser un zorro en mitad de la nieve.

CAPÍTULO 34

Remy está recitando frases. De *Hamlet*. Me ha dicho que se ha propuesto convertirse en la Lolita del profesor de inglés. Lo cual no tiene sentido porque va a hacer la prueba para Ofelia. Además, no estoy acostumbrada a que Remy se entusiasme con nada. Y menos con un asqueroso que está fuera de su alcance. Pero eso parece ser lo que sucede y, sinceramente, tiene su efecto.

Lleva una copia gastada de *Hamlet* a todas partes como si fuera un personaje sacado de una novela de Salinger. Y no solo le pone ojitos a todas horas, lo cual es vergonzoso, sino que, cuando no está, habla de él. Incesantemente. Por ejemplo, estamos teniendo una conversación sobre pepinillos y de pronto el tema central es Humbert Humbert.

Más o menos así:

Yo: Me gustan los pepinillos.

Remy: Me gusta Humbert Humbert.

O, como el otro día:

Yo: Creo que va a llover. Voy a ponerme las botas de lluvia.

Remy: Creo que tienes razón. Me pregunto si Humbert me llevará a casa en coche si llueve.

Y así una y otra y otra vez. Imaginaos cualquier tema. El que sea. Y Remy puede darle la vuelta hasta acabar hablando de Humbert. Es absurdo.

Y luego hay otra cosa. Le ha robado un montón de botes de pastillas a su tía. Sin decírmelo.

Sí. La semana pasada volvió a desaparecer unos días. No me preocupé. Empiezo a acostumbrarme. Regresó con la misma cantinela de «he decidido quedarme en casa durante unos días», luego desapareció en el armario, también conocido como los aposentos de la doncella. Suele desaparecer ahí con frecuencia.

Lo que sucede en los aposentos de la doncella se queda en los aposentos de la doncella, ¿no?

Pero empieza a irse de las manos.

¿Y el hecho de que lo mantenga en secreto? ¿O lo intente?

Eso no es buena señal.

¿Se supone que he de decir algo? ¿Esa es la idea? ¿O debo ignorarlo, encogerme de hombros, decir «qué más da» y sonreír?

Y todo sucede tan deprisa que me cuesta trabajo seguir la cuenta. Como pasó el lunes.

Veréis.

El lunes después de clase vuelvo a nuestra habitación. Oigo la voz de Remy al otro lado de la puerta. Está hablando por teléfono y, por lo que entiendo, habla con su madre. La parte de la conversación que oigo es más o menos así:

—Pues el nuevo profesor de teatro... sí, mamá, teatro... ¿Qué? No, no estoy otra vez con lo mismo. No es más que una obra de teatro... vale. Pues intento decirte que me han dado el papel... Sí, hice la prueba. ¿No estás orgullosa de...? ¿Y qué más da si me he dejado llevar? Oh, sí. El apellido familiar. Sabes que el hijo de los Kennedy hacía teatro, ¿verdad? Bueno, tal vez no hubiera estado pilotando esa avioneta si hubiera protagonizado una obra ese fin de semana. Mamá, solo te digo que...

Me siento culpable escuchando solo esa parte, así que me doy la vuelta y me marcho a leer a la sala de estudio mientras Remy le cuenta a su madre lo que sea que quiere contarle.

Cuando considero que ha pasado suficiente tiempo, me dirijo hacia arriba. No oigo voces. No. Solo un portazo y algunos golpes. Abro la puerta y JODER. DIOS MÍO. Todo lo que Remy posee está desperdigado por la habitación, como si hubiese entrado un ladrón en una serie policíaca, y ella está revolviéndolo todo como si fuese a acabarse el mundo. Y hablando sola.

Como una loca. O como una especie de rata estresada que rebusca en su jaula.

Así que le pregunto qué está buscando y me ignora por completo. De hecho me molesta un poco. Me parece algo superficial. Entonces encuentra lo que sea que busca, vuelve a entrar en los aposentos de la doncella y regresa como si nada hubiera ocurrido.

Suspira aliviada y se disculpa.

Yo me quedo mirándola.

—Perdona. Es que me estaba poniendo nerviosa.

—Sí, vale, de acuerdo.

—Es que... mis padres. Están siendo muy crueles conmigo. Con lo de la obra. Han dicho que era vergonzoso. Quieren que lo deje.

Yo finjo ignorancia.

—¿En serio?

—Sí. Creen que yo estoy por encima de eso. Que ellos están por encima. O yo qué sé.

Entonces se va al baño y yo la veo alejarse por el pasillo. Entro en el cuarto de la doncella y empiezo a rebuscar. Aquí. No. Quizá aquí. No. Vale, tal vez aquí.

Y entonces lo encuentro.

Algo que no había visto nunca antes.

Sí, había oído hablar de esta droga. Sí. Todo el mundo dice que es lo mejor del mundo. Que te hace sentir que eres lo más de lo más y que todo es estupendo. Mejor que estupendo. Perfecto. Te hace sentir que el mundo es perfecto. Que todo es como debería ser. Que es algún rollo budista. Pero en forma de pastilla. Una pastilla budista.

Pero además es una droga que dan a las embarazadas para recuperarse. Después del parto.

Así que no, no es cualquier cosa.

Y esta es la droga que esconde en el cuarto de la doncella.

Supongo que este es un nuevo grado de adicción a las pastillas. Una adicción que hace que Remy se vuelva histérica y cruel y rebusque sin parar. ¿Y no es eso lo contrario al budismo?

Oigo a Remy por el pasillo y regreso a mi posición anterior.

Se supone que tenemos que ir a ese absurdo ensayo de *Hamlet*, pero, para ser sincera, yo ya no quiero ir más. Al menos *Grease* habría sido divertido. Y habríamos cantado canciones. Pero ahora todo va de hablar con calaveras, meterse en tumbas y asustar a tu madre.

Remy acabará siendo Ofelia, por supuesto. Si tengo suerte, yo acabaré siendo Gertrudis. Ya sabéis, la madre que se casa con el asesino y hermano de su difunto marido y finge que todo va bien, pero no os preocupéis. Creo que en la actualidad Gertrudis se despertaría, se pondría el chándal, se prepararía un batido con vodka y se iría a vivir al condado de Orange. Pero Ofelia no. Ofelia nunca se mudaría al condado de Orange. Ofelia es la guapa y loca a la que Hamlet deja plantada hasta que se sube a un sauce, se tira al río, se ahoga y entonces Hamlet vuelve a quererla.

Pregunta: ¿por qué los tíos siempre se enamoran de las chicas después de que estas se suiciden? ¿No sería mucho mejor que se enamorasen de la chica antes de que se suicide? Así a lo mejor ni siquiera tendría que suicidarse. Me parece que los tíos siempre se enamoran de chicas que a) no se fijan en ellos o b) están muertas.

Sinceramente me parce que a un chico nunca le gustaría una chica que se le ponga delante, que se enamore de él, sea quien sea ella. Aunque fuera Angelina Jolie.

Pero Remy no se comporta como Angelina Jolie. No, no mira con indiferencia y majestuosidad. En su lugar, se desvive por Humbert.

Hasta el momento él se ha comportado de un modo profesional. Sí, claro, le da indicaciones sobre su interpretación y habla del pentámetro yámbico. Pero no le susurra palabras de amor al oído ni nada baboso. Solo espero que consiga mantener la picha dentro de los pantalones con lo que sea que Remy haya planeado.

Prueba A: Remy regresa a la habitación y ahora todo parece maravilloso. Se muestra feliz como una perdiz y empieza a vestirse para el ensayo como si fuera una cita personal con Humbert Humbert.

—Sabes que no puedes gustarle, ¿verdad?

—¿A quién?

—A Humbert Humbert. No se le permite sentirse atraído por ti. Y, aunque fuera así, no puede hacer nada. Perdería su trabajo.

Remy me mira a través del espejo mientras sujeta un vestidito con diseños bohemios que bien podría ser una camisa. Es la clase de vestido que parece que te has olvidado los pantalones. Me hace tragar saliva sin darme cuenta.

—Lo sé. Solo quiero que se fije en mí, más o menos.

—Si te pones ese vestido sin pantalones, estoy segura de que se fijará en ti. Igual que todos los demás.

—Vamos, ¿no te parece mono? ¿Ni un poquito?

—Creo que es un poquito mayor.

Podría preguntárselo en este mismo momento. Podría preguntarle por las pastillas y el cuarto de la doncella y toda esa locura.

Pero por alguna razón no lo hago.

Por alguna razón temo que, si lo hago, romperé lo que hay entre nosotras. Algo cuya existencia no acabo de entender muy bien.

—¿Puedo hacerte una pregunta, Willa?

—Quizá.

—¿Cómo es que nunca hablas de tu madre?

—¿Mi madre? ¿Por qué lo preguntas?

—Porque es famosa. Famosa por ser lógica. Cosa que tú eres a veces.

—En realidad yo no me parezco en nada a ella. Y además, los economistas no son famosos.

—Bueno, pues conocida mundialmente.

—Eso está mejor.

—¿Y?

—La verdad, hace como diez años que no la veo. No he hablado por teléfono con ella en dos años y lo prefiero así. Antes me importaba lo que pensara, me preocupaba, como si tuviera que ser perfecta. Entonces mi padre me llevó a un loquero que me dijo que ya no tenía que preocuparme más. Dijo que podía borrarla de mi cabeza. Aunque fuera mi madre.

—¿De verdad?

—Sí, de verdad. Yo no podía creérmelo. Fue como «¿puedo hacer eso? ¿No tiene que importarme lo que piense? ¡Genial!». Y entonces me sentí mejor. Mucho mejor, de hecho. Digamos que aquel loquero me salvó la vida. Me gustó mucho. Se parecía a John Denver. Tenía el pelo rubio y una sonrisa bonita y cara de pastel. Parecía que iba a ponerse a cantar de un momento a otro.

—Ojalá yo hubiera tenido eso.

—¿El qué?

—Un loquero que se pareciera a John Denver.

Se pone el vestido que deja las piernas al descubierto.

—¿Ves? No me queda tan mal.

—La gente en la India no tiene para pantalones y tú te deshaces de los tuyos como si fueran basura.

—¿Dirías que no tienen para pantalones?

—Diría que tú no llevas pantalones. Mejor dicho, te encantaría que Humbert Humbert te los quitara.

Se gira y me dice:

—No te preocupes, *mon amie*, no lo llevaré a París con nosotras.

—Muy graciosa. Un momento. ¿Pensabas llevarlo a París?

—En realidad no.

Agarra su bolso como si todo fuera maravilloso y no hubiera nada que pudiera salir mal. Salimos al jardín. Pero no creáis que no me doy cuenta de que Remy vuelve a entrar en el cuarto de la doncella antes de salir. Y agarra ese botecito… aunque finge que no lo hace.

Supongo que cree que necesita sustento para su cita sin pantalones con el señor mayor.

CAPÍTULO 35

Ver a Remy hacer el ridículo con Humbert Humbert me da escalofríos. Está concentrada. Parece a punto de desmayarse. Presta atención, bate las jodidas pestañas, por el amor de Dios.

Y yo pensaría que es una completa pérdida de tiempo, de aliento, de energía y de vestidos sin pantalones, pero reconozco que, a la cuarta semana de ensayos, creo que está progresando.

Estas son las pruebas:

Remy es Ofelia (Consiguió el papel, naturalmente). Está practicando el monólogo en el que se da cuenta de que Hamlet ha perdido la cabeza y se deprime al ver que un tío tan genial se ha convertido en un idiota. «¡Oh, qué trastorno ha padecido esa alma generosa!».

Así que ahí está Remy, con las piernas al aire, toda llorosa mientras se queja del malo de Hamlet, y a mí me da por mirar a Humbert Humbert.

Y dejad que os diga que el tío está padeciendo.

Dependiendo de cómo se mire, puede estar padeciendo un anhelo desolado, o padeciendo como un niño al que le arrebatan una galleta, o como un cachorro que mira un cartel de «No se admiten perros» en las caricaturas antiguas. Sea lo que sea, hay deseo en su mirada. Ni siquiera deseo. Más bien necesidad.

Humbert Humbert está empezando a perder la cabeza. Solo con verlo me dan ganas de vomitar, pero me contengo.

Remy termina su (asombroso) monólogo y todos se quedan allí sentados, hechizados. Paralizados. Aturdidos. Desolados.

Es como si, en aquel preciso instante, nosotros, plebeyos, acabásemos de olvidarnos de los estudios, de los exámenes, de los trabajos, de las dietas fallidas, y nos quedamos allí sentados, compartiendo el amor perdido de Ofelia, absorbiendo la locura de su príncipe amado.

No puedo evitar preguntarme si los padres de Remy pensarían ahora que ella está por encima de eso. Si vieran eso. Si vieran lo que es capaz de hacer. Si vieran lo que acaba de hacerle a esta habitación.

Y Remy me mira. Y yo señalo a Humbert Humbert con la cabeza.

Ahí está él. En toda su gloria de erudito raquítico. Obnubilado.

¡Oh, Remy!

¡Lo has logrado! ¡Lo has logrado por fin! Echaste la caña y ha mordido el anzuelo.

Admirable.

Nunca pensé que ocurriría.

Nunca jamás.

Y ahora es cuando me pregunto por qué estoy preocupada por ella. Por el amor de Dios, es evidente que tiene el mundo a sus pies. ¡Consigue al profesor inaccesible y conmueve a un auditorio entero!

Debería estar preocupada por mí misma.

Bueno, es evidente que nada bueno puede salir de todo esto, ¿verdad? Quiero decir que… es una chica menor de edad enamorada de un profesor de inglés en un colegio de cuyo consejo de administración forma parte su padre.

Por favor, decid si en la boda tomaréis pollo o pescado.

CAPÍTULO 36

Como bien sabéis, no me importa Milo en absoluto. Algunas personas, yo no, por supuesto, estarían enamoradas de él, pero yo nunca sería tan estúpida porque estoy por encima de algo así.

Incluso aunque fuera el último hombre sobre la faz de la tierra, le diría que debemos ser amigos y nada más.

Así que no penséis que me importa solo porque se haya presentado en mi residencia.

Esto es lo que pasa con Milo. Todo el mundo padece una vida agotadora plagada de sinsabores, pero él se limita a navegar por esa vida, sin preocuparse, sin intentarlo, sabiendo que al final todo saldrá bien. ¿Y por qué no iba a ser así? Algún día, después de haber recorrido mundo, le darán un puesto reputado, nada demasiado ostentoso, porque ya podrá ir ascendiendo de manera simbólica para darse por satisfecho. Empezará siendo ayudante del ayudante de alguien. Después ayudante de alguien. Después será alguien.

Que yo sepa, ni siquiera tiene que asistir al colegio Witherspoon. O sea, sí que lo hace. Asiste lo justo. Lo mínimo. Pero lo suficiente. Igual que Remy. Eso es lo que tendrá que hacer a lo largo de su vida. Lo suficiente.

He oído el rumor de que fue a clase de Biología una vez. Una vez. Y aprobó.

Y todo eso está muy bien. De hecho me gusta Milo. Platónicamente, claro. Pero me parece un poco injusto para todos aquellos pobres infelices que se esfuerzan sin parar en un intento por avanzar. Quiero decir que me parece algo injusto que todo esté establecido de antemano antes de nacer. Y luego ya no hay nada que hacer.

Sé lo que estáis pensando. Estáis pensando «No, no, no. Te equivocas. ¿Qué hay del sueño americano?». He oído hablar de eso. Y sí, sigo oyendo hablar. A todas horas. Pero no lo veo. En Iowa, un tío perdía el trabajo y eso era todo. Es como si todas las granjas y las fábricas y las industrias pesqueras y todos los engranajes de esta enorme maquinaria hubieran ido a parar a China o a Bangladesh o a Tombuctú, y ahora el sueño americano es más bien una exportación.

Pero ojalá me demostraran que estoy equivocada. Quizá vosotros podáis demostrármelo.

Pero, en serio, Milo no es mal tío, ni codicioso, ni un imbécil. Es humilde y no dice nada. La mitad del tiempo se lo pasa encogiéndose de hombros. Disculpándose. ¿Por qué se disculpa? Quizá por tenerlo tan fácil, supongo.

El hecho de que se encuentre frente a mi habitación es sorprendente, pero no pienso desvivirme por él. No, señor.

Y no estoy pensando en ese momento en que me tocó en la oscuridad, sin hablar. No. No estoy haciendo eso en absoluto.

—Eh... ¿hola?

—Hola —parece avergonzado. Como si le hubiera pillado.

—Eh... ¿estás buscando a Remy?

Claro, por eso está aquí. Probablemente se sienta decepcionado.

P.D.: Si está buscando a Remy, le deseo suerte. No la he visto en tres días y estoy un poco enfadada... otra vez. Ni mensajes, ni notas, ni llamadas. Nada. Absolutamente nada. Diría que estoy preocupada, pero no es necesario preocuparse nunca por Remy, ¿verdad? Quiero decir que, si el mundo se volviese loco y acabásemos viviendo en un futuro posapocalíptico, Remy aparecería montada en la parte de atrás de la moto de un chico malo y me guiñaría un ojo antes de alejarse hacia el horizonte. Las bandas de niños de cara sucia vestidos con atuendos de cuero improvisados de ese nuevo mundo correrían tras ellos, animándolos en una carrera a muerte a cambio de gasolina. Y entonces ganarían.

—¿Willa?

—Perdona, estaba pensando en la escasez de gasolina en el futuro posapocalíptico.

Me mira perplejo. Mierda. Mi bocaza ataca de nuevo. ¿Qué es lo que me pasa?

—Claro, ¿cómo no ibas a pensar en eso? —pregunta—. Obviamente va a haber problemas.

Un momento. ¿Me está siguiendo el juego?

—Sí. Creo que mi futuro incluirá el diseño de prendas de cuero. Con muchos retales.

—Y. ¿Y de dónde crees que sacarás el cuero?

—Lo haré yo misma. Con animales atropellados. Animales atropellados despellejados. Ardillas, principalmente.

—¿En Iowa te enseñaban a despellejar ardillas?

—No, solo a forasteros. Urbanitas. Cualquiera que no haya hecho el juramento.

Milo sonríe. En este momento es cuando deberían saltar chispas a nuestro alrededor. Y revolotear las mariposas.

Mariposas cantarinas y brillantes.

—Bueno, pues le diré a Remy que has venido. No la he visto en tres días. Probablemente esté en Bali o en algún lugar espectacular. Por capricho.

—Sí, Remy es muy dada a los caprichos.

—¿Dirías que es caprichosa?

—Sí, lo diría. Pero que quede entre tú y yo. No me estarás grabando, ¿verdad? —le brillan los ojos con picardía. A mí me tiemblan las piernas. Dios, soy idiota.

¿Te estoy grabando, Milo Hesse? ¡Ya me gustaría! Grabaría esto y lo reproduciría una y otra vez cuando tuviera ciento tres años y estuviera sentada en mi sillón comiendo gelatina, contemplando los recuerdos proyectados en la pared, rememorando los viejos tiempos, antes de la invasión de los robots.

—Pues le diré que has venido...

—Eh, de hecho...

Esto es incómodo. Estamos los dos aquí parados. Cada uno con nuestra propia elipsis personal.

—Willa...

Qué manera de decir mi nombre. Con determinación, sí. Pero hay algo más. Es tierno, como una caricia en la mejilla.

—Creo que... bueno, es que en realidad he venido a verte a ti.

—¿Qué? ¿Por qué?

Vale, eso ha sonado un poco mal.

—Eh... porque pensaba que sería divertido o algo así, pero, si no es un buen momento, lo entiendo y me iré con elegancia. Con energía y dinamismo.

—¿Y cómo vas a lograr el dinamismo?

—Quizá con algún zapato blando.

—¿Zapatos de claqué o de otro tipo?

—No sé. Solo conozco un tipo de baile.

—¿Qué tipo?

—El africano.

—¿En serio?

—Claro. Se me da muy bien bailar dando saltos. Es el ritual de iniciación para los guerreros. Saltando se consigue encontrar el espíritu del guerrero.

—Eso tendré que verlo.

—Tendrás que atiborrarme a alcohol antes de poder verlo.

—Tendré que atiborrarte a alcohol para poder verlo y después lo grabaré y lo subiré a YouTube y te chantajearé para que tu familia no te deshered.

—Mi familia estaría orgullosa. Sobre todo mi madre. Le parecería políticamente correcto.

—¿Sí?

—Sí. Lo único que le gustaría más que eso sería que, al finalizar el baile, saliera del armario.

—¿Crees que cabe la posibilidad de que eso ocurra?

Milo tiene una respuesta a esa pregunta. Su respuesta consiste en inclinarse y, antes de que me dé cuenta, besarme hasta hacerme sentir que levito, aunque siga con los pies en el suelo. Pero en mi mente estoy flotando. Su boca en la mía, sus manos en mis orejas, como si me apresara, como si llevara tiempo esperando hacer eso, muriéndose por hacerlo.

Y entonces para y nos miramos.

Y se sonroja.

Y me sonrojo.

En este momento debería decir algo inteligente, pero parece que mi mente se haya perdido en esos ojos verdes y, en vez de buscar respuestas ingeniosas, mi cabeza da vueltas sin parar.

—Y ahora te vienes conmigo.

—Y ahora estoy estudiando.

—No. Te vienes conmigo.

—Estoy estudiando.

Ambos intentamos hacer como si lo que acaba de ocurrir fuese normal.

—De acuerdo, te propongo un trato. Te permitiré estudiar ahora, porque seguro que algún día serás una científica de renombre que nos salvará del calentamiento global… pero solo si prometes salir conmigo el sábado.

—Es posible.

—¿Una certeza?

—Potencialmente.

—Inevitable.

Pero sé que voy a irme con él. ¿Cómo no iba a hacerlo? No después de ese beso. No después de esa conversación mágica con mariposas cantando por todas partes. Ni siquiera estoy segura de que mis pies sigan tocando el suelo. Creo que es posible que me haya convertido en colibrí y haya volado hacia el arcoíris. Y entonces el arcoíris se convierte en unicornio.

CAPÍTULO 37

La señora Ingall quería que me reuniera con ella aquí. En el salón de profesores. Hay un restaurante para tomar el té de la tarde, lo que sea que significa eso, con sillas blancas y revestimientos de madera blancos y el sol entrando por tres lados diferentes. Hay vides por todas partes, aferradas a los emparrados a través de la ventana, intentando colarse. Antes del frío. Antes del invierno.

La señorita Ingall entorna los párpados para protegerse los ojos del sol que entra por las ventanas. No creo que esté acostumbrada a tanta luz.

—Gracias por invitarme, señorita Ingall.

—De nada. ¿Te gusta el té, Willa?

—Eh… claro.

—No bebes té, ¿verdad?

—En realidad no.

—La verdad es que aquí preparan un café helado con leche muy bueno, si lo prefieres.

Aparece el camarero y, antes de que me dé cuenta, hay sándwiches de pepino por todas partes. ¿A quién se le ocurriría poner pepino en un sándwich? Es una revelación.

—Dime, Willa, ¿tienes amigos en tu pueblo? En Iowa.

—Sí, tengo. Bueno, tenía.

—¿Y los echas de menos?

—Intento no pensar en ello, la verdad. Me pone triste.

166

—Entiendo.

El camarero pasa por delante.

—¿Has pensado en lo que hablamos, Willa?

—Eh, más o menos.

—¿Y has tenido alguna idea?

—Bueno, mi madre… bueno, digamos que tiene una especie de plan para mí. Quiere llevar ella las riendas, ¿entiende? Que se lo deje a ella.

—Tu madre. La economista.

Yo asiento.

—Bueno, como puede imaginar, lo tiene todo planeado.

La señorita Ingall me mira. El camarero le sirve té en una tacita con rosas en el asa.

—¿Y tú, Willa?

—¿Sí?

—¿Lo tienes todo planeado?

Las tazas aquí son tan delicadas que crees que podrías romperlas solo con mirarlas. Y la señorita Ingall. Ella también es delicada. Pero no creo que a ella se la pueda romper.

—En realidad no tengo nada planeado, señorita Ingall, para ser sincera con usted.

—No pasa nada, Willa. Eso forma parte de la aventura.

—¿De verdad?

—Sí, tienes que encontrar tu camino. Pero… has de encontrarlo tú, Willa. Nadie puede encontrarlo por ti.

El camarero regresa con una fuente de tres plantas; cada planta tiene tartitas, algunas rosas, otras color crema, otras amarillas. Hay hasta bollos de crema de chocolate, con los cuales tendré un encuentro en breve.

—Pero, ¿por qué hay que encontrar algo? Quiero decir, ¿por qué no podemos simplemente… rendirnos?

Lo digo antes de darme cuenta de lo que estoy diciendo.

La señorita Ingall se detiene por un momento. Deja su taza.

—¿Es eso lo que te apetece hacer, Willa? ¿Te apetece rendirte?

No sé qué le está pasando a mi cara. De pronto se ha iluminado, por debajo de mi piel, resplandece.

—A veces.

Por alguna razón, decir esto hace que todo se precipite. Y mis ojos están intentando llorar. Intentando rendirse. Pero no se lo permito. No pienso llorar mientras como sándwiches de pepino.

La señorita Ingall sopesa la situación. El camarero se acerca, pero ella le despide con la mano. Ahora no. Ahora no, porque mi alumna está teniendo una crisis.

—¿Sientes mucha presión, Willa? ¿Presión por ser... perfecta?

Parece una cosa absurda. Parece una cosa absurda y fácil.

—Más o menos.

Ya empiezo a poder contener las lágrimas.

—Willa, no tienes que ser perfecta. ¿Me crees? No tienes que serlo. Solo tienes que ser Willa.

Y podría tragarme el salón entero ahora mismo, las tartitas rosas y amarillas, los bollos de crema de chocolate. Podría engullir la habitación y el emparrado y también a la señorita Ingall. Por haberme concedido, solo una vez, un indulto. Un alivio de mí misma. Unas vacaciones. Olvidarme por un momento del «debería».

CAPÍTULO 38

Seguro que pensabais que Remy no se proponía nada bueno. Bueno, pues tenéis razón. No se propone nada bueno. Básicamente está en los últimos segundos antes de un accidente de coche que ya parece inevitable. Pero, por alguna razón, mientras avanza velozmente hacia el abismo, aún parece haber esperanza, cierta esperanza de que, quizá y solo quizá, pueda alejarse de la explosión.

Tal como yo lo veo, se trata de un problema de dos puntas.

Os diré cuál es la primera punta:

Humbert.

—¡Willa, no te lo vas a creer! Es una locura.

—¿Qué es una locura?

—Lo mío con Humbert Humbert.

Hace cinco días que no la veo y ahí está, saliendo de entre los arbustos para entrar en el jardín. Todo a nuestro alrededor se ha vuelto amarillo, naranja y rojo, las últimas hojas casi han desaparecido, solo aguantan nerviosos los robles y las hayas. Y nosotras tenemos frío. Pero no frío como en Iowa. Frío de Pembroke. Húmedo. La clase de frío que se te mete en los huesos. La clase de frío que te tiene tiritando hasta primavera.

Remy tiene ojeras y los pómulos y la mandíbula más pronunciados.

Me doy cuenta de que parece demacrada.

—Vale, Remy, sabes que esto es una mala idea, ¿verdad? Lo tuyo con Humbert Humbert.

—Quizá. O quizá sea la mejor idea del mundo.

—Oh, Dios mío.

Me giro hacia ella. De verdad, tiene mal aspecto. Hay algo en ella que no parece encajar. Algo tembloroso e inseguro.

—Remy, ¿qué sabes de ese tío? Es viejo. Podría estar casado.

—No, ni hablar. Se lo he preguntado. No tiene esposa. Ni novia. Yo nunca haría algo así y…

—De acuerdo, volvamos atrás un segundo. Todo esto es una mala idea. ¿No crees que esta pequeña obsesión y el hecho de que desaparezcas durante tres días podrían influir en tus notas y, por tanto, en tu futuro?

—En realidad no.

Noto que en ese momento me desinflo. La verdad es que tiene razón. Probablemente no importe qué notas saque. Quiero decir que ya está donde tiene que estar. Lo tiene todo a sus pies.

—Remy, no puedes hacer esto.

—¿Por qué no?

—Porque te traerá problemas. Podrías… morir.

—¡Dios mío! ¿Hola? ¿No crees que exageras?

—Bueno, vale, ¿y qué pasará cuando se acabe? Con Humbert. ¿Has pensado en eso?

—¿Acabarse?

—Sí, Remy. Acabarse.

—¿Por qué eres tan negativa?

Ahora se está enfadando. Y nunca antes se había enfadado conmigo.

El caso es que no es la única.

Llegamos a la biblioteca. Es una sala antigua y majestuosa con tapices colgados por todas partes y techos abovedados. De las vigas, situadas a gran altura del suelo, cuelgan lámparas de araña de hierro. Hay pequeñas zonas con muebles, pequeñas zonas con asientos iluminadas con lámparas de porcelana, todo muy acogedor, mesitas de madera y chicas acurrucadas estudiando, absortas en sus libros.

—No intento ser negativa. Es solo que me preocupo por ti, ¿de acuerdo?

—No seas burguesa.

Estamos susurrando, intentando no alterar aquella escena de estudio propia de Norman Rockwell.

—No soy una burguesa. Y, aunque lo sea, ¿qué importa? Parece que has adelgazado cinco kilos en tres días.

Remy no me hace caso y se pone a rebuscar en su bolso. Yo dejo mi mochila junto a una enorme ventana en forma de arco y, cuando vuelvo a levantar la mirada, veo que se mete algo en la boca, muy deprisa.

—¿Qué era eso?

—¿El qué?

—Remy, ¿qué era eso?

—¿El qué? En serio, no tengo ni idea de lo que estás hablando.

Nos miramos. Es evidente que miente. Ella lo sabe y yo lo sé. Y ambas sabemos que la otra lo sabe.

Da igual. No hace falta que me lo diga. Yo ya sé lo que es. Esa es la segunda punta de este problema de dos puntas.

Las pastillas. Muchas pastillas, demasiadas.

Por eso está perdiendo peso. Por eso parece un esqueleto. Una gran parte de mí sabe que no ha comido más que pastillas blancas últimamente. Para desayunar, para comer y para cenar.

—Remy, escúchame. Todo esto... sé que parece divertido y emocionante, y que te apetece decirles a todos «que os jodan», pero te aseguro que no es agradable.

—No es agradable —repite ella mirándome con rabia—. ¿Sabes, Willa? Pensé que te alegrarías por mí. Pensé que querrías saber que...

—¿Que estás perdiendo la cabeza por un profesor fracasado que podría acabar en la cárcel por tu culpa?

—No es un fracasado. Y estamos enamorados.

171

—¿Me tomas el pelo?

—No. En absoluto. Es real.

—¿Y él sabe que estás enamorada?

—Eso creo.

La gente está empezando a mirarnos, pero Remy sigue mirándome, necesita algo de mí.

Y la absurdez de todo esto me da ganas de ponerme a gritar, literalmente. Así que digo cualquier cosa para poder dejar atrás la situación.

—Vale, de acuerdo, buena suerte y amén y lo que tú quieras.

Y me voy. No sé por qué necesita que le diga que todo está bien. No sé por qué necesita que le diga algo.

Esto no está bien. Y lo peor de todo es que me siento responsable en cierto modo. Como si yo fuera la única persona entre ella y su deseo de estrellarse e incendiarlo todo a su alrededor.

Pero a lo mejor siempre es así. Con los niños ricos. A lo mejor siempre hay un drama y algo que romper y algo que volver a arreglar. A lo mejor tiene que haber algo. De lo contrario, ¿qué podrían hacer?

CAPÍTULO 39

Ahora me resulta ridículo lo que pensaba que iba a ser esta cita. Pensaba que iba a ser la típica actividad de sábado por la tarde. Quizá ir a un museo y pasear por el parque. Quizá compartir un batido con una pajita. Si estuviéramos en los años cincuenta.

Me equivocaba.

Esta mala interpretación podría tener que ver con el hecho de que nunca he tenido una cita. Oficialmente. Aquel tío del tren que se puso pesado es lo más cercano que había estado. Además salí alguna vez con un muchacho llamado Wyatt, cuando tenía tres años. Al parecer tenía una casa en el árbol y una cueva de piratas. Eso es todo.

Pero aquí no hay casas en el árbol, ni cuevas de piratas, ni tipos raros en el tren. No, no. Este es el tipo de cosa que no sabes que va a ocurrir hasta que ocurre, y entonces piensas... ¿qué coño está pasando?

Así empieza.

Milo se presenta en mi puerta vestido como un camarero de principios de siglo, aunque sin la barra. Lleva chaleco. Quiero decir que está guapo, pero se nota que se ha vestido. Que se ha vestido con elegancia.

Por otra parte yo me he decantado por algo mucho más informal. No voy vestida para una tarde de romance atemporal. Voy más bien preparada para un picnic con sándwiches deliciosos, que a veces puede ser la misma cosa. No me juzguéis.

Al verlo en mi puerta, me siento de inmediato como una idiota y me entran ganas de anular el plan.

—Eh, no voy vestida acorde con lo que sea que vayamos a hacer, ¿verdad?

—Está bien, de verdad.

—Bueno… vale, ¿por qué no me das cinco minutos a ver si encuentro algo? Que no parezca que voy a un partido de fútbol y tú a la ópera.

—Si quieres. Pero no es necesario…

—Creo que sí lo es. Espera. Solo un segundo.

Y sin más le cierro la puerta en las narices, cosa que no pretendía hacer, pero ha ocurrido de todos modos. Entonces me voy al armario e intento encontrar algo, lo que sea, para estar presentable.

Al final consigo encontrar algo *vintage*. No es fácil vestirse cuando solo tienes una maleta de ropa y dos uniformes, y además no tienes idea de dónde vas. Pero lo intento y creo que salgo airosa.

Cuando regreso a la puerta, Milo está al teléfono, susurrando. Obviamente no se propone nada bueno. Me hace un gesto con la mano, me sonríe con picardía y me doy cuenta de que se está esforzando mucho en esta cita.

Intenta tranquilizarme cuando nos metemos en el taxi.

—No te preocupes. El trayecto hasta la costa solo durará media hora. Conozco la ruta secreta.

¿Costa? ¿Ruta? ¿Secreta? ¿Qué es lo que pasa? Pensaba que iríamos al cine o a tomar algo al bar del pueblo.

¿Qué está pasando?

Milo me guiña un ojo y mira por la ventanilla. Sonríe para sus adentros.

—¿Tienes pensado venderme en el mercado negro? ¿O sacrificarme ante los soberanos lagartos? Necesito saberlo.

—Es nuestra primera cita, ¿no? Quería impresionarte. Estoy algo nervioso, la verdad.

¿Qué? ¿Él está nervioso? Si él está nervioso, entonces yo estoy para que me encierren.

—Ah, toma. Le he robado esta botella de champán a mi padrastro. Es un imbécil, así que con suerte costará un millón de dólares y se enfadará mucho.

Milo sirve el champán en dos copas. Es evidente que también han sido robadas al susodicho padrastro.

P.D.: Esto es ilegal.

P.D.2: A Milo parece darle igual.

—No sabía que tuvieras un padrastro. O que tus padres estuvieran divorciados. O que tu vida no fuese perfecta en todos los sentidos.

Hay una pausa.

—Sí. De hecho mi madre mola bastante. Hace todo tipo de cosas relacionadas con el arte, siempre preocupada por «acercar el arte a los menos privilegiados». Y siempre anda recaudando dinero para los niños de la calle y los huérfanos.

—Eso mola.

—Sí, es muy humanitaria. Pero es genial. Me mima. O tiende a hacerlo. Dice que soy su principito. Incluso ahora.

—Pero tu padrastro...

—Qué asco. Es un gilipollas. Es uno de esos tíos con dinero. De los que lo destrozan todo. Probablemente se tire a su secretaria.

—¿Y tu padre? ¿Cómo es?

—Murió.

—Oh, Dios mío, lo siento mucho.

—No pasa nada. Fue como hace dos años o algo así.

—Lo siento de verdad.

—Me sorprende que Remy no te lo dijera. Fue bastante sonado.

—¿En serio?

—Sí. Se suicidó.

Dios.

Se me pasa por la cabeza mi plan, el que incluye el campanario. Y ahora me siento estúpida y melodramática e increíblemente imbécil.

Al ver esto. Al ver lo que supone quedarse atrás.

Ser aquel que se queda en este mundo.

—Oh, Milo, no tenía ni idea. Lo siento mucho…

—No pasa nada. Tal vez por eso me gustas. Porque no lo sabías.

O tal vez le atraiga la gente que fantasea con suicidarse. No se lo digo. Gracias a Dios.

El sol brilla sin descanso y nosotros pasamos por delante de casas y más casas en hilera. Edificios de ladrillo con anuncios antiguos pintados en las paredes. Viejos negocios, cerrados desde hace décadas, cuando se perdió la esperanza. Mientras contemplo aquella infinidad de vidas a través del cristal, vidas con la colada tendida, algunas con juguetes rotos en los balcones, desgastados por el sol, no puedo evitar preguntarme una cosa. ¿Por qué ellos? ¿Por qué tienen una vida de mierda de la que no podrán escapar? ¿Quién inventa las normas? Tú vas allí. Y tú vas allí. Y tú… tú te quedas aquí abajo, lo siento. No tiene sentido si lo piensas. Y luego hay personas como Milo. Personas que lo tienen todo. Principitos sin ninguna preocupación en el mundo.

Salvo un padre suicida.

Se termina el resto del champán.

—No tienes idea de la suerte que tienes por ser de Iowa.

CAPÍTULO 40

Hay ciertas cosas que crees que nunca experimentarás, o que nunca verás, o que no sabes que existen. El lugar al que Milo me lleva es una de esas cosas.

Es una isla.

Una isla privada.

Ah, ¿no tenéis una isla privada a la que poder llevar a vuestros amigos un sábado por la tarde? Yo tampoco.

Es gracioso lo que ocurre. Por un momento pensé que esto iba a ponerse extremadamente difícil. Ya sabéis, barcas, un muelle, rocas puntiagudas, un mar negro y embravecido. Mientras nos acercábamos al muelle, no pude evitar pensar que quizá llevábamos la indumentaria equivocada de los locos destinados a acabar sus vidas bajo el agua.

Pero no.

La parte difícil del viaje ha consistido en subir a la barca, en la que el «barquero» nos ha llevado a través del océano algo alterado, paralelos a la costa, hasta bordear unos acantilados y ver a lo lejos una isla solitaria, sin nada alrededor. El sol ya está bajo y es como si un foco saliera del agua e iluminara la isla, con sus pinos y sus rocas escarpadas en la orilla. No parece real. Una isla, allí sola, tan hermosa y misteriosa, probablemente una figura fantasmal en la distancia.

Cuando aparece la isla, miro a Milo.

Él me sonríe y se encoge de hombros. El gesto no le queda presuntuoso. Parece querer decir «Lo sé, lo sé, pero no he podido evitarlo».

Yo intento no quedarme con la boca abierta a medida que nos acercamos. Veo una casa de tablones de madera en la isla, situada frente a nosotros: es blanca, con torrecillas y un porche que la rodea, e incluso un puesto de vigía. Cuando digo «tablones de madera» no os imaginéis algo desvencijado. La casa es enorme, majestuosa y probablemente fue construida por Thomas Jefferson o algo así.

Llegamos a la punta del muelle, donde concluye la parte difícil del viaje, y el barquero nos ayuda a bajar.

—Vísteme despacio, que tengo prisa.

El barquero sonríe. Milo le sonríe y a mí me da la impresión de que estos dos se conocen desde que Milo era un bebé. Noto el cariño y la complicidad.

—Gracias, Freddy —dice Milo.

Recorremos el muelle, comenzamos a subir la colina y veo una figura solitaria que desciende desde la casa. Los últimos rayos de sol se reflejan en su vestido azul de raso. Veo dos manos estiradas con algo que brilla, un vaso con hielo, y lima… un coctel.

Sobre el raso azul hay un cuello de alabastro y una melena negra con flequillo, una melena corta como la de una estrella del cine mudo. Una cara pálida con ojos azules sonríe a Milo como si fuera lo más valioso sobre la tierra.

—MiMi —dice como si acariciara a un gato ofreciéndole un vaso.

Milo se gira hacia mí.

—Esta es Willa. Willa… esta es mi hermana, Kitty. Su nombre real es Katherine, pero eso suena a abuela.

—¡Ah! Hola, Kitty. Encantada de conocerte.

Ella me entrega un vaso transparente como si diera por hecho que lo quiero.

—Eh, gracias.

—Vamos, vamos —dice ella—. Casi empezamos sin vosotros…

—Oh, perdona, Kit.

—En serio, Brit está como loco porque piensa que las ostras van a saltar del plato o cualquier paranoia de esas. Ojalá se echara novia.

Y así, sin más, nos alejamos del mar embravecido y ascendemos hacia la imponente casa blanca, donde Kitty abre la puerta y nos encontramos con… algo que parece un cuadro, una escena de salón pintada al óleo. En ella, ocho figuras y unas chimenea.

Todos se giran a la vez. Todos bien vestidos. Igual que Milo.

—Brit está en la cocina, pero enseguida sale.

Hay cuatro chicas y cuatro chicos. O, más bien, cuatro damas y cuatro caballeros. Quiero decir que nos movemos en una zona de buenos modales. No me imagino las edades, pero desde luego son mayores que nosotros. Quizá acaben de terminar la universidad. Sin duda no trabajan. Estoy bastante segura de que ninguna de estas personas tendrá que trabajar un solo día de su vida. Y, a juzgar por sus nombres, estoy segura de que no podrían si tuvieran que hacerlo.

—Igby, Tad, Basil, Win (Winston, aunque nadie lo llama así), Tisley, Paige, Binky y Cricket (Su verdadero nombre es Camilla, pero si la llamas así se enfada).

Por cierto, no tenéis que recordar todos estos nombres. Principalmente os los digo porque resulta una colección absurda en una sola habitación. Admitidlo.

Yo me quedo allí parada, junto a Milo, sintiéndome la persona más pequeña, más tonta y más rara de la tierra.

—¡MiMi!

Vale, supongo que MiMi es su apodo. La abreviatura de Milo-Milo.

El que se nos acerca es el que se llama Igby. Es más delgado que los otros tres y, por alguna razón, parece más intelectual, aunque quizá solo sea por las gafas. Parece que podría abrir un diccionario, señalar una palabra y darte cinco definiciones de memoria.

Paige y Tisley se acercan después. Podría decirse que van a juego. Ambas tienen el pelo largo, liso y castaño, ambas con una piel que parece no haber visto el sol desde el siglo pasado.

—Milo, qué elegante —dicen con asombro.

Sí, parecen coquetas. Demasiado coquetas para mi gusto. Una de ellas le agarra de la corbata.

—Bueno, lo intento...

Ahora vienen Tad y Win. Estos tíos parece que no podrían morir en una pelea en un bar, al contrario que Igby y Basil. Tad tiene el pelo rubio y los ojos azul claro. Win tiene el pelo castaño y lleva pajarita.

—¿Y puedo preguntar quién es tu joven invitada?

Ambos me sonríen con coquetería y yo devuelvo la sonrisa de un modo extremadamente incómodo.

—Esta es Willa.

Por favor, no lo digas. Por favor, no lo digas. Por favor, no lo digas.

—Es de Iowa.

Ya está. Ya lo ha dicho.

Y de inmediato el juicio, que recorre la habitación. Oh, entonces no es nadie.

Ojalá pudiera hundir la cabeza en la arena. Milo no le da importancia. No sabe que es el único que piensa que mola ser de *paletolandia*.

—Vaya, vaya, una chica de pueblo.

Habla Tisley. No es agradable. Ni siquiera lo intenta.

Cricket le dirige una mirada. No sé si Cricket conspira o regaña con esa mirada. En cualquier caso, me siento como una idiota.

Kitty me mira. Veo que se da cuenta.

—No hagas caso a Tisley; es tremendamente celosa porque todos sus novios la engañan.

—Muy bonito, Kitty.

Tisley abandona la habitación y Cricket se vuelve hacia nosotros.

—Lo que Kitty no te ha dicho es que engañan a Tisley... con ella.

—Eso no es cierto —responde Kitty con una sonrisa.

Obviamente lo es.

Damas y caballeros, bienvenidos a *frikilandia*. Población: esta sala.

Cricket continúa.

—La buena noticia para ti, Willa, es que tu novio no va a engañarte con Kitty porque tu novio es su hermano.

Milo y yo nos miramos. Él no es mi novio. ¿O sí? ¿Ahora es oficialmente mi novio? ¿Es eso lo que significa que te traigan a esta rara isla de juguetes inadaptados? Milo no dice nada. Bueno, al menos no lo niega. Y me doy cuenta de que las puntas de las orejas se le están poniendo muy rojas.

—¿Dónde está Remy? —pregunta Igby.

Vale, ¿qué? Tiempo muerto.

—No tengo ni idea. Está obsesionada con un tío secreto y últimamente se comporta de forma extraña.

¡Aha! Así que Milo sabe que Remy está obsesionada con alguien, pero no sabe que ese alguien es Humbert Humbert.

Pero regresemos. ¿Por qué iba Remy a estar aquí?

—¿Conoces a Remy? —me pregunta Win.

—Eh, sí. Es como mi mejor amiga en Pembroke. Me convenció para participar en una absurda obra de teatro que yo odio.

—¡Ah! Eso suena típico de Remy.

—¿De qué la conoces?

Se escapa una carcajada, casi inaudible. Pero palpable.

—Bueno, yo la vi una vez porque es... mi prima.

Una risa nerviosa recorre la habitación.

—De acuerdo, soy una idiota.

—No, no lo eres. Eres adorable.

—Lo que todos intentan decirte, Willa, es que nos alegramos de que estés aquí —añade Kitty—. Y deberíamos comer.

Y, dicho eso, el grupo se marcha al salón y nos deja a Milo y a mí allí solos, recuperando el aliento.

—Siento que haya dado por hecho que eres mi novia. Espero que no te sientas ofendida.

El corazón me late desbocado. No en el buen sentido. Sino más bien preguntándose «¿qué diablos hago yo aquí?».

No puedo evitar preguntarme cómo lograría escapar de esta isla yo sola. ¿Y si hubiera una guerra nuclear o un apocalipsis zombi, o quizá la situación se volviera demasiado incómoda con toda esta gente rara? ¿Podría escapar?

Si hago el cálculo, entre la corriente, las mareas y la fuerza de mis brazos, estimo que avanzaría unos tres metros.

Y eso sin tener en cuenta a los tiburones.

Así que…

Parece que estoy atrapada.

Parece que soy una especie de mascota para pasar la velada.

Por favor, boca, mantente cerrada; no digas o hagas nada que me haga quedar como una palurda. Mantente cerrada. En serio.

Chitón.

CAPÍTULO 41

Esta cena es surrealista. Creo que tengo que hablar de ella. Sí, es una cena, ¿a quién le importa? Pero además es una cena de siete platos y cada plato es diminuto, pero está delicioso y presentado como si tuvieras que hacerle una foto. Yo no soy de esas personas que sacan fotos a la comida y las cuelgan en todas partes, porque, asumámoslo, eso es patético. Pero, si fuera una de esas personas, no habría parado de hacer fotos a cada plato.

Tampoco es que sepa lo que estoy comiendo. Parece que hay muchas cosas salidas del mar. Y también hígado de oca. Y además hay mucho vino. Y el vino no para de cambiar, así que hay que beber.

No estoy segura de quién prepara la comida; en mi cabeza me imagino a un chef francés malhumorado, pero parece que los invitados se turnan para traer los platos de la cocina.

Qué normales. ¡Qué campechanos!

¡Reina la democracia en esta isla privada!

En estos momentos, uno de los chicos, Basil o Cecil o como se llame, está hablando sin parar sobre la adorable Cricket y sus excentricidades para ligar.

—Así que ahí estaba él, delante de ella, totalmente embelesado, y Cricket no tenía ni idea de quién era —cuenta Basil.

—Eso no es cierto. Me resultaba vagamente familiar.

—Sí. La ridícula estrella del rock británica. Parecía vagamente familiar. Tenía dos ojos, una nariz y dos orejas.

Todos se ríen. La idea general aquí parece ser: Oh, la loca de Cricket. ¿Qué no sería capaz de hacer?

—¿Y qué hiciste? —pregunta Tisley con curiosidad.

—Bueno, me líe con él, claro.

Carcajadas por doquier. Copas en alto. Chin, chin.

—Me daba pena.

Más risas.

Tad interviene.

—Me encanta. La razón de Cricket para liarse con alguien: me daba pena.

—O el mero hecho de que exista.

—Y que esté delante de mí.

Risas y más risas. Creo que esos dos últimos eran Basil y Win. Uno de los chicos. Está claro que los chicos están aquí para hacer los chistes. Los chicos hacen los chistes y las chicas se ríen. Las chicas hablan con suavidad y dicen cosas inteligentes, sí. Pero los chicos son los encargados de hacer reír a todos, de superarse los unos a los otros. El que tenga las ocurrencias más inteligentes gana. En Iowa las competiciones entre tíos son muy diferentes.

En Iowa era cuestión de quién tenía los neumáticos más grandes.

O los guardabarros del camión.

Basta decir que en Iowa, si tienes un camión con neumáticos gigantes y guardabarros con mujeres desnudas dibujadas, eres el equivalente social a Tad.

Pero aquí, en esta isla privada que nadie conoce porque probablemente no exista, el hombre más ingenioso gana. Y no hay camiones de por medio.

De vez en cuando, Milo me mira para ver cómo estoy. Es muy amable por su parte, teniendo en cuenta que estas personas se conocen desde que nacieron.

Nadie aquí se comporta con demasiada impertinencia, ni altanería ni condescendencia. Creo que el comentario inicial sobre la chica de granja ha sido algo esporádico. Me da la impresión de que todos aquí son protectores con Milo. Al fin y al cabo es el hermano pequeño.

En un momento dado veo que Kitty le sonríe con las cejas levantadas. Ahora entiendo por qué Milo es tan encantador. Kitty es su hermana mayor. Ella nunca permitiría que se descarriara. Probablemente lleve vistiéndolo desde que tenía dos años.

Y es evidente que lo adora.

Sería fácil odiar a esta gente. Pensar «Dios, ¿qué es lo que os pasa? ¿No os dais cuenta de que el mundo se va a la mierda y vosotros os quedáis aquí sentados, haciendo bromas, bebiendo vino y comienzo comida irreconocible en porciones diminutas?

Pero es imposible.

Porque son encantadores. Son carismáticos y adorables; sí, incluso se adoran entre ellos. Es una familia muy rara. Una familia de sangre azul, probablemente emparentada si retrocedes lo suficiente.

Un hecho divertido: Paige está licenciada en Literatura afroamericana.

Sí, ¿a que eso no os lo esperabais?

Y además es experta en danzas africanas. ¿Qué les pasa a estas personas con las danzas africanas?

Mientras tanto, yo no puedo dejar de pensar que es blanca como el papel. Seguro que por eso se llama Paige, que suena como página. Y también es tan delgada como el papel.

Después de cenar voy a tener que pedirle que me muestre sus bailes africanos porque soy una persona horrible.

Vamos. No se puede ser tan blanca, estar licenciada en Literatura afroamericana, especializada en danzas africanas y no querer que alguien, de vez en cuando, te pida que se lo demuestres. No sé si esta posible apropiación cultural es ridícula, adorable o absurda. Supongo que lo averiguaré al verla bailar.

Pero todavía no hemos llegado a ese punto. Oh, no.

Porque hay algo más.

Abandonamos el comedor y dejamos atrás todos los platos y las copas porque damos por hecho que se esfumarán por arte de magia cuando salgamos.

¿Recordáis que os conté que Milo, Remy y yo tomamos éxtasis en casa de Remy en Manhattan junto a la chimenea y que fue fantástico, pero al día siguiente en el tren nos encontrábamos fatal y prometimos no volver a hacerlo?

Bueno, la buena noticia es que no vamos a tomar éxtasis.

Sin embargo, creo que no sería del todo sincera con vosotros si no os dijera que aquí todos toman otro tipo de éxtasis, un éxtasis superpuro que se llama Molly.

Perdón.

Lo sé.

No os enfadéis conmigo.

Os aseguro que me he resistido un poco.

CAPÍTULO 42

De acuerdo, tenemos que hablar de Milo. No creo que sea exagerado decir que va matándome lentamente al tiempo que mata mi corazón.

No es que intente hacerlo.

No, Milo no parece el tipo de chico que intentaría herir a nadie, nunca, por ninguna razón. De hecho, antes de la cena me he dado cuenta de que ha visto una araña en la entrada y ha hecho que todo el mundo se apartara para que pudiera atraparla, ponerle un trozo de papel debajo y un vaso de chupito encima y llevar fuera a la susodicha araña. Así que sí, Milo no es de los que hacen daño, de los que matan arañas o de los que hieren sentimientos.

Pero, aun así, Milo está convirtiéndome el cerebro en gelatina porque lo único que puedo hacer es pensar que no debería colgarme con él, pero me estoy colgando con él, pero no debería colgarme con él, pero tal vez él esté colgándose conmigo, pero tal vez no lo esté, pero tal vez sí, de lo contrario, ¿por qué iba a estar yo en medio de esta colección de nombres ridículos?

Por cierto, ni siquiera voy a hablaros de los apellidos. Ya sabéis cuáles son, ¿verdad? Los que tienen que ser. Me imagino algo así como: DuPont, Peabody, Carnegie, Picklebottom, Tiffany, Lobstertails. No voy a preguntarlo. Porque vosotros y yo sabemos que, cuando los digan, me va a costar mucho trabajo no reírme.

Se habla mucho sobre la próxima ronda de actividades en estas festividades. Se mueven de un lado a otro intentando obtener la iluminación y la música adecuadas. Yo siempre había oído que la gente que toma drogas no tiene motivación. Que son personas perezosas y holgazanas. Pero, si tomáis en consideración el tiempo y el esfuerzo que Tad, Muffy y, sí, incluso Milo están empleando en seleccionar y realizar sus experiencias relacionadas con las drogas, creo que estaríais en desacuerdo con esa opinión.

Y, mientras todo esto sucede, yo camino de puntillas alrededor, observándolo todo.

¿Sabéis que, antiguamente, si ibas a casa de Saddam Hussein, tenía sillas de oro, grifos de oro y retretes de oro? Y había tapices por todas partes con oro también a los lados. Como si la casa estuviera diseñada para asustarte con el dinero. Bueno, pues este lugar es justo lo contrario.

Es el tipo de lugar en el que todo es discreto. Pequeño, delicado, intricado, poco ostentoso.

Ese barco náutico. Aquella tabaquera de nácar. Ese cenicero Wedgwood. Ese jarrón Willow Ware. Aquel reloj de bolsillo de plata grabado. Aquel diente de ballena. Aquel abrecartas de Nepal con mango de marfil.

Menos mal que la droga que hemos tomado no es LSD. Si la droga fuera LSD, me perdería en esta exquisita colección de curiosidades. Sin embargo, en este caso, aprecio las curiosidades, pero mi mente no se obsesiona con ellas durante las próximas doce horas.

Y entonces Milo se acerca a buscarme.

—¿Lista?

—Supongo —mi ceño fruncido parece decir otra cosa.

Me da la mano con cariño.

—Eh, ¿qué pasa?

—Es que… ¿por qué estamos haciendo esto?

Me mira como diciendo «¿haciendo qué?».

Me quedo mirando fijamente las pastillas que tiene en la otra mano.

—Espera, ¿en serio? —me pregunta.

Y sé que se supone que debo ser enigmática e inescrutable y misteriosa y hacer esta pregunta no es ninguna de esas tres cosas. Lo sé. Pero recordemos que soy una bocazas.

Ahí está. Noto que mi cerebro se activa, que busca las palabras y los pensamientos que deseo expresar. Y aquí viene, el ataque de la boca gigante…

—Es que… siento que este lugar, y la comida, y todas estas cosas y la barca y todo… Es todo increíble, y nadie puede ver estas cosas, al menos yo nunca he podido, no antes de hoy. Y tú… quiero decir que esta es tu vida, ¿sabes? ¿No es ya suficientemente asombrosa? ¿No es el sueño que todo el mundo tiene? ¡Y tú lo estás viviendo! Y ahora yo estoy aquí viviendo un pedazo de ese sueño. ¿No es eso suficiente? Te lo pregunto. Simplemente te lo pregunto.

Él se queda mirándome. Parpadea una vez. Dos veces.

Dios. Empiezo a sentir las mejillas sonrojadas. La he fastidiado por completo.

—Me voy a marchar —le digo—, antes de que cambie la marea. ¿Crees que alguien me podrá prestar un traje de baño? —me dirijo hacia el recibidor.

—Willa, espera —Milo me agarra la mano con más fuerza y tira de mí hacia el interior de la casa. Nos sentamos el uno junto al otro en la escalera, en los peldaños cubiertos por una alfombra persa de pasillo. Los primeros rayos de la luna se cuelan por las ventanas situadas en la parte delantera de la casa.

Milo toma aliento.

—Escucha. No sé lo que ves cuando miras todo esto. Supongo que nunca lo había pensado. No pretendía asustarte. Espero… que te haya gustado. Pero yo crecí aquí, ¿sabes? Mi padre, mi madre, Kitty y yo veníamos aquí todos los veranos. Y sí, sé que es especial, pero también es lo único que conozco. Y el caso es que todo esto —hace un gesto para abarcarlo todo con la mano— no hace que las cosas sean mejores. No quiero que te sientas ofendida, pero créeme cuando te digo que nada de esto mantiene alejadas las cosas horribles. ¿Entiendes lo que quiero decir?

Yo abro la boca para llevarle la contraria, pero vuelvo a cerrarla cuando veo su mirada distante.

—Mi padre era un buen hombre, ¿sabes? Pero trabajaba para unos tipos muy malos. Y, cuando descubrió lo malos que eran, a cuánta gente habían robado, cuántas vidas habían arruinado, no pudo soportarlo.

Y ahora parece que hasta la luna está escuchando.

—Yo lo encontré.

—¿Qué?

—Fui yo quien encontró a mi padre.

Siento como si me estuvieran estrujando el corazón. Noto un agujero negro en el estómago.

—Oh, Milo. Eso es terrible.

—Lo sé. Pensaba que deberías saberlo porque… bueno, porque todos lo saben. Y desde entonces es como si yo tuviera la letra escarlata.

—No. Milo, no. Todos piensan que eres como una especie de regalo divino. ¡De verdad! Deberías oír a Remy hablando de ti.

—¿De verdad?

—Sí.

—Mmm.

—¿Eso te sorprende? Pensaba que erais amigos.

—Sí, eh… A veces es difícil entender a Remy.

—A mí me lo vas a decir.

Él asiente. Veo una sonrisa en su cara, pero es una sonrisa triste. Parece reflexionar.

—Mira, siento haber sacado el tema, pero creo que lo que intento decir es que la gente piensa que tener todo esto es la clave, ¿entiendes? La clave para ser feliz. Pero no hay ninguna clave. Creo que… tal vez solo existe lo que te viene dado. Así que, si quieres saber por qué —se queda mirando las pastillas que sigue teniendo en la mano—, no lo sé. Pienso, ¿por qué no? ¿Por qué diablos no hacerlo?

Y yo me quedo preguntándome exactamente lo mismo.

¿Sabéis que, cuando tomas Molly, te enamoras automáticamente de la persona que está a tu lado? Es cierto.

Sí, dije que nunca volvería a hacer algo así, pero ahora mismo estoy enamorándome de Milo. Porque resulta que está junto a mí. Y sé que no es real, sé que es solo química, pero ahora mismo, en este preciso instante, parece que Milo también está enamorado de mí. Como si fuera algo recíproco. Y no estoy loca.

—¿Sabes por qué aparecí aquel día?

—¿Qué día?

—El día del casting.

No estamos exactamente en el sofá, sino más bien en el suelo, apoyados contra el sofá y mirándonos a los ojos.

—No. ¡Espera, sí! Porque te encanta el teatro.

—Te equivocas.

—Entonces, ¿por qué?

—Porque Remy dijo que había conocido a la chica que más mola de Iowa, con la que desearía poder salir, pero no podía porque no es lesbiana, así que tuve que hacerlo para que ella pudiera vivir su historia a través de mí.

Nos quedamos mirándonos sin dejar de sonreír.

—Espera… vale, esta es una pregunta absurda, pero… no, olvídalo. No quiero echar a perder el momento —no puedo evitarlo.

—¿De qué se trata? No lo echarás a perder, en serio.

Milo me mira y yo siento que estoy a punto de zambullirme en sus ojos.

—Nosotros no estamos saliendo, ¿verdad? Quiero decir que solo estamos haciendo lo que quiera que sea esto. En una isla privada. En algún lugar de la Costa Este.

Milo sonríe. Al otro lado de la habitación, frente a la chimenea, Paige, Igby y Cricket están haciendo una especie de danza primitiva moderna. En ese momento parece que Paige es una diosa a la que Igby y Cricket están venerando.

—¿Por qué? ¿Eso te ofende? —pregunta Milo en broma.

—¿Qué? ¿Esa danza de ahí?

—No. Lo de salir conmigo.

Sinceramente no sé qué responder a eso. Una parte de mí desea decir que no y lanzarse sobre él y decirle que es el ser más asombroso de este planeta, pero otra parte de mí desea no decir nada y llorar y meterse en un agujero porque no tiene autoestima. Claro, la Molly contribuye a eso.

Milo está esperando una respuesta, pero yo estoy demasiado ocupada no sabiendo qué decir.

—Para ser sincero contigo, Willa, no me importa lo que digas.

—¿No?

—Porque voy a hacer que seas mi novia, cueste lo que cueste.

—Ah.

—No me importa si tardo un año o si tengo que pasar por mil aros y llamar al presidente. Vas a ser mi novia, Willa. No tienes elección.

—Ah.

Y ahora se le iluminan los ojos y su voz da miedo.

—Ríndete, ríiiiiiiindete, Willa…

Está haciendo movimientos de Svengali con la mano, intentando arrastrarme hacia la magia de sus ojos.

—Veeeeen conmiiiiigo…

—Vale, ¿puedo hacerte una pregunta?

—Claaaaro.

—¿Les dices estas cosas a todas las chicas?

—Claaaaro. Tengo un harén en caaaaasa, en una carpa de ciiiiirco.

Dios mío, no sé qué hacer con Milo. Deseo atacarlo. Deseo atacarlo con besos.

Aunque básicamente no sé cómo besar.

Dios, por favor, no le contéis a nadie que os he dicho eso.

Es vergonzoso. Pero, en serio, ¿qué se supone que debo hacer? Si Milo intenta liarse conmigo en serio, estoy segura de que daré los peores besos de la historia, como si fuera un dragón, y después él se lo contará a todos y se reirán de mí y seguramente me harán volver nadando a tierra firme. Tierra firme.

Estoy en un lugar en el que se dice «tierra firme».

—¿Willa?

—¿Milo?

—No es necesario que me respondas. No es necesario que pienses. Ni que te preocupes. Ni que hagas nada que no desees hacer. Solo has de estar aquí ahora. Conmigo.

Y levanto la cabeza para mirarlo, y de fondo aquella extraña danza empieza a transformarse, y yo pienso que nadie nunca me ha dicho algo así. Nadie me ha dado libertad absoluta.

¿Y si esto es lo que significa estar enamorada? Dar libertad absoluta a la otra persona. Entender que todo está bien y que nada tiene que ser como se supone que debe ser, como todo el mundo dice que debe ser. Y las cosas simplemente pueden ser lo que son. Sin más.

—Milo.

—¿Sí?

—¿Cuántas novias has tenido?

—Una. En el futuro. Se llama Willa.

CAPÍTULO 43

Hay algo que debo deciros. ¿Sabéis guardar un secreto? Hice algo raro la semana pasada que nadie sabe, pero creo que lo hice por capricho. Un capricho recomendado. No sé, creo que mi cuerpo fue poseído por demonios o algo así, y de pronto estaba descargándome formulario, rellenando papeleo, obteniendo cartas de recomendación, visitando el edificio Wharton, hablando con la señorita Ingall, escribiendo ensayos y todo tipo de cosas aburridas y molestas que llevan mucho tiempo, pero algo me hizo hacerlo. Tal vez fue un fantasma. Un fantasma académico.

O quizá fue solo la señorita Ingall.

Quizá me echó algo en el té.

No se lo digáis a nadie, ¿de acuerdo? No se lo digáis a Remy. No se lo digáis a Milo. Y sobre todo no se lo digáis a mi madre. Por favor. Ni a nadie. Ni siquiera a mi padre. No sé por qué tengo que mantenerlo en secreto, pero así es. Supongo que no quiero ser el hazmerreír o algo así. Cuando fracase. Si fracaso. Cosa que es probable que suceda.

Vale, aquí está.

He solicitado entrar en Berkeley.

Yo sola.

Shh.

¡He dicho que no se lo contéis a nadie!

En serio, es que no quiero sentirme como una idiota, ¿de acuerdo? No quiero sentir que he intentado lograr algo grande e improbable y que no lo he conseguido. Porque entonces todos se reirán de mí o, peor aún, sentirán pena por mí. Así que no se lo digáis a nadie. No me van a aceptar, ¿vale? Solo es un Avemaría. Un «qué diablos».

Dar palos de ciego.

CAPÍTULO 44

La verdad es que no pensé que vería a Remy hoy antes de clase. Los lunes por la mañana siempre hay mucha gente corriendo de un lado a otro, todas medio dormidas, intentando llegar a clase de Literatura contemporánea, o a Cálculo, o a Química. Pero, cuando salía del centro de estudiantes, haciendo equilibrios con mi café helado, mi mochila y mis libros, ha aparecido Remy.

—Willa, tengo que hablar contigo.

Ahora está a mi lado y recorremos juntas el jardín.

—¿No podríamos hablar después de clase?, porque yo también necesito hablar contigo, pero ahora no puedo porque voy supertarde.

Tengo un millón de cosas que contarle. Principalmente sobre Milo y la isla privada y mi corazón y qué hacer con él.

—Sí, claro. Sin problema. Por cierto, me he acostado con Humbert Humbert.

Vale, eso sí que me detiene.

—¿Que qué?

—Con Humbert Humbert. ¡Es mío!

—¡Remy, la has jodido!

Ella sonríe.

—¿No querrás decir que me han jodido?

—No. Ese tío está jodido de la cabeza. Y quiere joder su carrera.

—¿Carrera?

—Sí, Remy. Es profesor de inglés. No seas esnob.

—Bueno, podría ser mucho más que eso.

—¿Como qué? ¿El marido de Remy Taft?

Ella no responde.

—Vale, ya está. Voy a dejar oficialmente la obra. Díselo tú a Humbert.

—¿Qué? ¿Por qué?

—Porque es un pervertido y no puedo arriesgarme a que me acose.

—Venga, vamos. Además, ¿qué voy a decirle?

—No sé. Dile que me he muerto.

—¿En serio?

—Dile que… soy alérgica… al teatro. Y a los violadores.

—Venga, sé buena. Te necesito. Me siento muy vulnerable.

Y ahora me doy cuenta. Remy está ahí parada, con su ropa extravagante, mirándome, y me doy cuenta. Está asustada.

—¿Qué quieres decir?

—Es que, me siento… no sé, rara.

—Vale, Remy. Quiero hablar contigo de esto y no quiero que te sientas rara, pero no puedo faltar a clase. Así que, si quieres, me paso más tarde. ¿De acuerdo?

—De acuerdo —pero parece que… ¿está temblando?

—Te encuentras bien, ¿verdad?

—Sí. Sí, estoy bien.

—De acuerdo, te veré después de clase.

Me doy la vuelta mientras me alejo. Remy sigue allí parada.

—Espera, ¿por qué no vas a clase?

—Es que no tengo nada que entregar, así que…

—¿Así que no vas a clase?

—Bueno, en realidad no me siento muy bien.

—Remy, vete a clase.

—Estoy enferma.

Menudo autodiagnóstico más ridículo. Obviamente no está enferma. Obviamente no desea ir a clase. Obviamente quiere quedarse allí echando de menos a Humbert Humbert.

—Remy, si vas a clase, puede que así te distraigas. Así te sentirás mejor.

—Mmm… me parece que no.

—De acuerdo. Entonces te veré luego.

Veo la torre del reloj al otro lado del claustro y tengo como treinta segundos para atravesar el jardín y entrar en el edificio Royce. Puedo hacerlo. Puedo hacerlo porque creo que puedo hacerlo y debo hacerlo.

¡Persevera, Willa!

Podría pensar en que Remy la ha jodido, o podría pensar en el hecho de que estoy empezando a obsesionarme con Milo, o podría pensar en que el mundo es un lugar horrible e injusto, pero nada de eso me va a ayudar a llegar a clase antes de que suene el timbre.

CAPÍTULO 45

Milo me ha enviado una rana.

Literalmente.

Cuando vuelvo a mi habitación hay una ranita allí, frente a mi puerta, en un terrario con pequeño hábitat natural diseñado por él o por el entusiasta empleado de una tienda de animales.

Es una rana verde de ojos rojos, para ser exacta.

No voy a quedármela. Sí, entiendo que es un gesto inesperado que significa toda clase de esfuerzos, consideración y posiblemente incluso amor. Pero en las instrucciones pone claramente que las ranas arborícolas comen gusanos y grillos, y eso me da mucho asco.

Y hay también una nota:

Si la besas, se convierte en príncipe.

Y además una invitación. A una cosa en Nueva York. Una gala benéfica. Y otra nota más: *Será un aburrimiento, pero tienes que venir conmigo. Es una cosa de mi madre. ¡No puedo ir solo!*

«¿Una cosa de mi madre?». Sabéis lo que eso significa, ¿verdad? ¡Significa que quiere que conozca a su madre! Dios mío. ¿De verdad está pasando esto? Un momento. ¿De verdad soy su novia? No puedo ser su novia, ¿verdad? Si apenas hemos hecho nada. Solo nos hemos metido mano. Drogados. Eso es todo. Algo bastante inocente. Salvo por las drogas. Y los toqueteos.

Pero no se han intercambiado fluidos corporales.

Quizá sea eso. Quizá después de la gala me pida ser su novia de manera oficial. Después de conocer a su madre. Después de obtener su aprobación. Pero, ¿y si no obtengo su aprobación? Necesito a Remy. Necesito a Remy ahora mismo. Solo ella podrá guiarme a través del laberinto de la alta sociedad.

¡Remy!

Antes de pensar en una frase, bajo las escaleras y corro hacia el centro de estudiantes para buscarla. Creo recordar vagamente que su clase de filosofía se imparte por allí. Sea como sea, este parece ser el camino principal por el que pasan todas aquellas personas que deambulan por Pembroke.

¿Deambulan? ¿Pasean?

Eso es lo último que pienso antes de verlo. Antes de ver lo que ya no podré olvidar. Aquello que desearía olvidar.

Porque veo a Remy. Sí, eso es cierto. Pero eso no es lo único que veo. Veo también a Milo. Pero eso no es lo único que veo. No, no.

Esto es lo que veo:

Milo manoseando a Remy, metiéndole la lengua a Remy hasta la garganta y Remy agarrada a él como si fuera su salvavidas. Sí. Esa es mi Remy. Y ese es mi Milo.

Bueno, al parecer no es mío, después de todo.

Me quedo allí petrificada.

Y sé lo que estáis pensando. Debería decir algo. Sé que debería. Debería gritar o lanzarles tomates o hacer lo que sea que hace la gente cuando presencia una traición semejante.

Pero no. Ni hablar. No, señor. Yo me encojo. Intento que no me vean ni me oigan. Deseo no existir, deseo fingir que esto no ha ocurrido. Esta soy yo, aquí me tenéis, volviendo sobre mis pasos, regresando a la habitación para meterme en la cama en la residencia Denbigh. Soy yo y desearía no ser yo.

Y hay una estúpida rana en un terrario. Resulta que al final no era un príncipe. Es solo una rana.

200

CAPÍTULO 46

La gala benéfica en Nueva York va a ser fantástica. Ah, ¿no creíais que fuese a ir? Claro que voy.

No, no voy a montar una escena delante de todos y echar la noche a perder. Al fin y al cabo es una gala para los huérfanos. Sé que puede que esté algo obsesionada con la traición de mi mejor amiga y de mi no novio, pero no soy tan egocéntrica como para destruir una noche destinada a dar ayuda, medicinas, comida, libros y casa a los huérfanos de Oriente Medio. No soy Darth Maul o como se llame.

Milo está guapísimo. ¿Cómo lo sé? Porque está justo a mi lado. Sí, está justo a mi lado y no tiene ni idea de que he visto su magreo con Remy y sé que mantienen una relación.

Por eso estoy aquí.

Necesito entenderlo.

No sé desde cuándo ha estado sucediendo esto. Necesito saber lo destrozada que debo sentirme.

En la mesa hay algunos folletos sobre la organización benéfica y sobre las cosas que hacen para ayudar a los huérfanos de todas esas guerras terribles que parecen no acabar nunca. No puedo evitar agarrar uno, y lo que veo hace que se me pare el corazón. No es broma.

No voy a deciros lo que he visto, pero ojalá pudiera olvidar lo que había en esa foto. Y en la otra. Y en esa de allí.

Es el tipo de cosas que jamás pensaría que pueden ocurrir. El tipo de cosas que es peor que cualquier pesadilla, y en un momento dado te preguntas: ¿Cómo alguien puede permitir que pase algo así? ¿Cómo puede estar pasando esto?

Tal vez sea esto lo que pasa cuando todos los países de la tierra, salvo contadas excepciones, son gobernados por hombres.

Nunca veríais a una lady Hitler. Lo digo en serio. Ni hablar. Estaría demasiado ocupada intentando averiguar cómo gobernar Alemania, cómo para asegurarse de no ser destituida por tener genitales femeninos, a quién invitar a la fiesta de cumpleaños de sus hijos, qué regalarles a todos en Navidad, qué preparar para cenar esa noche y, si tuviera marido, ella se preguntaría cómo lograr que no se deprimiera por estar a la sombra de su esposa, la dictadora suprema. Así que esa mujer simplemente no tendría tiempo para concebir y llevar a cabo el exterminio de millones de personas. Sé lo que estáis pensando. ¿Y si no tiene marido, ni siquiera novio? Bueno, amigos míos, entonces lady Hitler estaría soltera y tendría que hacer frente a la lista de problemas de las mujeres solteras, o sería lesbiana. Y creo que estamos todos de acuerdo en que una Hitler lesbiana no exterminaría a nueve millones de personas.

Tal vez el problema sea que los hombres tienen demasiado tiempo libre. Parece que no tienen otra cosa que hacer que quedarse ahí sentados, cada vez más locos y furiosos, volviéndose paranoicos, sea lo que sea lo que griten «¡Los judíos, los judíos!» o «¡Los árabes, los árabes!» o incluso «¡Las mujeres, las mujeres!».

Parece que lo más peligroso que puedes hacer es meter a un hombre en una habitación sin nada que hacer. Necesitan involucrarse más en cosas como construir parques o el AMPA.

Hombres. Es como si no supieran que la vida es una mierda y estuvieran buscando siempre algo o a alguien a quien culpar de ello. A una chica no es necesario que le expliquen eso. Una chica lo sabe. Una chica lo sabe el primer día que le baja la regla. Podría venir con una tarjeta «¡Enhorabuena! ¡La vida es una mierda! Ya lo sabes».

Por eso nunca veréis a una chica desquiciada en su habitación construyendo un ejército imaginario. ¿Qué vas a hacer? ¿Enviar al ejército a derrotar al cielo?

Y todo eso está muy bien, pero no ayuda a los niños que aparecen en esas fotos.

Milo está junto a mí robando un cóctel. Es ridículo. Estoy segura de que no logra engañar a nadie.

—¿Dónde está tu hermana?

—Oh, ella nunca viene a estas cosas. Le parecen deprimentes. Yo asiento.

—Oh, mierda, ahí está mi madre.

Esconde el cóctel, que no es ningún secreto, detrás de él y lo deja sobre la mesa. Y aquí está su madre.

Bueno, es rubia. Lleva el pelo recogido en un moño en lo alto de la cabeza, con una pequeña trenza que rodea el moño. Muy majestuoso. Lleva un vestido de cóctel negro sin tirantes y podría ser la hermana mayor de Milo. Pero no parece que haya pasado por el quirófano. No tiene boca de pato ni tetas gigantes ni nada de eso. Incluso su melena rubia tiene un tono bonito, muy claro, pero natural. Como el trigo.

Y hay algo en ella. Su espíritu, supongo. Tiene como un brillo. No ese brillo artificial que se ve en las amas de casa de la tele. Sino un brillo que sale de dentro, como si tuviera en su interior una bombilla encendida.

—Mamá, esta es Willa. ¿Recuerdas? La chica de la que te hablé.

—Willa. Sí, claro que lo recuerdo. La nueva novia de Milo por la que se ha vuelto loco.

—Mamá —dice él poniendo los ojos en blanco. Seguro que es la enésima vez que lo hace.

—Lo sé, lo sé. Te doy vergüenza y todo lo que digo es vergonzoso.

Ella sonríe.

—Es asombroso lo que está haciendo aquí, señora Hesse. Realmente increíble.

—Oh, gracias. Muchas gracias, Willa. Bueno, lo intentamos. Sinceramente, cuando empiezas, te das cuenta de que hay mucho más que desearías hacer.

—Yo estoy impresionada, de verdad.

—Gracias, Willa.

Le dirige a Milo una sonrisilla. Una madre que mira a su hijo y asiente con la cabeza. Creo que podría ser un gesto de aprobación.

¿Y habéis oído eso? ¿La nueva novia de Milo por la que se ha vuelto loco? Esto es cada vez más confuso. Ojalá pudiéramos llevar etiquetas. *Novia* o *No novia*. Que alguien me entregue la que toca.

Uno de los donantes se acerca y se la lleva, y Milo recupera su cóctel.

—Tu madre es muy sofisticada e internacional y...

—Y necesita compensar el hecho de que mi familia malversara con el dinero de todos y que mi padre se ahorcara.

Eso me detiene.

—No pretendía...

—No, ya sé que no.

Alguien está a punto de dar un discurso y todos parecen dirigirse hacia el otro extremo de la sala. Se hace el silencio entre la multitud cuando uno de los donantes sube al escenario.

Milo y yo miramos hacia allí, de espaldas a la pared. Todos escuchan, se oye algún susurro aquí y allá. Y ahora yo también susurro.

—Milo.

—¿Sí?

—Sé lo tuyo con Remy.

CAPÍTULO 47

Milo ha decidido que el único lugar donde podemos hablar sobre algo tan personal y delicado es junto a la mesa del *catering*. Así que, mientras unos tipos con sombreros blancos y chaquetillas de chef se esmeran con los canapés, Milo y yo mantenemos una acalorada discusión sobre el romance, los besos y la naturaleza atroz de la humanidad. Como si ellos no estuvieran.

—No sé lo que crees que viste, pero...

—Milo, creo que deberías dejar de mentir. Pon las cartas sobre la mesa.

—No, pero si yo...

—Milo, os vi, ¿vale? Os vi con mis propios ojos. Te vi metiéndole la lengua hasta la garganta, os vi manosearos. Junto al centro de estudiantes. Estabais enrollándoos junto al centro de estudiantes.

Un camarero se acerca con una gran fuente de higos envueltos en beicon con algún tipo de crema. Ojalá tuviera apetito, porque en circunstancias normales devoraría el contenido de esa fuente.

Milo suspira. Me mira.

Yo contemplo anhelante los higos envueltos en beicon antes de volverme hacia él. Está analizando, calculando si debe o no contarlo todo.

—De acuerdo, de acuerdo. Tienes razón.

—Gracias.

—Lo siento, Willa. Lo siento mucho si te has disgustado.

—¿Si me he disgustado? ¿Estás de coña?

—Bueno, no es para tanto. En serio, solo somos amigos.

—¿Solo amigos?

—Sí.

—Yo no hago eso con mis amigos —ni con nadie, añado para mis adentros.

—Vale, de acuerdo, somos amigos con derecho a roce. No es para tanto, ¿vale? Estoy loco por ti. ¿No has oído a mi madre avergonzándome?

—Bueno, para mí sí es para tanto. En el lugar del que yo vengo, ese tipo de magreos se reserva a los no amigos o a los que son más que amigos o como se llame.

—De acuerdo, de acuerdo —levanta ambas manos—. La verdad, creo que lo que pasa aquí es que tenemos una diferencia cultural. Es como cuando la gente va a Japón y no entiende los retretes tecnológicos.

—¿Los retretes?

—Los retretes en Tokio son muy confusos. Parecen naves espaciales.

—¿En serio?

—Sí. Es como si hubiera un bidé, un retrete, un lavamanos y un secador todo en el mismo sitio. Incluso emite un sonido para que parezca que corre el agua y así tengas intimidad. Es brillante, pero esa no es la cuestión ahora mismo. La cuestión es que… hay una diferencia cultural entre nosotros. En el lugar del que yo vengo, esto no es nada. Porque es cierto. En el lugar del que tú vienes, sí que es algo. Así que tenemos que llegar a un entendimiento, ¿de acuerdo? Un puente cultural, si quieres llamarlo así.

—Milo, lo siento, pero…

—No. Escucha. Hablo en serio. Willa, me gustas de verdad. Pienso en ti a todas horas e incluso le he hablado a mi madre de ti, cosa que nunca hago, e incluso te llevé a la isla, cosa que tampoco hago nunca. Por favor, no te enfades conmigo. Remy no paraba de llorar y llorar por un tío y yo solo quería que se sintiera mejor.

—¿Así que te enrollaste con ella?

—Mira, estaba llorando y comportándose como una loca. ¡No sabía qué otra cosa hacer!

—Ah, ¿y vas a enrollarte con ella cada vez que esté llorando?

—No. Escucha. Ahora que sé que te molesta, no lo volveré a hacer. No volveré a enrollarme con Remy. Considéralo como una amistad de Iowa. Para todos los públicos.

Desde el otro lado de la habitación, la madre de Milo nos saluda con la mano. Es un gesto dulce.

—Mira, mi madre ya ha declarado que eres mi novia, y me parece bien, porque quiero que lo seas. Quiero llevarte a casa en Acción de gracias, y a algún lugar nevado en Navidad, y beberemos chocolate caliente en la cima de la montaña, y puede que te lleve a algún lugar con mucho glamur en Nochevieja. Si me lo permites. Deseo mostrarte todo tipo de cosas y ver tu cara cuando las veas.

—¿Cómo los retretes de Tokio?

—Sí, Willa. Incluso los retretes de Tokio.

A mí la cabeza me da vueltas. Pensaba que esta noche íbamos a romper. De verdad que lo pensaba. Pensaba que íbamos a romper y ya está. Pero ahora estamos haciendo lo contrario a romper, que es beber chocolate caliente en Navidad y observar las diferencias culturales en los cuartos de baño.

Y sé que no debería creerlo. Y sé que su historia no se sostiene. Pero deseo que sea cierta. Deseo que todo esto sea cierto. Deseo ser la novia de Milo Hesse. Deseo que todos lo sepan y gritarlo desde la cima de la montaña, de aquí a Zermatt y a Nepal. Es lo contrario a ser de Iowa.

Y, siendo totalmente sincera, eso es lo único que deseo ser.

CAPÍTULO 48

Quiero que sepáis que he estado pensándolo. Pensando en cómo hablar con Remy. Esto es lo que se me ha ocurrido.

Ella no lo sabía. Realmente no sabía lo mío con Milo. Lo que yo le había contado era que apenas me gustaba. Ella no sabía que fuimos a la isla. Ni siquiera sabía que empezaba a colgarme con él. No sabía que me había tocado el brazo de manera sexy, aunque inocente. No lo sabía porque yo no se lo conté. Y no se lo conté porque estaba siendo retorcida.

Afrontémoslo.

En cierto modo, me merezco lo que ha pasado. Debería haber sido sincera al respecto. Si se lo hubiera contado, si ella lo hubiera sabido, no habría permitido que Milo la besara y la sobara a plena luz del día junto al centro de estudiantes. ¿Verdad?

Me quedo colgada en ese pensamiento cuando Remy irrumpe en la habitación como un tornado loco de amor. Da vueltas de un lado a otro sin parar.

—Siento lo del otro día. Sentía que tenía que hablar contigo y deseaba contarte lo de Humbert Humbert, pero supongo que debería haber esperado.

—Remy, mira, no importa. Tengo que contarte una cosa.

No, no voy a decirle que la vi enrollarse con Milo. ¿De qué serviría? Al fin y al cabo no fue culpa suya. Ella no lo sabía.

—¿No importa? Ah, bien… espera, ¿qué?

—Creo que Milo y yo somos… novios o algo así.

—Ah, qué bien.

—¿Y ya está?

Remy busca en su bolso algo que obviamente no encuentra.

—Sí, qué bien. Me alegro por vosotros. Él es genial.

De verdad que yo no pensaba decir nada, y sigo pensando lo mismo. No voy a decir nada. Ni hablar. Pero…

—Mira, os vi enrollándoos el otro día, ¿vale?

—¿Qué?

—Os vi magreándoos el otro día junto al centro de estudiantes.

—Ah. Bueno, eso no significa nada. Solo somos amigos.

—Sí, eso me ha dicho él.

—Es cierto. Estoy obsesionada con Humbert. Tú lo sabes mejor que nadie.

—Sí, mira, sé que no lo sabías. Pero ahora ya lo sabes.

—¡Claro! Ahora que lo sé, eso lo cambia todo. Además… mira, es que ahora mismo estoy un poco asustada.

Entonces se sienta o, mejor dicho, desciende de manera etérea como una chica hermosa que come y duerme poco y que por tanto podría aparecer en la portada de *Vogue*.

—¿Qué sucede?

Ojalá no supiera lo que viene después, pero tengo la impresión de que lo sé.

—Humbert. No me ha escrito. Ni me ha llamado. Ni me ha enviado un correo. Ni nada.

Yo quiero gritarle «¡Pues claro que no!», pero no lo hago.

El hecho de que Remy piense que esta situación con el jodido profesor es medianamente normal escapa a mi entendimiento. ¿Qué es lo que cree? ¿Que este tío va a llevarla al baile? «Hola a todos, este es mi acompañante. Por cierto, ¡también es mi profesor! ¡Y tiene edad para ser mi padre!».

Y aquí estoy, consolando a Remy cuando hace dos segundos pensaba que iba a ser ella la que me consolaría a mí.

—Remy, probablemente tenga miedo de que le despidan o algo así. Con una sola llamada telefónica podría ir a la cárcel. ¿Alguna vez has pensado en eso? Seguro que está aterrorizado.

Es una explicación lógica. Tiene todo el sentido del mundo. Pero para Remy no, y tiene razón para ello.

Creo que lo que pasa es que Remy siempre ha sido la princesita, todos a su alrededor se desvivían por ella, le concedían todos sus deseos y obedecían todas sus órdenes. Así que, en lo más profundo de su ser, no tiene ni idea de cómo afrontar el hecho de que algo no salga justo como lo quiere, tal y como lo desea y cuando lo desea.

En resumen, es una malcriada.

Sí, damas y caballeros, Remy es una malcriada.

Pero no es mala persona. De verdad que no. Simplemente está demasiado mimada, demasiado protegida, y además parece que tiende a engañarse. Al menos en lo que concierne a su historia con Humbert Humbert.

—Remy, a lo mejor, si me cuentas lo que ha pasado...

—Lo que ha pasado es que estoy enamorada de él, así que me puse supersexy, fui a su despacho y me aseguré de que se enamorase de mí.

—¿Quieres decir que te abalanzaste sobre él?

—Más o menos.

Remy no para de mirar su teléfono. Lo deja. Lo vuelve a agarrar. Lo mira. Lo vuelve a dejar.

Fuera el cielo ha adquirido un tono lavanda por entre los árboles. A las seis ya será de noche; es esa época del año. La época en la que los días duran la mitad. La otra mitad es oscuridad total.

—Bueno, probablemente esté asustado.

—Sí.

Pero no parece muy convencida. Rebusca en sus bolsillos y encuentra una pastilla. Esa es. Una pastillita blanca, casi como una aspirina. Oxicodona. Esta vez ni siquiera se molesta en disimular. Se la toma delante de mí.

—Remy, tienes que parar con esto. Es muy peligroso. Sufres un episodio de estrés y pareces estar a un paso de ingresar en un centro de rehabilitación. Ni siquiera sé lo que haces ni en qué cantidad, pero no quiero saberlo. Y además necesito tu ayuda con algo. ¿De acuerdo? Este fin de semana Milo y yo fuimos a una isla misteriosa que probablemente pertenezca a alguna familia real.

—¿Higgs?

—¿Qué?

—Higgs. La isla de Higgs. Con Milo. Así es como se llama.

—Supongo. No le pregunté…

—Eso es muy significativo. El hecho de que Milo te llevara allí. Nunca he visto que se llevara a alguien antes. Jamás, ahora que lo pienso.

—¿En serio?

—Sí. Debes de gustarle mucho.

Nos quedamos calladas.

—Willa, probablemente debería decirte una cosa…

—¿Qué?

Se queda mirando por la ventana durante unos segundos. Se muerde el labio.

—Olvídalo.

—No, Remy. ¿Qué?

—No, no es nada. Se me ha olvidado.

No sé qué está pasando al otro lado de la habitación, en el país de los obsesos. ¿Está enfadada conmigo? ¿Está triste conmigo? ¿Está apática porque no hace otra cosa que pensar en Humbert Humbert?

Probablemente. Así que, aunque mi mente y mi corazón están en un millón de sitios diferentes, decido que tengo que hacer algo.

—Mira, Remy, quizá debamos salir de aquí. Ir a alguna parte. Despejarte.

—¿En serio? ¿No tienes que quedarte aquí y estudiar durante todo el día?

(Sí).

—No. Vamos a alguna parte a hacer algo que no tenga nada que ver con Humbert Humbert, ni con Milo, ni con nadie. ¿De acuerdo?

—Sí, de acuerdo. Eso puedo hacerlo.

Me siento aliviada. Más aliviada que preocupada por haberme desviado temporalmente de mis estudios. Remy me hace caso. Eso lo sé. Y me siento... responsable de ella.

Al fin y al cabo, no hay nadie más que cuide de ella.

Y tampoco es que yo haya hecho un gran trabajo hasta ahora cuidando de ella, ¿no?

CAPÍTULO 49

La primera persona que vemos cuando salimos del campus es Zeb. Todavía lleva el uniforme, la corbata torcida y tiene las mejillas algo sonrosadas por el frío. Parece ligero. Feliz. Como si su pelo rubio y greñudo le ayudara a barrer los problemas. Para que no regresen nunca.

—Shalom —dice con picardía.

—Shalom a ti también, amigo mío.

Remy sonríe abiertamente a Zeb. Ya vuelve a ser ella misma. Otra vez consigue que todo el mundo la quiera.

—¿Qué hacen por aquí en esta tarde tan afortunada, hermosas señoritas?

—La verdad, no tenemos ni idea.

—¡Aha! Pues venid conmigo. Me voy a Philly.

—¿Dónde?

—Se refiere a Filadelfia —explica Remy.

Me parece la mejor idea del mundo. Y, antes de que me dé cuenta, Zeb pide un taxi y Remy me mira y se encoge de hombros.

—Has dicho que querías aventura.

CAPÍTULO 50

El Instituto Franklin. La campana de la Libertad. El Museo de Arte de Filadelfia. Esos son lugares apropiados para ver cosas y olvidarte de un potencial desengaño amoroso.

Pero, ¿dónde estamos? ¡En ninguno de esos lugares! No os confundáis.

En su lugar estamos en algún lugar del centro de Philly, entre calles adoquinadas, en un barecito mugriento llamado El farolero. Aquí no piden el carné al entrar y la gente sigue fumando. Es como La dimensión desconocida, y este lugar parece haberse quedado anclado a mediados de los años noventa.

Os estaréis preguntando cómo he permitido que ocurriera esto. Vamos a repasar la situación, ¿de acuerdo?

Zeb: Conozco un antro genial que…

Remy: ¡Oh, gracias a Dios!

Willa: ¿Un bar? ¡No, esperad! ¿Sabíais que la Declaración de independencia se firmó a menos de cinco kilómetros de donde…? ¿Chicos? ¿Chicos? (Corre para alcanzar a sus amigos mientras ignora los «piropos» de un grupo de obreros de la construcción).

Así que sí. El farolero.

En la gramola alguien ha puesto a los Rolling Stones. *Sympathy for the Devil*, que estoy segura de que aquí ha sonado por lo menos diez mil veces.

Zeb entra directamente y saluda al dueño, que le devuelve el saludo desde detrás de la barra.

—¿Vienes aquí a menudo? —le pregunto.

Zeb se ríe.

—Oh, es que mi padre grabó algo aquí, así que conocemos el sitio.

Es humilde. Se encoge de hombros. No intenta impresionar a nadie. Parece avergonzado de decir la verdad.

Remy me mira con odio. Por alguna razón no debería haber preguntado eso. Pero, ¿qué iba yo a...?

—Señoritas...

Zeb señala una mesa con asientos rojos de cuero sintético con algunos cortes. Sin duda debido a todas las peleas a navajazos que tienen lugar aquí a diario. Toda la ciudad de Filadelfia parece haber grabado sus iniciales en nuestra mesa y también sus opiniones sobre todos los demás. Mi favorita: «Barry, chupapollas».

Así que ya veis, es un lugar fino y delicado. El sitio idóneo para recuperar el equilibrio y la serenidad.

—Dios mío, Zeb, ¡esto es perfecto! —exclama Remy.

Supongo que a los ricos les gusta fingir que son pobres. Es gracioso, porque a los pobres no les gusta fingir que son pobres. O ser pobres en general.

—Lo sé. Me encanta este sitio. Mi padre rodó un documental desgarrador sobre los criminales del sur de Philly. Ya sabéis, un montón de tipos duros con camisetas de tirantes ajustadas.

—¡Como tú, Zeb!

Remy cambia de tema e intenta flirtear.

—Oh, yo soy muy duro. Mirad —se aparta el pelo de los ojos y hace una postura de karate.

—Podría derrotar a esos tipos malos con un rollito de tofu teriyaki.

Ambas nos reímos. Zeb es adorable. Eso no está en duda. Así que a lo mejor no ha sido tan mala idea venir aquí.

—Bueno, Willa, cuéntame, ¿qué te parece la Costa Peste?

—Buuu —Remy pone los ojos en blanco.

—Puedo decir eso porque yo vengo de la Costa Oeste, que es la mejor costa de las dos. Pero tú, amiga mía, tú vienes del centro de nuestra nación. ¿Te gusta esto? ¿O lo odias?

—No, no lo odio.

—¿Y ya tienes novio?

—Eh, ¿sí?

—Una pena para el resto del mundo. ¿Cómo se llama?

Remy y yo nos miramos. ¿Debería decírselo? Remy asiente.

—Milo.

—¡Milo Hesse! ¿Hablas en serio?

—¿Por qué?

—¿Y qué me dices de ti, Zeb? —pregunta Remy enarcando una ceja.

—Vamos, Remy, ya sabes que estoy locamente enamorado de mi chica.

—Lo sé. Todo el mundo lo sabe. No se te puede tocar. Una pena.

Se miran. Me da la impresión de que en algún momento puede que haya habido flirteo entre estos dos.

—Este verano me voy a llevar a Willa a París. Deberías venir. Creo que intentaremos vivir en Le Marais. O en Oberkampf.

Zeb no tiene oportunidad de responder. El dueño nos trae tres lastas de cerveza Pabst Blue Ribbon.

Yo me quedo mirándolas, sin decidirme a agarrar una.

¿El padre de Zeb no podría haber grabado en una cafetería?

Por suerte, Remy tampoco agarra ninguna. Se levanta para ir al baño. Yo me estremezco al pensar en cómo será el cuarto de baño.

El dueño se aleja tras asentir con la cabeza y nos deja a Zeb y a mí solos, escuchando *Eye of the Tiger*, que suena ahora en la gramola.

—Bueno, Willa, tienes clara una cosa, ¿verdad?

—¿El qué?

—No puedes confiar en estas personas.

216

—¿En quiénes?

—En estas personas. Intenta… no encariñarte demasiado. Con ninguno. Con nada. Pase lo que pase.

—¿Por qué no?

—Hay cosas que ellos no entienden… sobre la vida, ya sabes. Sí, algunas cosas son triviales, pero el resto sí que importa. Importa de verdad. Y ellos van por ahí como si todo fuese horrible y nada importase.

—¿De verdad piensas eso?

—Sinceramente, sí, lo pienso.

—Pero se supone que en ti sí debo confiar.

—No, no debes. Pero, ¿sabes qué? Me caes bien, Willa. Eres singular.

—¿Singular?

—Sí, no te pareces a los demás. Eres original.

—Vaya, Zeb. En What Cheer no tenemos gente como tú.

Sonríe, y en ese momento todo sería perfecto. Pero una chica de pelo negro se acerca corriendo a nuestra mesa como si el bar estuviese a punto de explotar.

—¡Eh! ¿La de ahí es amiga vuestra? ¡Será mejor que vengáis, deprisa!

CAPÍTULO 51

Lo que pasa con Remy es que no está en el cuarto de baño. Está en el callejón detrás del farolero, convirtiéndose en un zombi. O eso, o le ha dado una sobredosis. Está azul, tendida en el suelo, y apenas respira. Está como dormida en el callejón. Junto a la basura.

Zeb y yo corremos hacia ella y el dueño se acerca también. No parece hacerle mucha gracia que aquella transformación en zombi y/o sobredosis tenga lugar en su establecimiento, sin importar quién sea el padre de Zeb.

Zeb se arrodilla junto a Remy y acerca la oreja a su boca.

—Respira.

—¡Que alguien llame a una ambulancia! —grito yo.

—¡No! Ella no puede estar aquí —responde el dueño con voz de pocos amigos.

Pero se oye entonces un suspiro, un gemido, y Remy vuelve a respirar. Zeb se queda en cuclillas y respira aliviado.

Hay un sinfín de preguntas que se me pasan por la cabeza, pero lo primero que digo es:

—¿Qué hacemos? ¿Qué hacemos?

—No sé. Creo que… creo que se pondrá bien. Al menos respira. Eso es lo importante.

Yo no puedo dejar de mirar a Remy.

—¡Vinnie! —grita el dueño.

Y, sin más, el tal Vinnie aparece como si fuera un extra del documental del padre de Zeb. Es alto y delgado, salvo por la barriga. Y lleva muchísima colonia.

Contempla la escena, le hace un gesto con la cabeza al jefe y, a los pocos segundos, la resucitada Remy, Zeb y yo estamos en un coche negro con Vinnie al volante.

—¿Adónde vamos?

—¡Por favor! ¡Al hospital más cercano! ¡Deprisa! —chillo.

Remy se inclina hacia Zeb y apoya la cabeza en él. A Vinnie no parece gustarle mucho este encargo. Zeb no para de mirar a Remy a la cara, atento a… ni siquiera sé a qué está atento.

—No pasa nada. Todo saldrá bien. Estás bien, Remy —le estrecho la mano.

Tiene los ojos en blanco, pero asiente levemente, como si fuera un mensaje desde el inframundo.

A mí me da miedo preguntar y creo que ya sé la respuesta…

—Zeb, ¿qué es esto? ¿Qué ha pasado?

Zeb me mira y hace una pausa. Parece que no quiere ser él quien expulse a Eva del Jardín del Edén.

Pero ambos sabemos lo que ha ocurrido. Una sobredosis. Sí, sin duda es eso. No he prestado suficiente atención. Debería haberme dado cuenta de que se había marchado hacía demasiado tiempo. Y ahora…

Miro a Remy. Se ha quedado dormida, pero está menos azul y su pecho se mueve cuando respira.

Abre los ojos un instante, solo un poco, y después vuelve a dormirse.

Avanzamos despacio. Supongo que Vinnie quiere deshacerse de nosotros lo antes posible y no se preocupa por su pasajera inconsciente.

—¿Dónde crees que lo ha pillado? Sea lo que sea.

—Se lo habrá pillado a algún tío.

—¿A algún tío en el bar? —pregunta Vinnie desde delante.

Su tono resulta amenazante. Pobre de aquel que trafique en El farolero.

Zeb niega con la cabeza.

—No, probablemente en casa.

Supongo que por «casa» se refiere a Nueva York. Y de nuevo las preguntas se agolpan en mi mente, pero por el momento es mejor concentrarse en el zombi de piel azul.

Gracias a Dios, Vinnie aparca delante de Urgencias. Silencio incómodo. Estamos a punto de salir del coche para meter a Remy en el hospital.

—No… —ella niega con la cabeza.

De pronto está viva.

—Remy, tenemos que asegurarnos de que estás bien.

—No… llamarán a mis padres —habla arrastrando las palabras, pero ha dicho una frase completa.

—Es que quizá deban llamar a tus padres.

—No, no. Estoy bien. Estoy bieeeen.

Zeb y yo nos miramos.

—Remy, en serio, creo que debería verte un médico. ¿Verdad, Willa?

—Sí. Remy. En serio.

—No. Estoy bien. Ya estoy bien. Lo juro.

Y la verdad es que cada vez respira con más fuerza. Regresa lentamente al reino de los vivos.

—¿Queréis que os deje al final de la manzana o algo?

Es evidente que Vinnie nos quiere fuera del vehículo de un modo u otro. No le culpo.

—Sí. Quizá allí mismo. Gracias.

—No hay de qué.

Nos bajamos del coche al final de la manzana. Encontramos un banco. Nos sentamos.

Zeb y yo nos miramos de nuevo, confusos, mientras Remy se apoya en él.

—¿Qué hacemos ahora?

—Bueno, no podemos volver a Pembroke. Quizá podamos...
encontrar un par de habitaciones en Rittenhouse Square o algo así.
Creo que por la mañana estará bien.

Está decidido. Nos alojaremos en una habitación de hotel. No
pasaremos la noche en el callejón. No pasaremos la noche en el
hospital.

No pasaremos la noche en el depósito de cadáveres.

Esta vez no.

CAPÍTULO 52

Regresamos a Denbigh a la una del mediodía del día siguiente y, cuando Zeb nos deja, la realidad de la noche anterior cobra peso. Antes de marcharse, no dice unas últimas palabras sobre los peligros del abuso de las drogas. Pero, cuando salgo del coche, me dirige una mirada. Estoy segura de que su mirada viene a decir «cuida de tu amiga» o «estate atenta». Pero quién sabe. A lo mejor significa «mantente alejada de esta chica». Eso también podría ser.

Remy está tranquila ahora. Pensativa.

No ha dicho gran cosa en toda la mañana y, la verdad, ¿qué puede decir?

Subimos las escaleras hacia nuestra habitación y, llegadas a este punto, es como si estuviéramos escalando el Everest. Estoy bastante segura de que ninguna de las dos va a reconocer ahora lo ocurrido, tal vez no lo hagamos nunca.

Pero, cuando regreso a la habitación después de lavarme los dientes, ahí está Remy, sentada en la cama.

Levanta la cabeza. Yo nunca antes había visto esto. Remy tiene los hombros caídos, el maquillaje corrido y lágrimas en los ojos mientras me mira.

—Willa, tengo miedo.

Es la voz de una niña pequeña. Una vocecita. Una voz desesperada.

Me acerco a ella, me siento a su lado y la abrazo. Y ella apoya la cabeza en mi hombro, después en mi regazo.

—¿Me ayudarás?

Está llorando, temblando, y yo estoy con ella, intentando solucionarlo. Intentando averiguar cómo puedo ayudarla.

—Claro. Claro que te ayudaré. Podemos lograrlo, Remy. Lo haremos juntas, ¿de acuerdo?

Asiente y sigue llorando.

—¿No me abandonarás por estar jodida?

—¿Abandonarte? ¿Por qué iba a hacer eso?

—Porque todos acaban haciéndolo.

Vale, no sé de qué está hablando, pero creo que tal vez esa sea la raíz del problema.

—¿Quién, Remy? ¿Quién te ha hecho eso?

—Todo el mundo. Mis padres. Los tíos. Cuando me gustan, no les intereso. Humbert Humbert también lo está haciendo. Ya lo verás. Es como si tuviera una enfermedad. La gente se me acerca y después huye. Como si fuera una leprosa o algo así.

Y yo miro a esta chica que lo tiene todo, que lo es todo. Y recuerdo aquel primer día, cuando la vi y su nombre parecía brillar a su alrededor. Y el momento en el que miraba la torre del reloj, tan alta, como una invitación, y el plan… el plan de subir a lo alto de la torre y ponerle fin.

No he vuelto a pensar en la torre… no he vuelto a pensar en la torre del reloj desde que esta chica me mostró cosas y personas que jamás habría conocido sin ella.

Estiró el brazo y me arrastró hacia donde ella estaba.

Me salvó.

Y me da igual que suene cursi. Porque, teniendo en cuenta ese hecho, ese hecho firme y sólido como una roca, ¿cómo no iba yo a hacer lo mismo por ella?

—Remy, ¿puedo decirte una cosa?

—Mm —asiente.

—Yo nunca te abandonaré.

Todo parece detenerse en la habitación.

—Estaba en un lugar oscuro. Muy, muy oscuro. Y tú me hiciste pensar que el mundo podía ser maravilloso y que tal vez debería probarlo.

—¿De verdad?

—Sí. Fuiste tú.

Ahora mira al suelo.

Niega con la cabeza.

—¿Sabes lo gracioso de todo esto? Cuando te vi, aquel primer día en el jardín, sentí que tenía una oportunidad. La oportunidad de tener una amistad de verdad. Con alguien de verdad. No con esos idiotas, tan preocupados por los apellidos y por el estatus y toda esa mierda. La primera vez que hablé contigo me sentí afortunada. Se lo conté a Milo. Le dije: «Hay una chica, es de Iowa, es algo tímida y no conoce a nadie de nuestro entorno ni sabe nada de nosotros. Y quiero ser amiga suya».

Yo sonrío.

—Bueno, míranos ahora. Somos prácticamente lesbianas.

Se ríe al oírme.

Mira por la ventana, el sol se cuela entre las hojas de los árboles.

—No paro de decirme que voy a parar de hacer esto. Me lo repito una y otra vez. Y entonces lo vuelvo a hacer. Es como si me viera a mí misma. Me veo hacerlo.

Se queda mirando al suelo.

—Willa, creo que estoy jodida de verdad.

No puedo evitar preguntarme cómo es que no tenía ni idea de que estaba sucediendo aquello. Quiero decir que sabía que Remy desaparecía, pero imaginaba que se iba con Humbert Humbert a meterse en otro tipo de líos.

¿Y qué hacía yo? Yo quedaba con Milo en secreto y no hacía preguntas. Preguntas importantes. Preguntas que podrían haber evitado esto.

¿Dónde estaba mi bocaza cuando la necesitaba?

—De acuerdo. Mira, esto es lo que vamos a hacer. Vamos a quedarnos aquí, en el colegio. No vamos a ir a Nueva York, ni a

Filadelfia, ni a Jersey. Vamos a quedarnos aquí tranquilas y a estudiar. Y encontraré un lugar donde poder ir a hablar con gente de esto. Contigo.

—¿Qué quieres decir?

—Algo anónimo. Como Alcohólicos anónimos. Pero para las drogas.

—Ah, Narcóticos anónimos. No funciona.

—Remy, me has pedido ayuda.

—¿Y si conozco a alguien que esté allí?

—Bueno, es anónimo por algo. Y será un lugar al azar de por aquí. Nadie lo sabrá. ¿De acuerdo?

—De acuerdo.

—Iremos juntas. ¿Vale?

—Vale.

—Vamos a conseguirlo. Te lo prometo.

Remy asiente. Me oigo a mí misma decir esas palabras y sé que lo digo en serio, pero hablo como si estuviera en uno de esos programas televisivos infantiles. Lo sé. Y sé que Remy también lo sabe.

—Cierto. Tienes razón, Willa. Me apunto.

—Bien. Todo se arreglará.

—Willa.

—¿Sí?

—Aun así nos iremos juntas a París, ¿verdad?

Yo sonrío.

—¿Me tomas el pelo? No me lo perdería por nada del mundo.

TERCERA PARTE

CAPÍTULO 53

Es una iglesia de ladrillo rojo con puertas rojas. El lugar se llama «Los sagrados inocentes» y de hecho el exterior no está mal. Es el sótano donde hacen las reuniones lo que te da ganas de tirarte desde el puente Ben Franklin.

Es un sótano oscuro con paredes recubiertas de madera y panfletos colgados de ellas. En el rincón hay una mesa con café, leche, azúcar, sacarina y algunas pastas. La gente aquí bebe café como si lo fueran a prohibir mañana en todo el mundo. Nunca había visto beber café así. Y fuman mucho además. Muchísimo. Dos minutos antes de que empiece la reunión están todos fuera fumando y entonces todos entran en el último minuto antes de la oración de la serenidad.

La oración de la serenidad es cuando todos se dan la mano y dicen: «Dios, concédeme la serenidad para aceptar las cosas que no puedo cambiar, el coraje para cambiar las que sí puedo y la sabiduría para conocer la diferencia». O, si eres Remy, la oración de la serenidad es cuando pones los ojos en blanco y me miras como diciendo «¿Qué coño estamos haciendo aquí?».

Y no puedo culparla. Este lugar es deprimente. La gente es maja y todo eso, pero la mitad parecen fanáticos religiosos y la otra mitad parece gente sin hogar.

Esta es nuestra quinta reunión en cinco días.

Remy quiere dejar de ir. Yo también quiero, pero no voy a dejarlo, por su bien.

Ahora mismo, una mujer de mediana edad con una piel de cientos de años de antigüedad está hablando sobre su último pedo de metanfetaminas, y que fue entonces cuando tuvo que parar porque estuvo a punto de volar la casa por los aires. Yo también me alegro de que parase. Parece una buena mujer y me siento mal por ella, mirándola, pensando en lo que debe de ser su vida ahora. Pero es feliz. Posee una calma que me sorprende. Es como si tuviera el secreto de la tranquilidad. Una cura. Tal vez yo pueda aprender algo también.

Otra persona empieza a hablar de Dios y Remy pone los ojos en blanco otra vez.

Sé que va a ser difícil conseguir que siga viniendo, pero no sé qué otra cosa hacer. Tal vez sea solo esta reunión. Este lugar. Quizá haya otra reunión más glamurosa en algún lugar para debutantes derrotadas.

Cuando abandonamos la reunión, un par de mujeres se acerca a Remy para darle sus números. Le dicen que puede llamar a cualquier hora. Parecen un poco locas, pero hay amabilidad en su mirada.

—Qué amable por su parte. Han dicho que puedes llamar a cualquier hora.

—A cualquier hora. O nunca.

—Remy, al menos tienes que darle una oportunidad.

—Lo sé, lo sé. Es que me gustaría que este lugar no fuese tan deprimente.

—Sí. Aunque… ya sabes… una sobredosis en un callejón lleno de basura es más deprimente aún.

—*Touché.*

Hay solo diez manzanas caminando hasta Pembroke y de hecho es bastante agradable, una vez que cruzas las vías del tren. Hay un bonito parquecillo de camino y una hilera de tiendas de pueblo con cosas caras que nadie compra nunca. Velas y jabones hechos con tomillo, planta de té y lavanda. Una tienda de marcos. Una tienda de colchas. ¿En serio? ¿Una tienda de colchas? ¿Tanta demanda de colchas hay?

—¿Has pensado ya en Acción de Gracias? —me pregunta Remy como sin darle importancia.

No quería tener que hablar de eso. Milo quiere que vaya con él a su casa a pasar Acción de Gracias, a Nueva York. Y yo quiero ir. Pero hay un problema. Siento que, si dejo sola a Remy, quién sabe lo que ocurrirá.

—Eh, no estoy segura.

—Bueno, yo creo que voy a irme con Humbert Humbert.

—¿Qué? ¿Hablas en serio?

—Sí. No pasa nada. Nadie lo sabrá.

—Remy, ¿lo sabe él?

El subtexto es si sabe lo de Narcóticos anónimos, lo de la sobredosis, esas cosas.

—No. Pero por eso está bien, ¿sabes? Porque ese no es su rollo. Así estaré… distraída.

—¿Y adónde vais a ir?

—No sé, a algún sitio íntimo, supongo.

—Bueno, será mejor que te asegures de que sea lejos de aquí.

—Lo sé. No quiero que descubra que soy una yonqui.

Yo la agarro del brazo y la giro hacia mí.

—No eres una yonqui, Remy. No digas eso nunca.

—Creo que Milo va a pedirte que vayas a Nueva York con él.

—Ya lo ha hecho —respondo, y estoy segura de que mi cara brilla con la culpa. ¿Cómo lo sabía ella?—. Estoy nerviosa.

—No lo estés. Pero no menciones a su padre.

Y eso es todo, ¿no? La única norma para Milo. No mencionar a su padre. No decir nunca, «eh, me enteré de que tu padre se ahorcó después de que su empresa estafara dinero a media ciudad». Lo pillo.

—Escucha, Remy, ¿estarás bien? Me quedaré contigo si quieres.

—Claro que estaré bien. Estaré con Humbert Humbert. Estaré mejor que bien. No sé si sabes lo que quiero decir.

—Eso no creo que te ayude. Sabes que es una situación enfermiza, ¿verdad?

—Sí, pero estamos enamorados. Seguro que nos casamos. Podrás ser mi dama de honor.

Frunzo el ceño y ella me sonríe.

—¿Sabes? Te caería bien Humbert Humbert. Es realmente bueno en la cama.

—Claro, eso es lo que yo busco en un profesor.

CAPÍTULO 54

Supongo que, si vives en Nueva York, no tienes que celebrar la cena de Acción de Gracias en casa con todos tus parientes viendo el partido. No, no. En su lugar, puedes disfrutar de una comida de seis platos en un restaurante elegante e invitar a toda la familia.

Que es lo que ha hecho la madre de Milo. Por supuesto.

Pero no os preocupéis, tenemos toda la parte de atrás para nosotros solos. Es una sala privada con suelos de madera oscura, paredes empapeladas con damascos color bermellón y candelabros en las paredes. Estoy segura de que, si empujo uno de esos candelabros, la pared se dará la vuelta y dejará al descubierto un pasadizo secreto que conduce a la mazmorra, que es donde probablemente estará la gente preparándonos la comida.

Estamos solo Milo, su madre, su hermana Kitty, el nuevo novio de Kitty, al que nadie parece dirigir la palabra, los abuelos de Milo y, por supuesto, yo. El abuelo paterno no está presente. ¿Por qué?, os preguntaréis. Porque está en la cárcel. ¿Y su esposa? Está en Europa. No se espera que vuelva pronto. Así que, como veis, son una familia feliz. Aquí no se callan nada. El vino va bien con el pollo.

Pero ahora la puerta se abre y la madre de Milo se pone en pie para saludar a un hombre que debe de ser el nuevo padrastro.

Eso cambia la temperatura de la habitación de manera palpable. Milo frunce el ceño. Sus abuelos fingen estar estudiando la

233

carta de vinos y Kitty le susurra a su novio, que parece alérgico a algo. Tal vez a sí mismo.

El padrastro intenta romper el hielo.

—Bueno, Milo, ¿qué tal van las cosas por Witherspoon?

—No tan bien como por aquí, aparentemente.

Kitty sonríe, entretenida.

No es un hombre feo. Tiene el pelo castaño y se le ve un poco la coronilla. Pero es guapo de cara. Me lo imagino navegando en su juventud, frente a la costa de Nantucket. Sin embargo noto algo seco. Como si tuviera las venas llenas de polvo. La madre de Milo es una mujer despampanante, no hay otra manera de decirlo. Así que supongo que este tío está forrado.

—Y tú debes de ser Willa. Por Willa Cather, supongo.

—Sí, supone bien.

—Y me han dicho que eres de… ¿Iowa?

Al oír eso, los abuelos levantan la mirada, perplejos.

Kitty intenta ayudar.

—¡Oh, qué afortunada! Crecer con todo ese campo, no en una ciudad llena de personas que se chocan unas con otras.

—Estoy de acuerdo —interviene Milo—. A mí me habría encantado ser de algún lugar… rural. Como un cuadro de Andrew Wyeth.

Los abuelos se miran, pero guardan silencio. Parecen confusos con mi existencia.

—Dime, Milo, ¿cómo conociste a esta belleza del Medio Oeste?

El padrastro está poniendo toda la carne en el asador.

—Por Remy. Remy y ella son buenas amigas.

—Remy es como de la familia —anuncia Kitty—. Milo y ella fueron juntos a la guardería. Antes de que ella fuera a Spence, luego a Brearley y después a Pembroke.

—¿Y qué tal está Remy últimamente? —pregunta la madre de Milo.

Yo no respondo, «oh, salvo por su evidente adicción a las drogas, está bien».

—Está genial —digo en su lugar.

—¿Por qué no la has invitado, MiMi? —pregunta Kitty.

Milo se encoge de hombros.

—En realidad tenía planes, así que…

—Sí, seguro —Kitty sonríe con suficiencia.

—¿Estás hablando de Remy Taft? —me pregunta directamente la abuela. Como si no debiera osar pronunciar el nombre de Remy Taft.

Milo interviene.

—Claro que sí, abuela. Son muy buenas amigas.

—Mm.

Y eso es lo único que obtengo como respuesta. Mm.

Kitty intenta quitarle hierro.

—Bueno, pues me alegro mucho, Willa. A Remy le viene bien una amiga como tú. Necesita a alguien con los pies en la tierra, ¿sabes? Para que no salga volando y esté siempre en las nubes.

—¿Es así como lo llaman? —es otra vez la abuela. Parece estar más alerta de lo que esperaba.

—Madre, por favor —es una orden directa de la madre de Milo.

El padrastro le pone una mano en el brazo a la madre de Milo para tranquilizarla.

—Bueno, nos encanta que estés aquí, Willa. Tenemos muchas cosas que agradecer este día de Acción de Gracias —sonríe a la madre de Milo con complicidad.

Y aquello es demasiado para Milo.

—¿Sí? ¿Como el hecho de que mi padre esté muerto y ahora tú puedas tirarte a mi madre?

—¡Milo! —Kitty está tan escandalizada como yo.

—¿Sabéis qué? ¡Disfrutad de vuestro Acción de Gracias! —Milo se levanta—. Disfrutad de que mi padre esté muerto. Disfrutad de vuestro esnobismo, ya que estáis. ¡Que Dios os bendiga a todos!

Me agarra de la muñeca y tira de mí para sacarme de allí. Yo miro hacia su madre, que se ha llevado las manos a la cabeza, y su hermana, que mira fijamente la mesa. De pronto los abuelos parecen muy interesados en la porcelana.

Milo atraviesa furioso el restaurante seguido de mí. Salimos por la puerta y, sin apenas darme cuenta, estamos en un taxi camino del centro.

—¿Qué ha pasado? —le pregunto sin poder evitarlo. Estoy avergonzada.

—¿A qué te refieres?

—¿La cena de Acción de Gracias que acabas de echar a perder?

—¿Me tomas el pelo? ¿Voy a quedarme allí sentado y…?

—Escucha, ¿qué quieres hacer? ¿Conseguir que tu madre llore? ¿Para qué? Eso no es amor. Mira, sé que es difícil, pero tienes que dejar que siga con su vida. Que disfrute. Estoy segura de que para ella ha sido horrible.

—Sí, claro.

—Milo, estás siendo un imbécil. De verdad. Si quieres a tu madre, y sé que la quieres, querrás que sea feliz.

—Ese gilipollas lleva años detrás de mi madre.

—Milo, ese hombre no es el responsable de lo que le ocurrió a tu familia.

Milo se queda callado mientras recorremos las calles de la ciudad.

—Mira, Willa, no deberías hablar de cosas que no entiendes.

—Y tú deberías dejar de golpear muros invisibles. Sinceramente, Milo, creo que necesitas que te vea alguien, un terapeuta. Para superarlo.

—Dios. Vosotros siempre recurrís a la jodida terapia.

—¿Quiénes somos nosotros?

—La gente normal.

—¿Los plebeyos?

Se hace el silencio mientras pasamos por delante de Central Park.

Pero yo no puedo callarme.

—Mira, lo único que digo es que tal vez deberías dejar de fingir que todo está bien y enfrentarte a ello de verdad.

236

—Y tal vez tú deberías dejar de fingir que eres mi novia.

Miro a Milo. Él mira hacia delante, impasible.

—¿De verdad quieres eso?

Sigue mirando al frente, ni siquiera se molesta en girar la cabeza hacia mí.

De pronto siento como si tuviera el estómago lleno de ácido.

—Déjeme bajar, por favor.

No puedo quedarme en ese taxi un minuto más.

El taxista se detiene a un lado de la carretera, pero es Milo quien se baja del vehículo.

—No, me voy yo. Tome. Llévela donde ella quiera.

Le entrega al taxista un fajo de billetes, prácticamente se lo tira a la cara, y se pierde por las calles de la ciudad.

Yo me quedo allí sentada un instante, perpleja.

¿Qué acaba de suceder?

Estaba con Milo y ahora se ha ido. Estaba cenando con gente y velas y vino, y ahora estoy sola en un taxi.

—¿Adónde vamos?

—Eh. Eh… Penn Station. Gracias.

Tengo la impresión de que el taxista quiere decir algo, algo amable, pero se lo piensa mejor. Tal vez sea mejor dejar en paz a la niña.

Me pregunto cuántas veces habrá ido una chica sola en taxi por las calles de Nueva York, llorando.

Apostaría que más de un millón.

CAPÍTULO 55

Para cuando regreso a Denbigh, estoy convencida de que Remy se habrá fugado ahí con Humbert Humbert para casarse, pero no, está aquí. En la habitación, tranquila.

—¿Remy?

Ella no dice nada.

—Eh, hola, ¿Remy?

Levanta la mirada.

—¿Qué estás haciendo aquí? ¿Qué sucede?

—No ha aparecido.

—¿Quién? ¿Humbert?

—Sí, se suponía que debía recogerme a las seis y no ha aparecido. No ha llamado, ni me ha escrito. Nada. Me ha dejado plantada. En Acción de Gracias.

Me mira y parece rogarme con la mirada.

—Bueno, si te hace sentir mejor, a mí Milo me ha dejado tirada.

—¿En serio?

—Sí. Le ha montado un pollo a su familia y después me lo ha montado a mí. Y se ha marchado. Ahora mismo estoy en estado de *shock*. Razón por la que no me pongo a llorar.

—Dios… esperaba que hubiese cambiado.

—¿Qué?

Ella niega con la cabeza.

—Ha estado muy enfadado últimamente. Pero parecía que le gustabas de verdad y pensaba que quizá habría madurado. O que tal vez tú lo cambiaras o alguna estupidez así.

—¿De verdad?

—Sí. Debería haberte dicho algo. Lo siento. Quería hacerlo, pero no quería echarlo a perder, ¿entiendes?

—Más o menos.

—Milo es uno de esos chicos. Un chico genial. Un novio horrible. ¿Por qué crees que nunca he salido con él?

—Bueno, ojalá me lo hubieras dicho, la verdad.

—Pensaba que quizá tuvieras una oportunidad. Lo siento mucho. Dios, no hago más que cagarla.

—¿Así que crees que eso es todo? ¿No crees que vaya a escribirme o algo? ¿Intentar arreglarlo?

No sé por qué le pregunto esto a Remy. Salvo porque es evidente que conoce a Milo mucho mejor que yo. Aparentemente.

—La verdad, no. Digamos que… se cierra. ¿Sabes?

Genial.

—Bueno, no lo sabía, pero supongo que ahora ya lo sé. Dios, me siento como una idiota.

—No te sientas así. A mí logró engañarme, y eso que lo conozco desde la guardería. Pensaba que contigo sería distinto.

—¿Por qué pensabas algo así?

—Porque tú eres diferente.

—Bueno, al parecer no soy tan diferente. Supongo que debería haberlo sabido cuando se enrolló contigo.

—Solo se enrolló conmigo porque sentía pena por mí.

Ambas nos quedamos calladas unos segundos, contemplando nuestro patetismo mutuo.

—Dios, vaya dos tristes estamos hechas, ¿eh?

—Bastante —Remy mira su teléfono y vuelve a dejarlo.

No quiero pensar en lo que podría ocurrirle a Remy si nos quedamos aquí. Qué clase de espiral autodestructiva puede desencadenarse de manera inminente.

—Mira, ¿sabes qué, Remy? ¿Por qué no vamos a una reunión?

—Ya he ido.

—¿En serio?

—Sí.

—¿Tú sola?

—Sí.

—Remy, qué orgullosa estoy de ti. Eso es genial.

Ella parece indiferente.

—Sí, bueno, no sé qué voy a hacer los próximos dos días. Quedarme aquí sentada. Volverme loca.

Y tiene razón. Tenemos todo el fin de semana por delante. ¿Y la posibilidad de que durante dos días Humbert no llame ni escriba para disculparse? Eso no pinta bien. Para entonces Remy podría haber explotado. O haberse vuelto catatónica.

—¿Cómo lo haces, Willa? —me pregunta.

—¿Hacer qué?

—Te levantas por las mañanas, haces las cosas y crees que todo saldrá bien.

—Yo no creo que todo vaya a salir bien. ¿Me tomas el pelo? Me da mucho miedo que nada salga bien y que acabe muerta en alguna cuneta. O siendo vagabunda. O como uno de esos locos que ves caminar por el paso de peatones, hablando solos, gesticulando.

—¿De verdad?

—Sí.

—Vaya. No me había dado cuenta. Pensaba que eras simple.

—Gracias.

—No, quiero decir que no te alteras con las cosas como me pasa a mí. No haces que todo sea complicado.

—Sinceramente, Remy, no puedo permitirme el lujo de complicar las cosas.

—¿Qué quieres decir?

—Todo es complicado de manera natural. Tu madre se fuga con el padrino y tu padre se queda en la ruina y ahora tienes que marcharte porque eres una paleta y deseas la aprobación de tu madre aunque la odies y tu padre sigue enamorado de ella y tú solo quieres zarandearlo y gritarle «¡Basta ya! ¡Ella no te quiere! ¡No quiere a nadie! ¡Ni siquiera a mí!». ¿Y por qué iba a quererme si nadie me quiere? ¡Y la gente rompe conmigo en un taxi en Acción de Gracias!

Noto algo en los ojos. Parece que tienen una especie de fuga y una sustancia líquida ha empezado a brotar de ellos.

—Willa, ¿estás bien?

—Sí. No. Más o menos. Quizá.

—No pretendía llamarte simple.

—No pasa nada. Mira, a la mierda, vámonos a algún sitio este fin de semana a estudiar y olvidarnos de todo, ¿de acuerdo? Se acabó pensar en chicos.

—Sí. Tienes razón. Nada de pensar en chicos. Aunque, técnicamente, Humbert Humbert no es un chico.

—Remy, hablo en serio. No pienso ir a ningún lado contigo si vas a estar hablando de él sin parar. No puedo soportarlo.

—De acuerdo, de acuerdo. Tienes razón. No lo haré. Te lo prometo.

—Yo también. Te lo prometo. Nada de Milo. ¿De acuerdo? ¿Y dónde nos vamos?

—Podríamos volver a mi casa.

—¿A Nueva York? Ni hablar.

—¿Y qué me dices de la otra?

—¿La otra?

—Sí. Podríamos ir a Old Mill.

—¿Old Mill?

—La granja de Old Mill. Está en Greenwich. Ahora mismo no hay nadie allí. Está desierto. En agosto es imposible. Pero ahora… es un pueblo fantasma.

—¿Y es una granja? ¿Qué tipo de granja?

—Sí, es una granja. Te gustará. Te sentirás como en casa porque eres una chica de granja acostumbrada a hacer su propia mantequilla y a enrollarse con sus parientes detrás del granero.

—Sí, por supuesto. Eso es lo que hacemos.

Al mirar a Remy, que gracias a Dios se ha calmado ya, sé que el lugar al que voy no tiene nada que ver con el tipo de granja al que estoy acostumbrada, con vacas, ratones y un gato en el granero. Sé que no habrá pintura descascarillada ni un tractor. Sé que no habrá nadie alrededor llamado Bubba o Billy Bob o Buck o Beau. Y no me importa. Lo único que me importa es que no habrá nadie alrededor.

¿De acuerdo? Lo único que importa es que nos concentremos y no pensemos en chicos ni en drogas ni en mensajes ni en la ausencia de mensajes, y entonces todo saldrá a la perfección.

Porque estoy decidida.

Porque tenemos el control.

¿Verdad?

CAPÍTULO 56

Tendríais que vernos en el tren, Remy con sus ojeras y yo con mi terrario. Tengo pensado abrir el maldito terrario en el bosque y liberar a la rana. Junto con Milo. Él también ha resultado ser una rana.

Los niños que están al otro lado del pasillo parecen muy interesados en mi rana, eso seguro. Es algo gracioso. Hay un niño rubio que parece El pequeño lord, que no para de acercarse para ver a la rana. Luego está este otro chico, un muchacho afroamericano que también siente curiosidad, pero es un poco más tímido. Es bastante evidente que estas dos madres provienen de sitios muy distintos. La madre del pequeño lord podría llamarse Muffy. Y la otra madre parece que ha estado trabajando toda la semana, de pie y sin descanso para comer. Quiero decir que parece cansada. Molesta.

La madre Muffy tiene un poco más de energía. Más energía para educar a su hijo para ser curioso, pero no maleducado. Para decir «por favor» y «gracias». Para escuchar. Para ser respetuoso. La otra madre no parece tener tanta energía. Doy por hecho que es porque no tiene niñera en casa. O tal vez cocinero. O incluso jardinero. Todas esas cosas que resulta evidente que Muffy tiene.

Así que el chico de la ciudad obtiene una respuesta menos paciente. No le gritan ni nada. Simplemente su madre lo mira exasperada y suspira con frustración.

243

Ambos muchachos miran el terrario, que llevo sobre mi regazo. Dentro, la rana de ojos rojos los mira. ¡Estos chicos están llenos de preguntas!

—¿Qué le das de comer?

—Grillos.

—Qué asco.

—O gusanos.

—¡Qué asco!

El pequeño lord mira a su madre.

—Mami, come bichos.

—Dios mío.

—Hasta gusanos.

—Vaya, vaya. Cariño, la próxima parada es la nuestra. Así que prepárate, ¿quieres?

La otra madre, la cansada, llama a su hijo. Ya ha tenido bastante. El niño vuelve a regañadientes, pero sigue mirándome. Su madre cierra los ojos.

El pequeño lord sigue maravillado con el reptil de ojos rojos.

—¡Mamá, tengo una idea!

—¿Sí, cariño?

—A lo mejor podríamos tener una de estas.

—¿Una qué?

—¡Una rana!

—¿Por qué no lo ponemos en la lista, cielo?

—¡Oh, mamá! Por favor. Por fa…

—Cielo, he dicho que lo pondremos en la lista.

El tren se detiene y el niño parece estar a punto de echarse a llorar. Quiero decir que no parece como si le hubieran arrebatado su piruleta, sino como si acabara de darse cuenta de toda la tristeza del mundo y estuviese mirando al abismo.

No puedo soportarlo.

Levanto el terrario.

—Escuche, señora. Perdón, pero… ¿la quiere? Quiero deshacerme de ella. Fue un regalo y la verdad es que no lo quiero.

—¿De verdad?

—¡Mami, mami, por favor!

La madre suspira y mira a su pequeño lord suplicante.

—Somos de Pembroke —interviene Remy.

No sé si eso ha de decir algo sobre nuestro carácter y educación, o tal vez sobre el carácter y educación de la rana.

Se vuelve hacia mí.

—¿Estás segura?

—¡Mami, por favor!

—Vale, cariño, pero solo si le das las gracias educadamente. Como un caballero.

—Gracias. Muchas gracias por la rana.

Le entrego el terrario al chico, que grita de alegría.

—¡Ranita! ¡Te quiero, ranita!

La madre sonríe y me dirige esa expresión universal de «Ay, cómo son estos niños».

Se bajan del tren con el terrario levantado para no golpear los respaldos de los asientos. El tren arranca de nuevo.

El chico de ciudad, sentado junto a su madre, me mira.

Y me lanza cuchillos con los ojos.

Él quería la rana. Claro que quería la rana.

¿Y qué he hecho yo? Probablemente el otro chico tenía millones de juguetes en su habitación de juegos gigante. Y este chico, el que me mira como si deseara mi muerte, probablemente tenga un G.I. Joe roto o algo así.

Soy una idiota.

Remy dice lo que resulta evidente.

—Tal vez deberías habérsela dado al otro niño.

—Sí, ya lo sé.

La madre agotada no se da cuenta; está dormida. El niño sigue con cara lastimera.

—Dios, me siento culpable.

Remy me mira. Entonces vuelve a mirar al chico.

El tren se detiene en la siguiente estación.

—Ahora ya sabes cómo me siento.

CAPÍTULO 57

Si alguna vez habéis querido vivir en una casa encantada, id a vivir con Remy. Hablo en serio. Este lugar da miedo. Para empezar, no es una granja. Ni se le parece. Ni siquiera es una casa. No. Eso tampoco. Cualquiera con ojos y un mínimo conocimiento del idioma llamaría a esto un castillo. Porque eso es lo que es.

Hay una estación de tren en Greenwich que no tiene nada de especial. El taxista tampoco tiene nada de especial. No es horrible ni nada. Sino normal. Así que todo es normal hasta que recorres esta calle larga bordeada de árboles que te lleva hasta lo que básicamente es un óvalo con un estanque en el centro rodeado a cada lado por cuatro plantas gigantes. Jardinería ornamental, creo que se llama. Yo, por mi parte, no lo llamo de ninguna manera porque nunca antes lo había visto.

—Ese es el estanque para la contemplación —me explica Remy con una sonrisa—. No te olvides de contemplarlo.

El taxista empieza a ponerse nervioso a medida que bordeamos el óvalo hacia la puerta de entrada. A lo mejor piensa que somos ladronas. Remy va vestida como si llevara tres atuendos diferentes. Quizá piense que somos indigentes. Quizá piense que vamos a robar el castillo.

—Quédese con el cambio.

Remy sale y yo la sigo. Intentando no quedarme con la boca abierta al ver la finca que tengo delante, donde es posible que naciera Satán.

El taxista se entretiene mirando la casa unos segundos antes de arrancar. Me parece, y no creo que me lo esté inventando, que va negando con la cabeza mientras se aleja. No sé si menea la cabeza porque alguien pueda vivir en esta monstruosidad demoníaca o porque cree que no vivimos aquí y somos delincuentes.

Sea como sea, se aleja y nos deja a Remy y a mí frente a un lugar que perfectamente podría abrir la boca y devorarnos.

—Así que esta es la granja.

Intento sonar graciosa, pero este lugar me intimida bastante. Quizá tenga que ver con las enredaderas que hay por todas partes y con el diseño Tudor y la inmensa puerta de caoba. Siento como si fuera lerda.

Remy parece percatarse de mi incomodidad general e intenta quitarle importancia, que Dios la bendiga.

—Lo sé… no quería enseñártelo porque sabía que no vendrías. Es ridículo, ¿verdad? No tengo ni idea de por qué seguimos teniendo esto. Creo que tiene valor sentimental o algo así.

Se dirige hacia la puerta y empieza a rebuscar en su mochila.

¿Es posible que esté buscando una llave? ¿Así de sencillo? Una llave de hierro que abre la puerta gigante que da acceso a esta finca de millones de dólares. ¿En serio? Pero, justo mientras lo pienso, saca una llave de hierro antigua y empieza a manipular la cerradura.

—¿No tiene sistema de alarma o algo?

—Claro, pero nunca lo usamos.

Claro. Lógico. ¿Para qué iban a usar un sistema de alarma?

Antes de darme cuenta, estamos en los salones embrujados del pánico, y dejad que os diga que este parece el lugar perfecto para una reunión de *Scooby-Doo*.

También me gustaría señalar que el techo es básicamente la parte superior del castillo, formada por unos enormes arcos de madera unos detrás de otros.

Hay una alfombra persa gigante y cuadros al óleo en las paredes de madera. Además querría indicar que hay un inmenso fresco de mármol en tres dimensiones encima de la chimenea, para no tener que molestarte en buscar un espejo para colgar ahí encima.

—¿No hay un mayordomo o un guarda siniestro con quien deberíamos toparnos en este momento?

Remy sonríe.

—Qué mona. No. Les he dicho a todos que se fueran. Pero, en respuesta a tu pregunta, sí, hay un guarda. Pero es muy majo. Nada siniestro. Y no está aquí. Al menos estoy bastante segura de que se ha marchado ya.

—Déjame adivinar. Se llama señor Willies.

—Su nombre completo es Silly Willies.

Yo me río como una tonta.

Pero me alegra que volvamos a reírnos como tontas. Cualquier cosa antes que escuchar otra vez la historia de Humbert Humbert. Ese sería un destino peor que la muerte.

La buena noticia es que este parece el tipo de sitio en el que podremos estudiar un poco.

—Bueno, en una escala del uno al diez… ¿cómo de encantado está este lugar?

—Mmm, yo diría que… un nueve.

CAPÍTULO 58

La buena noticia es que Remy no está divagando sobre Humbert Humbert. Tal vez esté intentando recuperarse. Tal vez yo esté ayudándola. Tal vez sea una buena persona que hace cosas buenas por la gente a mi alrededor. Tal vez no sea una completa inútil.

Estamos comiendo en la sala del desayuno, no el comedor, así que no es necesario seguir el protocolo. Además estamos comiendo comida china. Supongo que solo hay dos sitios que sirven a domicilio, y el otro es una pizzería.

Esta sala para desayunar es lo que la mayoría de la gente consideraría su comedor. De hecho, en Manhattan creo que sería el apartamento completo de la mayoría de la gente. Remy parece casi contenta mientras escucha a Vampire Weekend, cantando, hablando sobre su madre sin poner los ojos en blanco ni una vez.

—No está tan mal. Es que a veces se obsesiona, sobre todo con los tejidos.

—¿Alguna vez se quedan aquí?

—En realidad no. Dice que es aburrido. A mi padre le gusta más, probablemente porque creció aquí.

—¿Y a ti?

—Yo tengo mis momentos. Ahora mismo me encanta.

Nos quedamos allí sentadas, mirando nuestros palillos chinos. Puede que este sea uno de los lugares más tranquilos en los que he estado. Incluso los grillos están durmiendo.

Hay un silencio incómodo, así que voy a decirlo.

—Oye, estoy realmente orgullosa de ti. Está muy bien que fueras tu sola a la reunión y que te lo tomes en serio. Lo digo de verdad.

Remy me mira. A veces pienso que la gente no habla con ella de nada real. A veces pienso que todo el mundo se anda por las ramas con ella.

—Sí. No sé. Es que... cada cosa a su tiempo, ¿no?

—Claro. Pero buen trabajo.

Ella asiente. Sonríe y se encoge de hombros. Ambas nos quedamos allí sentadas, intentando no pensar en nuestros respectivos desengaños amorosos.

—¿Sigues deprimida?

—No sé.

—No deberías estar deprimida. Hay mucho por lo que dar las gracias.

—¿Como qué? —pregunta ella con desdén.

—Como que las arañas no puedan volar.

Ella se ríe.

—Sí, eso es cierto. Doy las gracias por eso.

—Y también el hecho de que, cuando lloras, tus lágrimas no estén compuestas de ácido y te quemen la cara, y entonces lloras más y siguen quemándote la cara, y así sin parar, en un ciclo interminable de llantos y de quemaduras, hasta que no queda nada más que dos globos oculares que lloran y se queman a sí mismos.

—Cierto.

—O que no tengas que retroceder en el tiempo hasta la Edad Media y ser la esposa de un pescadero.

Remy me golpea con el almohadón del asiento.

—O que inventaran las almohadas. Antes de eso, la gente tenía que apoyar la cabeza sobre clavos oxidados. En los viejos tiempos.

—Háblame más sobre los viejos tiempos.

—En los viejos tiempos, si eras un cascarrabias, te metían en la cárcel. Además todo el mundo olía mal. Porque nunca se bañaban.

O tiraban al bebé junto con el agua del baño y entonces se asustaban. Y les daba miedo el baño.

—A ti te da miedo el baño. Te dan miedo las bañeras embrujadas.

—Si vieras lo mismo que yo vi, a ti también te darían miedo.

—Me darían más miedo los pescaderos.

—¿Qué me dices de los pescaderos embrujados?

—Terroríficos.

Se está haciendo tarde. Ya empiezo a imaginarme cómo será mi horrible habitación para pasar la noche.

—Gracias por venir aquí conmigo, *mon amie*. Sé que esto está en el culo del mundo.

Es curioso que Remy piense que sería una lata para mí venir aquí. Eso demuestra el universo que hay entre nosotras.

—¿Me tomas el pelo? Es increíble. La única razón por la que no babeo abiertamente es que no quiero quedar como una paleta.

—Eres muy graciosa en lo relativo a eso, Willa. Te avergüenzas cuando deberías sentirte orgullosa.

—¿Qué? ¿Por ser de Iowa?

—Sí. Deberías pensar que mola, porque mola de verdad.

—¿Por qué iba a molar?

—Porque es diferente. Tú no lo entiendes. Todos nosotros vivimos en este pequeño acuario donde todo el mundo es igual, todo el mundo será igual siempre, todos conocen los asuntos de todos y la única pregunta es si irás a Harvard o a Yale.

Expulsa el aire. Creo que es lo máximo que Remy ha dicho nunca sobre algo.

Concluye con una reflexión final.

—Es… opresivo.

—Vaya. Qué curioso. Yo nunca habría…

—Así que, bueno… tú, no eres de aquí, no perteneces a esos círculos, pero además no eres una idiota, eres divertida y buena persona. Resulta… chispeante.

—Vaya. ¿En serio? ¿Soy chispeante?

—Desde luego. Como una Coca Cola.

—Creo que a Milo no le parecía chispeante.

—Willa, probablemente Milo esté obsesionado contigo y ahora mismo se esté martirizando pensando en cómo la ha fastidiado contigo. Pero que Milo se obsesione contigo no es bueno. Porque, digamos que hace daño a todos los que le rodean. Como si tuviese púas. ¿Recuerdas a la chica que vimos en aquel club? ¿La de «¡Qué cojones!»?

—Sí. Claro. La recuerdo.

—Pues así.

Vamos subiendo las escaleras hacia los dormitorios. Sé que habrá doseles en las habitaciones. Yo tengo mi propia habitación, por supuesto, porque de lo contrario no pasaría la noche muerta de miedo.

Me toca la denominada habitación azul. Remy se queda en su habitación. Vosotros podéis quedaros con la habitación Wedgwood.

CAPÍTULO 59

Remy no quiere estudiar en la biblioteca porque los pájaros le molestan. Supongo que fuera hay un árbol con muchos pájaros. A algunas personas les gustan los pájaros y piensan que su trino es una bendición maravillosa que significa que todo el mundo está feliz. Yo no soy una de esas personas. Los pájaros son depredadores con alas. Si estuvierais atados al suelo, os comerían los ojos. Eso es suficiente para que no me gusten los pájaros. Y Remy opina igual.

¿Y en el jardín de invierno? Ah, ¿que no sabéis lo que es un jardín de invierno? Qué tontos. Pues es una habitación acristalada con muebles de la abuela, cuadros de hojas y macetas con plantas donde el miembro de la familia con el gusto más extravagante es el encargado de escoger los cuadros de hojas con un abandono apropiado solo para el jardín de invierno. Así que es un lugar salvaje. Divertido. Vibrante. Una habitación alegre. Pero Remy no parece satisfecha. La habitación es demasiado abierta. Tiene demasiadas distracciones del exterior.

A la tercera va la vencida. De vuelta al salón. Está bien. Yo solo estudio en habitaciones lo suficientemente grandes como para jugar un partido de baloncesto.

Para cuando terminamos de colocar todas nuestras cosas, ya es mediodía. Eso no me hace mucha gracia. Estamos perdiendo mucho tiempo caminando de un lado a otro, decidiendo, evitando hacer lo que se supone que hemos de hacer.

—Creo que tengo hambre.

Yo no puedo evitar poner los ojos en blanco.

—Remy, no. Vamos a estudiar. Haremos un descanso después de Literatura contemporánea y Biología.

—De acuerdo, de acuerdo.

La veo poco entusiasmada.

Abro los libros e intento demostrar una especie de responsabilidad apasionada. ¡Sí, vamos a estudiar! ¡Esto es genial!

Primer tema: *La casa de la alegría*, de Edith Wharton.

La casa de la alegría es un libro que trata de una chica, Lily Bart, que probablemente debería casarse con un rico porque viene de buena familia y tiene un buen apellido, pero la familia ahora está arruinada, así que no paran de presentarle a hombres ricos para que tenga seguridad económica el resto de su vida. Y el libro te engancha porque todo el tiempo crees que va a casarse con este o con aquel, y esperas que lo haga, para que todo se solucione, pero al mismo tiempo esperas que no lo haga, porque todos esos tíos son unos idiotas que no paran de hablar de sí mismos, o del mercado inmobiliario o de los mejores restaurantes de Europa. Y he aquí la sorpresa, ninguno de los tíos interesantes tiene dinero. Así que tiene que elegir entre casarse con un tío que mola y ser pobre o casarse con un imbécil engreído y tener dinero el resto de su vida, pero estar tan aburrida que le entren ganas de pegarse un tiro. No os diré cómo termina ni cuál es la moraleja de la historia. Aunque yo he sacado mi propia moraleja, y es no confiar nunca en un imbécil que no para de hablar del mercado inmobiliario.

La señorita Ingall intenta mantenernos atentas haciendo pruebas diferentes cada vez. Por ejemplo, nos hace escribir de manera improvisada una redacción sobre el libro, o sobre los personajes, o sobre la trama, lo cual es muy difícil, pero al menos parece tener algo que ver con la novela. Y una vez hizo una cosa curiosa; nos mandó escribir un poema inspirado en el libro. Así que, ya veis, nunca tienes idea de con qué te vas a encontrar, así que tienes que estar preparada para cualquier cosa. Y tienes que leer el libro. Tienes que conocer el libro. Tienes que ser el libro.

No puedo evitar que me caiga bien la señorita Ingall. No solo porque se haya interesado por mí. No es solo eso. Es entusiasta. Se emociona con la novela y le brillan los ojos cuando habla de la historia. Gesticula, se entusiasma hablando de Lily Bart, de Boo Radley y de Holden Caulfield. Cuelga todo tipo de palabras por la clase, en cualquier hueco que haya en la pared, en cartulinas: «Sincronizado». «Bucólico». «Lúgubre». «Prototípico». «Sórdido». Se nota que le encanta el lenguaje. Le encanta el lenguaje y quiere que a nosotras nos encante el lenguaje. Que nos encanten las palabras.

—Quizá podamos tomarnos un descanso antes de Biología. Sabes que eso va a ser aburrido.

En eso le doy la razón. Pero realmente no deberíamos. Estoy intentando demostrar que soy responsable. O al menos la capacidad de terminar algo. Solo una cosa.

—No sé. Veamos si…—Espera, enseguida vuelvo.

—¿Remy?

—Tengo que hacer pis.

De acuerdo, me quedaré mirando por la ventana. Hay mucho que mirar. Cuando estaba arriba me he fijado en que había una piscina en alguna parte. Y una cancha de tenis. Y un establo para caballos. Y un laberinto. Mirad, si no tenéis un laberinto en vuestra casa, no sé qué deciros. Creo que resulta útil cuando estás al final de una película con Jack Nicholson y necesitas un lugar donde darle esquinazo y escapar con vida.

Sin embargo, al mirar ahora por la ventana, nunca sabrías que existen todas esas cosas. Porque están ocultas, discretamente, detrás de los árboles, los arbustos y la cochera. Porque es una horterada mostrarles a todos tu laberinto así, de entrada.

Después de contemplar la vista, me fijo en el salón. Se podría construir un fuerte en la chimenea.

Remy aún no ha vuelto, así que podría deambular un rato por la biblioteca. Este lugar es como un santuario para los varones blancos. En cada pared hay un cuadro, o tres, de un anciano y rancio caballero que mira con pretenciosidad. La mayoría son blancos como el papel. Imagino que serán los antepasados de Remy, que estarán observándome ahora desde el ático en forma de fantasmas.

Y, por supuesto, en el otro extremo, sobre la repisa de la chimenea, se encuentra el mismísimo William Howard Taft. El presidente William Howard Taft. Y, a juzgar por su aspecto, debe de tener el record al presidente que más sándwiches se comió. Porque es robusto. Y tiene bigote. Un bigote rubio con las puntas curvadas hacia arriba. Sin embargo tiene unas cejas bastante discretas. Quizá utilizó las cejas para hacerse el bigote.

Sin duda es el más robusto de todos los hombres siniestros que me contemplan desde sus marcos. Tal vez por eso llegó a ser presidente. Los demás eran demasiado débiles para soportar la campaña electoral. No, William Howard Taft era sin duda el único en su familia con sangre caliente.

Algo pasa.

Remy aún no ha vuelto.

¿Por qué tardará tanto? ¿Estará gastándome una broma? ¿Será alguna tradición para darme la bienvenida de la que después nos reiremos mientras nos tomamos un cóctel?

No pasa nada. No pienso asustarme. En absoluto.

Iré a buscarla. Estoy segura de que solo hay mil habitaciones en la casa. Así que regresaré dentro de cinco horas. Nos veremos entonces.

Sinceramente, tengo la impresión de que ha vuelto al dormitorio a por su móvil. Lo entiendo. Yo también estoy tentada de ir a por mi teléfono y fastidiar el resto del día. Pero no. No, estamos aquí para ser buenas. Oigo el agua correr en el cuarto de baño. Vale, eh… creo que lo mejor es quedarme aquí sentada en la cama y esperar.

Y esperar.

Y esperar.

Y… eh… esperar.

Bueno, ya han pasado diez minutos y el agua sigue corriendo.

Esto es cada vez más raro.

—¿Remy?

Nada.

—¿Remy? ¿Hola?

Nada.

Me noto un nudo en el estómago. Estoy preocupada. Muy preocupada.

—¿Remy? Voy a entrar, ¿de acuerdo? No te enfades ni pienses que soy rara. No quiero verte hacer pis, pero estoy preocupada y voy a entrar. ¿De acuerdo?

Me imagino que la puerta estará cerrada por dentro. ¿No? Quiero decir que es lógico esperar eso de alguien que está en el cuarto de baño.

Pero no lo está.

Se abre sin problemas.

Se abre y allí está Remy, en ese cuarto de baño victoriano, con el espejo ovalado de marco dorado y la bañera con patas, y todo resulta exquisito, como sacado de un cuento de hadas, salvo porque el lavabo está desbordado y Remy está tirada en el suelo, inconsciente.

CAPÍTULO 60

Todo el mundo sabe que no debes clavarte agujas en el brazo. Pero ¿alguien sabe qué hay que hacer si te encuentras a alguien con una aguja clavada en el brazo?

Exacto. ¿Qué?

¿Se la sacas? ¿O será como lo de mover a alguien después de un accidente, donde podrías causar más daño que otra cosa? ¿Qué hacer? ¿Lo busco en Google o llamo a una ambulancia? Sí, tal vez lo mejor sea llamar a una ambulancia. Pero entonces eso elevará el incidente a un nivel superior en el que tendrían que intervenir los padres.

Joder. Remy está inconsciente en el suelo.

Vale, voy a llamar a una ambulancia.

Mientras espero, me doy cuenta de que hay algunas cosas que dan pie a la esperanza. Parece que Remy respira. Si acerco la oreja a su boca, noto su aliento. Pero eso es todo. Por lo demás está como muerta.

Vaya, menos mal que había dejado de tomar drogas.

Remy, por favor, no te mueras. Por favor, no te mueras. Por favor, no te mueras, joder.

Ni siquiera siento como si siguiera en la habitación. Siento como si estuviera en lo alto, en el techo, contemplando la escena en la que la mejor amiga de alguien está tendida en el suelo, medio muerta por una sobredosis y con una aguja clavada en el brazo. Ah, pero si esa persona soy yo.

Parece que soy yo la que llora y se asusta. Creo que es la reacción normal en esta situación. Pero ¿la persona que mira desde arriba, ajena a todo? Esa parte de mí se ha apagado. Está durmiendo.

Joder, las ambulancias sí que saben encontrar los sitios. Qué rapidez. Supongo que es lo que ocurre cuando vives en un castillo.

Por un segundo me pregunto si me habré metido en un lío. Si me arrestarán por estar aquí. Pero no. Yo no soy la protagonista de esta escena.

Nadie cierra con llave la puerta de entrada en esta zona, así que los de emergencias están gritando desde el piso de abajo, y yo grito desde aquí arriba y entonces entran corriendo. Ambos parecen preocupados también por mí, lo cual es raro.

Creo que debería estar siendo proactiva, pero por alguna razón lo único que puedo hacer es quedarme allí sentada, en el suelo, mirando, escuchándolo todo como paralizada.

Sé que debería llamar a alguien. A un adulto. A alguien responsable. Alguien que no sea yo. Alcanzo con la mano el bolso de Remy y saco su móvil. Es como si fuera otra mano, no la mía. Ni mi cerebro. Ni mi voluntad.

Y, por alguna razón, llamo a Humbert Humbert.

CAPÍTULO 61

Al parecer llamar a Humbert Humbert no fue buena idea. Al parecer eso hizo que le despidieran. Pero, esperad, ¡hay más! Al parecer, el episodio completo, entre el sexo con el profesor, lo de la interpretación y la sobredosis, ha hecho que los Taft lleguen a la conclusión de que el colegio Pembroke es una mala influencia para su hija.

(Si ellos supieran).

Pero ahí lo tenéis.

Pembroke es malo para Remy.

Así que aquí estoy, en mi enorme y preciosa habitación, con las sábanas de Remy sobre la cama y sus cosas desperdigadas por todas partes.

Pero Remy no está.

Quiero hablar con ella, pero al mismo tiempo no quiero, pero sí quiero, y así hasta el infinito.

He dado patadas a su ropa en un ataque de rabia. Y me he envuelto con sus sábanas y me he quedado mirando en silencio a través de mi puerta abierta hacia el cuarto de la doncella.

Y Milo. Bueno, él también ha desaparecido. Como dijo Remy. Tal vez su madre se enteró de lo de la sobredosis y lo ha sacado de Witherspoon. Tampoco es que fuera mucho a clase.

Me pregunto si aun así encontrarán la manera de darles sus diplomas. Si lo hicieran, ¿acaso alguien se sorprendería?

Y vosotros. Bueno, tal vez esperéis uno de esos momentos de comedia romántica en el que un día Milo se me acerca corriendo y me confiesa su amor y me ruega que le perdone en el último momento. No. A veces la vida no se convierte en una película. A veces es simplemente rara e inquietante. Como que te dejen en Acción de Gracias y no volver a hablar con alguien nunca más.

Pero no pasa nada. Intento no darle vueltas. Tal vez parte del truco consista en no esperar que todo se convierta en una película. Tal vez, si olvidas las expectativas y dejas que todo sea lo que es, consigas salir de esta sin volverte loca.

Quizá tengas que dejar que las cosas sean lo que son. Quizá dejar de pensar en el «debería».

Pero ahora mismo no puedo dejar que las cosas sean lo que son, porque todo el mundo está como loco con la maldita obra de teatro.

¿Qué hacer? ¿Qué hacer? Todos están histéricos preguntándose qué va a pasar con la obra.

Al parecer, la señora Jacobsen, que ha regresado tras la abrupta salida de Humbert, tiene un dilema con toda esta catástrofe. No tenemos Ofelia. ¡No tenemos Ofelia! ¿Cómo se puede representar *Hamlet* sin Ofelia?

A lo mejor la señora Jacobsen puede hacer de Ofelia. ¡Una interpretación brillante! ¡*Hamlet* como un catálogo de Ann Taylor!

Pero la señora Jacobsen no hará de Ofelia. Ni ninguna otra. Por un momento parece que van a cancelar la obra.

Nada de esto habría ocurrido si hubieran seguido con *Grease*, claro está.

Pero no, *Grease* era demasiado vulgar.

(Quiero que sepáis que me aprendí la canción entera de Frenchy).

(Y me fastidia un poco).

Y circula por ahí un rumor. Se dice que Remy Taft va a regresar solo para protagonizar la obra y nada más. De viernes a domingo. ¡Algo que no se repetirá en los anales del teatro! ¡Un acontecimiento exclusivo!

Y, sí, hay rumores sobre los motivos para la precipitada marcha de Remy. Todo el mundo especula, susurra sobre una relación inapropiada entre el profesor y ella. La gente se me acerca fingiendo compasión: «¿Es cierto? ¿Tú lo sabías? ¿Hace cuánto tiempo que pasaba?». Pero yo las corto con una mirada y ellas fingen quedarse mirando sus apuntes.

No es que la imagen de Remy haya sido mancillada. En todo caso, ha salido reforzada. Así es Remy. Todo lo asqueroso y depravado le sienta bien. En cualquier otra persona queda mal; en Remy es chic. Incluso la sobredosis.

Claro que nadie sabe eso. Nadie salvo yo.

Por supuesto, yo no he sabido nada de ella. He sido derrotada. Vuelvo a estar al otro lado, mirando desde fuera. Ya no molo. Pero, ¿a quién pretendo engañar? Nunca he molado. Nunca he sido esa persona. Siempre he sido una paleta. Y quizá haya demostrado que mi madre tenía razón. Tal vez todo esto sea demasiado difícil de entender para mí, teniendo en cuenta el lugar del que provengo.

Pero, en cualquier caso, tengo una entrada para ir a ver *Hamlet* esta noche. Voy a ver la obra de principio a fin y acabaré con esto. Estoy segura de que será terrible.

Estoy segura de que no me gustará nada.

Estoy segura de que no anhelaré que aparezca Remy durante el primer acto, escena cinco. No. Ni un poquito. ¿Por qué me preguntáis eso?

CAPÍTULO 62

Este es el lugar perfecto para que vuelen los murciélagos. Y las arañas. Y los fantasmas del teatro. Este castillo convertido en sala de reuniones convertida en escenario. Tenéis que admitir que es perfecto para *Hamlet*.

La escena inicial, un paisaje en cascada, papel maché que cae desde la parte de atrás del teatro hacia delante, como una especie de tríptico dilapidado. Hay proyecciones y texto en la pared. Suena una música siniestra, pero hermosa. Entonces, desde las vigas: «Hace un frío ingrato y yo estoy abatido».

Es asombroso.

Supongo que Humbert Humbert era algo más que un profesor de inglés pervertido. No tardamos mucho en darnos cuenta de que estamos presenciando algo que nunca volveremos a ver. Algo extraordinario. El ambiente general de la sala ha pasado de apatía mordaz antes de que se levante el telón a fascinación absoluta cuando termina la primera escena. En el escenario, un poema solo para nuestros ojos.

Me siento agradecida por no estar en la obra y poder así ver la obra. Y hay otra cosa más. La obra va moviéndose por el castillo. Nosotros, el público, vamos de escena en escena, entrando en cada una como si fuera un nuevo descubrimiento, como si nos acabásemos de encontrar con aquellos susurros entre las paredes.

Cuando Hamlet abandona a Ofelia, ahí está Remy, mirando hacia el infinito, lamentándose, «¡Oh, qué trastorno ha padecido esa alma generosa!». Está deslumbrante. Brilla con luz propia. Y yo la miro, y pienso esas mismas palabras sobre ella.

Qué trastorno ha padecido esta increíble persona. Ha entrado en una espiral autodestructiva. Se ha vuelto loca. Ahí está. Con ese atuendo atemporal. Como si confeccionaras un precioso vestido antiguo hecho con gasa. No tiene sentido, pero es exquisito. Parece que estamos todos despiertos, y soñando al mismo tiempo. Como si todos formásemos parte de la misma alucinación. Un delirio.

Hacia el final de la obra, en una estancia abovedada, Ofelia/Remy entra empapada. Se ha vuelto loca y entrega flores a todos, diciendo el nombre de cada flor.

—Romero, para el recuerdo… Y margaritas, para los pensamientos…

A medida que avanza la escena, su vestido cambia, como si llevara tinte en el tejido y, cuanto más se humedece, más tinte suelta, haciendo que pase de blanco a azul y de azul a morado. Todos entre el público nos quedamos con la boca abierta. Asombrados.

Entonces ella mira hacia el público y dice:

—Buenas noches, señoritas. Señoritas, buenas noches —como si de pronto nos viera, nos viera de verdad, entre el público. Como si de pronto, por un instante, Ofelia, la loca Ofelia, fuese la persona más lista de la obra.

Todos nos quedamos callados, hechizados.

Observamos entonces cómo abandona la habitación y sale fuera, donde aún podemos verla atravesar un enorme arco. Camina colina abajo, después asciende por la siguiente colina, se aleja hasta que ya solo es un pequeño punto lejano, y finalmente ya no podemos verla. Se ha ido. Ha desaparecido. Por arte de magia.

CAPÍTULO 63

Creo que se trata de la clásica fiesta de después de la obra, en la que puedes conocer al elenco y beber té helado o zumo de manzana. También hay galletitas saladas, queso y algunas uvas, por si os habéis olvidado de comer fruta hoy. Todo el mundo va de un lado a otro por el recibidor, comentando maravillados esta magnífica interpretación de Shakespeare. Hay muchas bufandas por aquí. Creo que, junto con la entrada, la bufanda era requisito imprescindible para entrar. Las madres y los padres miran a su alrededor, esperando a que sus pequeños genios salgan de entre bastidores y poder adularlos. Eso es lo que tienen los padres. Podrías vomitar sobre una cartulina y ellos lo llamarían arte. Pero, luego, cuando haces algo realmente bueno... podrían salir volando hacia el cielo en un globo de aire caliente pintado de arcoíris.

Contemplo este mar de chicos tímidos y padres orgullosos y, de pronto, echo de menos a mi padre. Pienso en todas esas veces, todas esas actividades absurdas que yo hacía, y cómo él siempre estaba allí después, lleno de orgullo. «¡Oh, pastelito, has estado maravillosa! ¡Qué orgulloso estoy de ti!». Y daba igual qué actividad fuera, o si me había caído de cara. Él estaba allí. Como el sol y la luna y las estrellas. Siempre allí.

Tal vez sea eso lo que le pasa a Remy. Tal vez su madre o su padre se olvidaron de esa parte. Tal vez no estuvieron lo suficientemente presentes.

O, quién sabe, tal vez fueron perfectos.

Y tal vez eso ni siquiera importaba.

Tal vez estemos programados. Predestinados desde que nacemos para ser de tal o cual manera y no cambiar nunca, jamás.

Una cosa es segura. Los padres de Remy están ausentes ahora mismo. Y eso es un crimen increíble e imperdonable después de lo que acabo de presenciar.

Pero aquí viene ella de todos modos. Sale de entre bastidores y todo el mundo suspira y murmura. La rodean todos, un mar de cabezas subiendo y bajando, palabras amables, felicitaciones. Veo que ella también se ha dado cuenta de la norma de la bufanda. Una bufanda de aspecto étnico adorna el cuello de nuestra aspirante a estrella.

Y ahora mira a través de ese mar de cabezas y me ve.

Me quedo petrificada y rezo para que no exprese su desprecio en este foro público.

Pero no es eso lo que ocurre.

Remy separa a la multitud como si del Mar Rojo se tratara y camina hasta situarse frente a mí. Ahí está, en toda su gloria. Parece difícil de creer que la última vez que la vi tuviera tubos saliéndole de la nariz y una vía en el brazo.

Ladea la cabeza al mirarme.

—¿Orgullosa?

Eso sería quedarme corta. Siento las lágrimas en mis ojos.

—Oh, Remy, yo…

Me abraza.

Yo lo acepto.

—Ha sido… ha sido increíble. En serio.

—¿De verdad?

—Claro, ¿es que no te das cuenta? Mira a todo el mundo. No saben qué hacer, ha sido asombroso.

Se sonroja (Creo que ahora la gente hace eso).

—Gracias. Ha sido genial, ¿verdad?

—Y tú has estado arrebatadora. Casi he llorado.

—Me quedo con el «casi».

Nos sonreímos, ambas algo tímidas.

Es ella la primera en hablar.

—Mira, Willa, lo siento mucho. La jodí. No debería haberte mentido. Con las reuniones. Con todo.

Yo lo digo todo muy rápido.

—Yo también lo siento. Me entró el pánico y no sabía qué hacer.

—No pasa nada. Además, básicamente me salvaste la vida.

—Puede ser.

—Creo que sí.

—Bueno, siento mucho que descubrieran lo de Humbert Humbert. No debería haberle llamado. No sé en qué estaba pensando…

—Lo habrían acabado sabiendo de todos modos. No te preocupes por ello. Creo que en realidad ese era el objetivo.

—¿En serio?

—Sí. Al menos eso dice mi terapeuta.

¿Terapeuta? Vaya. Entonces no es solo para los plebeyos.

Nos quedamos allí paradas durante unos segundos.

—¿Echas de menos esto? Pembroke.

—No.

Vaya.

—Pero a ti sí te echo de menos, Willa. De verdad.

—¿En serio? Dios mío, cuánto me alegro de que hayas dicho eso. Pensaba que me odiabas. Quiero decir que no te culparía. O sea que… Dios, soy patética.

—Nunca te he odiado. ¿Me tomas el pelo? Y ahora estoy bien. De hecho voy a dos reuniones al día. ¿Te lo puedes creer?

—Vaya, Remy.

—Así que, aunque me haya ido de Pembroke, espero que podamos seguir viéndonos. Podemos ir a París…

—Un momento. ¿París? ¿En serio?

—Si quieres. Claro que sí.

Las cabezas flotantes se dirigen hacia nosotras; más admiradores que anhelan hablar con la estrella.

—Bueno, será mejor que no te robe más tiempo.

Ella sonríe y me abraza de nuevo. Un comportamiento inusual para Remy. Casi normal. Se ve rodeada de inmediato en cuanto me aparto. La multitud, emocionada, habla sin parar.

¿Cómo no voy a estar orgullosa de ella? Algunos de sus puntos débiles, parte de su vulnerabilidad, de pronto a la vista de todo el mundo. Todo lo que reluce, que diferencia a Remy del resto de los humanos, todas las cosas que antes solo veía yo, ahora también lo ven ellos.

Y no es solo por sus padres, o porque esté emparentada con ese presidente, o con aquel científico, o con ese novelista famoso. Es porque hay algo ahí, algo en ella, algo efervescente que hace que te regale un vestido, que robe un carrito de golf contigo o que te lleve a París a pasar el verano. Algo generoso y vulnerable y feroz y delicado al mismo tiempo.

Y me encanta todo en ella; desde sus lágrimas hasta que se mudara a la fuerza a mi habitación. Desde la hermosa Ofelia hasta los ojos en blanco durante la reunión en el sótano deprimente de aquella iglesia.

Me encanta todo en ella.

Y ahora podría volar hasta las estrellas, dejar atrás la Osa Mayor y recorrer el cinturón de Orión, porque ha vuelto. Hemos vuelto. Y, por último aunque no por ello menos importante, he vuelto. Porque vuelvo a ser la persona que soy cuando estoy con ella en vez de la persona que era cuando llegué aquí.

Aunque mi padre esté a más de mil kilómetros de distancia, tengo la sensación de que esta noche me arropa. Con palabras de cariño y todo donde debe estar.

Y estoy a punto de abandonar el castillo para tomar el aire mientras paseo cuando algo llama mi atención.

¿Recordáis que este lugar estaba lleno de bufandas? Pues hay algo en el suelo, a mis pies.

Es la bufanda de Remy. La bufanda étnica de Remy. Debe de habérsele caído mientras me abrazaba.

En cualquier caso, no sé cuándo volveré a verla, dado que ya no regresará a Pembroke, así que es evidente que debería devolvérsela ahora. Sencillo.

Pero no la veo por ninguna parte. Ha sido engullida por la multitud.

No hay problema. Hubo un tiempo en el que yo iba a formar parte de esta pequeña representación, así que recuerdo de los ensayos dónde están los camerinos entre bastidores. Dejaré la bufanda con las cosas de Remy. Mi buena acción del día. Puede que incluso le deje una nota; algo gracioso, pero sentido, pero gracioso.

¿No?

Encuentro la puerta que conduce a bastidores y la empujo. Y, sí. Dos camerinos abajo, para los chicos. Dos arriba, para las chicas. Hay que subir una escalera de caracol para llegar al camerino de las chicas. Supongo que es para que los chicos no se asomen.

No hay nadie por aquí. Están todos muy ocupados charlando mientras beben zumo de manzana. Quizá lo hayan adulterado.

Hay un conserje al otro extremo del pasillo, pero lleva puestos los cascos y parece estar pasándoselo bien, así que no le interrumpo.

Recorro el pasillo hacia el camerino y allí están todas las cosas de Remy. Reconocería ese bolso bordado de Estambul en cualquier parte. Probablemente solo haya uno en todo el planeta. Además es gigante. Estoy segura de que yo podría caber dentro. Bien, todavía no se ha marchado. Le dejaré ahí la bufanda.

Sí, puedo dejarla aquí. En su bolso.

Pero…

Hay algo más en el bolso. Algo nuevo. No es un nuevo pintalabios, o maquillaje, o una nueva sombra de ojos. No es un llavero, ni una cartera, ni un frasco de perfume. No, no.

Es un kit. ¿Habéis visto alguna vez uno de estos? Yo no. Salvo en la tele. En *Ley & Orden*.

Si veis *Ley & Orden*, reconoceréis el kit.

Es una bolsita negra, como un neceser. Bastante sencillo. Y, si lo abres, cosa que yo hago… te encuentras con una cuchara, un botecito con líquido, toallitas de algodón y, por supuesto, un par de jeringuillas cuidadosamente colocadas. Todo bien ordenado, sujeto con goma elástica.

Es un jodido kit.

Bueno, menos mal que Remy asiste a dos reuniones diarias, ¿no?

Se me nubla la vista.

Y desearía no ver lo que tengo en la mano.

Desearía no volver a ver nada.

CAPÍTULO 64

Bueno, gracias a Dios que fui a devolver la bufanda, ¿verdad?

Si alguna vez habéis visto a alguien desolado caminando por un jardín, entonces ya os imagináis cómo estoy ahora mismo. No corro, simplemente me arrastro por la hierba sin ningún objetivo a la vista.

Como una persona que ha recibido un puñetazo en el estómago.

No paro de pensar que debería haberlo sabido y que en el fondo no deseaba saberlo. No paro de pensar en lo idiota y estúpida que soy.

Si os estáis preguntando si Remy me ha visto con la mano en su bolso, si ha habido un momento incómodo de aceptación en el que la curiosidad al fin mata al gato, la respuesta es no.

No.

Ella no lo sabe.

Me he marchado de allí sin hacer ruido.

Después de dejar atrás los arbustos, cuando caminaba por el sendero de adoquines, al fin me he permitido respirar de nuevo.

Pero aquí estoy, con el corazón fuera del cuerpo, deseando retroceder una hora y vivir en ella para siempre. Si retrocediera una hora, todo sería perfecto de nuevo.

Una hora antes, teníamos el mundo a nuestros pies.

Una hora antes, nos íbamos a ir a París.

Una hora antes, lo nuestro no era un chiste.

CAPÍTULO 65

Mi padre ha estado enviándome montones de mensajes de texto, pero es que no puedo. Si hablo con él, me lo notará en la voz. Mi padre es como un genio. Lo sabe todo. Me lo notará en la voz y me preguntará, «Pastelito, ¿va todo bien?», y yo intentaré disimular, pero no podré hacerlo y me derrumbaré y lloraré durante tres horas y él se montará en el coche y probablemente no parará de conducir hasta plantarse en mi puerta.

Tengo que dejar pasar unos días. Para sentirme mejor.

Tal vez una semana.

O cien años.

Vi a Zeb de camino al centro de estudiantes. Se detuvo y vino hacia mí. Por su cara supe que se había enterado de todo.

—Ya se ha ido, ¿verdad?

—Sí.

—Y Milo y tú rompisteis.

—Si es que alguna vez empezamos a salir —hago una pausa—. Un momento, ¿quién te lo ha contado?

—Milo.

—Claro —digo con un suspiro.

—Mira, Willa, quería decírtelo. Voy a volver a Los Ángeles el próximo cuatrimestre. Lo echo mucho de menos.

Yo niego con la cabeza.

—Claro que sí.

272

—Lo echo mucho de menos, ¿lo entiendes?

—Sí, supongo —me encojo de hombros.

—Bueno, quería decírtelo antes de irme...

Me pone una mano en el hombro y me mira a los ojos. Es casi demasiado tierno y demasiado íntimo y apenas puedo soportarlo.

—Eres la mejor persona que hay aquí, Willa —asiente con la cabeza para enfatizarlo—. No lo olvides.

Y ahora podría llorar, pero estamos en mitad del centro y hay gente yendo y viniendo con el ajetreo de final de año. Así que levanto la mirada, sonrío y asiento.

—Adiós, Zeb. Gracias.

Cuando se aleja, no puedo evitar preguntarme cómo llegó a ser la persona que es, quién le crió y lo que debió de hacer con él. Sea quien sea, me gustaría poder dar las gracias a esas personas.

Así que aquí estoy, en mi preciosa habitación, rodeada por montañas de libros. Asomando la cabeza por encima como el zorro en la nieve.

Supongo que nunca llegué a matarme. Reconozco que tengo un gran suspenso en esto del suicidio.

Gracias a Dios.

Eso es lo gracioso, ¿no? Que Remy me apartó del abismo. Que me trajo de vuelta, me puso la cabeza sobre los hombros y volvió a meterme el corazón dentro del cuerpo. Que volvió a levantarme. Y al mismo tiempo eso no es gracioso. No es gracioso que yo no pudiera hacer absolutamente nada, ninguna de esas cosas para salvarla. También tengo un suspenso en salvar amigas.

A lo mejor es que ella no quería que la salvaran. A lo mejor, en el fondo, bajo todos mis chistes y mis sarcasmos y mi fingido desinterés por todo, tal vez bajo la fortaleza de mi indiferencia, deseara que alguien me salvara. Que alguien me quisiera. Que alguien se preocupara por mí. Que alguien me aceptara con todas las cosas malas que tengo, pese a no estar a la altura de lo que se espera de mí.

Remy puso fin a la era del debería.

Así es como me salvó.

Y por eso ahora estoy aquí. Con un suspenso en suicidio.

Pero esto es lo único que se me da bien. Zambullirme en mis libros. Si consigo sumergirme en los exámenes y en los trabajos, todo esto deja de importar. Se evapora, se convierte en algo superfluo y no tengo que volver a preocuparme por ello.

Pero, claro, resurge.

Si paro.

O si me tomo un descanso para comer o, no sé, para ir al baño o algo así.

Así que evito hacer esas cosas.

Comer. Ni hablar.

Descansar. Nada de eso.

Un paseo ocasional para despejar la mente. Ni se me ocurre.

Esos son los momentos de peligro; cuando Remy o Milo regresan volando a mi cerebro y, de pronto, me pierdo en un mar de preguntas y de frustración al pensar que fui tan estúpida como para tragármelo.

No.

En vez de eso, trabajo. Trabajo, trabajo, trabajo. Estudio. Escribo una redacción. Estudio. Escribo otra redacción. Estudio. Hinco los codos para el examen final de Cálculo. Leo. Escribo otra redacción.

Incluso estoy haciendo créditos extra.

En todas las clases.

Estoy haciendo todo lo que una estudiante de Pembroke puede hacer. Incluso visito a los profesores en sus horas de tutoría para hacerles preguntas concisas y profundas y poder así escribir mejores redacciones.

En resumen, soy un robot.

Un robot académico.

Sin corazón. Sin puntos débiles en los que puedan hacerme daño.

Me permito una ducha de diez minutos en mi rutina diaria, que ni siquiera dura tanto porque empiezo a pensar y entonces salgo de la ducha, me envuelvo en una toalla y regreso a la habitación empapada para seguir leyendo, aunque no sea del todo necesario.

Y en un momento dado sí que escribo a mi padre. Le digo que es hora de estudiar y que le llamaré pronto. Pero en realidad eso no me ha ayudado. No ha disminuido el flujo de comunicación. Ha estado escribiéndome mucho. Tal vez se sienta solo…

Decido enviarle algo. Con una tarjeta. Quizá *cupcakes*. Me dedico a buscar los mejores *cupcakes* para entregar a domicilio y eso me lleva dos horas, lo cual está bien, porque son dos horas en las que no tengo que pensar.

Salvo por un pequeño problema. Mi plan tiene un problema. Pese a haberme convertido en una máquina que ha pasado las dos últimas semanas con una venda en los ojos, centrada en obtener los mejores resultados académicos de la historia, hay una rendija en mi venda y alguien en mi puerta, alguien allí de pie que me distrae de mi verdadero objetivo, y por supuesto esa persona es la única persona en la que no quiero pensar. Esa persona es Remy.

CAPÍTULO 66

Por supuesto, está más delgada. Hay algo casi sombrío en su atuendo. Todo negro. O quizá gris oscuro. Todas esas prendas festivas, coloridas y desparejadas han quedado atrás. Supongo que ahora se viste con lo estrictamente necesario. Lo que sea que tiene al lado cuando se levanta de la cama. Cualquier cosa que le tape los brazos.

La veo, pero no digo nada. ¿Qué voy a decir?

—¡Hola! ¿Puedo pasar? —pregunta con un exceso de energía y entusiasmo.

—Claro.

Entra y mira a su alrededor. Libros y papeles por todas partes. La habitación de una chica poseída.

—Vaya, sí que te lo has propuesto.

Su aspecto no difiere mucho del de aquella noche en El farolero. Sudada. Amoratada. Enferma.

—Yo podría decir lo mismo de ti.

—¿Qué?

—Nada —respondo negando con la cabeza.

—¡Mira! ¡Mira lo que traigo!

No me lo puedo creer.

Remy está delante de mí, con sus cuarenta kilos de peso, su piel grisácea, sus ojos hundidos, y me muestra algo en su móvil.

—¿Qué es eso?

—¡París! Dos billetes. Acabo de reservarlos. Pensaba que podríamos irnos justo después de la graduación. Ya sabes, el verano entero.

Siento como si hubiera entrado en un universo alternativo.

—Remy...

—Y he encontrado un sitio en Le Marais, como hablamos. Te va a encantar. Haremos el Euroail. Iremos a Italia. Quizá incluso a Ámsterdam.

Y ahí está, suplicándome, con esa piel sudada y esos ojos hundidos. Es la misma Remy que apareció de detrás de un árbol el día que llegué aquí. La misma chica. Pero no es la misma.

Echo de menos a esa otra chica.

—Remy... para.

—¿Qué? Ah, ¿es por Ámsterdam? No tenemos por qué ir. Puedo...

—No vamos a ir a París.

—¿Qué quieres decir? Claro que sí. Tengo los billetes.

—Remy, no voy a ir a París contigo. Ni a ninguna otra parte.

Y esa mirada. Esa mirada que pone. Como si fuera la última esperanza. El último tren.

—¿Por qué no?

—Remy, mírate.

—¿Qué?

—¿Crees que no resulta evidente?

Se queda callada durante varios segundos.

—¿Por qué? —pregunta entonces.

—Remy, no puedo ir contigo al lugar al que vas.

Estoy mirando a Remy y entonces me doy cuenta. Me doy cuenta en ese mismo instante. Esta es la última vez que la veré. La estoy mirando, pero veo a una persona que cada vez se hace más pequeña, se va desdibujando más y más, hasta que solo queda el rastro de una imagen. Y después, nada.

Y una parte de mí desea enfadarse con ella. Una parte de mí desea zarandearla. Zarandearla hasta que recobre el sentido común.

Pero eso sería como intentar agarrar una sombra.

Se hace el silencio. El sol está empezando a ponerse y la luz de la habitación se torna lila. Hay destellos dorados en la pared.

Es suave. Acogedor.

—¿Estás segura? Podrías cambiar de opinión. Quiero decir que el billete está a tu nombre… —se queda callada.

El aire de la habitación pesa como las piedras.

—Dijiste que… que nunca me abandonarías.

Es un puñetazo en la boca del estómago.

Es cierto.

Pero siento que ella me abandonó hace mucho tiempo.

—Quería quedarme contigo…

Ambas nos quedamos allí paradas.

Y yo la miro. Y allí está. Esa niña perdida a la que me gustaría poder salvar.

Pero no puedo. No puedo salvarla.

—Lo siento, Remy. Lo siento muchísimo.

Y eso último lo digo con lágrimas en los ojos. Han salido de la nada. Y quiero agarrarla y traerla de vuelta, acercarla de vuelta a mí. Recuperarla.

Es entonces cuando se da cuenta.

Se da cuenta de que esto se ha terminado.

Asiente. Parece aterrorizada. Nunca antes la había visto así.

Sale por la puerta, se aleja por el pasillo y baja las escaleras.

Y allí va, recorriendo el jardín hacia la puesta de sol. La veo a través de las ventanas, caminando hacia algo que la aleja de mí. Allá va, y siento celos del mundo por poder tenerla, celos de todas las noches y de todos los días que podrán tenerla. Allá va, una chica genial y singular que no se parece a nadie, la mejor persona del mundo y la peor persona del mundo. ¡Oh, qué trastorno ha padecido esa alma generosa!

Me quedo mirándola hasta que no es más que un punto en el horizonte que dobla la esquina junto al arco. Y casi ha desaparecido, oculta entre las piedras grises y verdes.

Allí va, y es como si estuviera viendo un fantasma.

CAPÍTULO 67

Me voy a casa por Navidad. Gracias a Dios. Si me hubierais preguntado hace un mes si alguna vez querría regresar a Iowa, habría dicho, «¿en serio? Ni hablar».

Pero ahora no.

Ahora estoy deseando llegar.

Estar en casa. En casa con mi padre. En esa granja con el árbol junto a la ventana. Y mi padre me preparará un filete en la parrilla, y añadirá una patata y un pastel de nueces y cualquier otra cosa que engorde.

La ciudad va quedando atrás, atravieso las afueras, contemplo Pennsylvania, todo empieza a cubrirse de un manto blanco, la nieve cae despacio, paciente. Tardaré como un día y medio en llegar en este trasto, pero en realidad no me importa. Se mece suavemente y me da ganas de dormir.

Digamos que lo he metido todo en una mochila y me he ido a la estación de tren. No he tenido tiempo para mucho, porque las notas han salido esta mañana y hemos tenido que esperar mucho para que nos las dieran. Se suponía que tenían que salir a las diez, pero ha sido a las once, así que todo ha ido con retraso.

Parece que todas las horas de estudio han dado sus frutos y no estoy destinada a acabar viviendo debajo de un puente. De hecho, tengo un 4.0, si me permitís alardear un poco. Eso significa que mi beca está intacta.

Y eso no es todo.

¿Recordáis que os dije que mi padre había estado escribiéndome como un acosador trastornado? ***PASTELITO, LLÁMAME!! DND ESTÁS?! HOLAAAA, TIERRA LLAMANDO A PASTELITO?!! VAMOS, PASTELITO!!!*** Bueno, pues el caso es que no paraba, así que he tenido que llamarle para asegurarme de que no se le hubiese ido la cabeza del todo.

Así que le llamo y, queridos amigos, esto es lo que sucedió, palabra por palabra:

Ring. Ring.

—¿Diga?

Mi padre siempre responde al teléfono con mucha cautela. A lo mejor piensa que es un recaudador de impuestos.

—Hola, papá, soy yo.

—¿Willa?

—Eh… ¿tienes otra hija?

—Antes tenía una hija. Solíamos hablar a diario.

—Lo siento, papá.

—Bueno, ¿qué tal? He estado intentando localizarte…

—Papá, estaba estudiando mucho, lo siento, pero ha sido una locura. Y siento no haber podido hablar contigo. Hasta ahora. Pero ahora te llamo, ¿ves? Soy yo. Al teléfono. Llamándote.

—Bueno, espero que no fuera demasiado.

—No pasa nada, papá. He sacado un 4.0.

—¡Pastelito, eso es maravilloso!

—Gracias, papá. Díselo a mamá, supongo.

—Lo haré, cariño. Pero no te escribía por eso.

—Bueno, ¿y por qué me escribías, papá?

—Bueno, seré rápido.

—De acuerdo…

—Aquí hay un sobre para ti.

—Vale.

—Dice que es de la Universidad de California en Berkeley.

—Oh… Oh Dios mío.

—¿Berkeley, cariño?

—Papá, descríbeme el sobre.

—¿Eh?

—¡Descríbeme el sobre! Por favor.

—Bueno, pues es un sobre de tamaño normal.

—Oh, joder.

—¡Willa Parker!

—Perdón, papá. No pretendía hablar mal. Es que…

—Bueno, ¿quieres que lo abra?

—No. En realidad no. Me va a deprimir más.

—De acuerdo.

—Gracias de todos modos, papá. Te veré en un par de días.

—Vale, ¿sabes una cosa? Voy a abrirlo.

—¡Papá!

Los padres nunca hacen lo que les dices. Es como que ellos estaban aquí primero o algo así.

Así que ahora estoy sentada al teléfono sin oír nada. Dios, odio estar al teléfono. ¿Por qué la gente no se envía mensajes sin más? ¿Por qué a las personas les gusta hablar a todas horas?

—¿Willa?

—¿Sí?

—¿Willa?

—¿Sí?

—Willa.

—¡Papá!

—De acuerdo, de acuerdo. Esto es lo que dice… «Estimada Willa Parker, en nombre del comité de admisiones, es un placer para mí ofrecerle el ingreso en la Universidad de California-Berkeley».

—Oh, Dios mío. Oh, Dios mío.

—¡Willa! ¿Y qué pasa con tu madre? ¿Qué pasa con Princeton?

—¿Sabes una cosa, papá? —hago una pausa pensando en lo que voy a decir—. Que le jodan a Princeton.

Si es posible oír sonreír a alguien al otro lado de la línea, ahora lo oigo.

—¿Sabes una cosa, cariño? Tienes razón. Que le jodan a Princeton.

—Dios mío.

—¡Vas a ir a Berkeley, cariño! ¡Vas a ser una radical!

Y ahora, no voy a mentiros, tengo lágrimas en los ojos y estoy hiperventilando un poco además, y siento que todo lo que ha pasado este año, todo lo bueno y lo malo, me viene a la cabeza y apenas puedo respirar.

—Willa, cielo, ¿qué te pasa? ¿Por qué lloras? ¿Era tu segunda opción?

—¡No! —apenas puedo hablar pensando en lo raro que es todo, lo injusta y lo extraña y lo azarosa que es la vida, porque yo tengo esto, he conseguido esto, y Remy ha conseguido... ¿qué? Nada tiene sentido, nada es justo, y no intentéis entenderlo, porque no podréis.

—Bueno, estoy orgulloso de ti, Willa. Muy orgulloso.

—Gracias, papá. Probablemente deberías decírselo a mamá. Ella no lo sabe. No le dije que iba a solicitarla ni nada. Porque me lo prohibiría o movería sus hilos y entonces nunca lo sabría, ¿entiendes? No sabría si es por mí o por lo hilos.

—Eso es muy noble. Eres noble como un león.

—Oh, papá.

—Estoy muy orgulloso de ti.

Podría caminar sobre las nubes solo con oír eso.

Quiero a mi padre y, de pronto, otra vez en este tren, siento que me gusta este estúpido año con todas sus cosas horribles, y me encanta la nieve que cae a mi alrededor, y el tren con su traqueteo sobre las vías.

Justo antes de colgar me dice, «te quiero mucho, pequeña Willa». Siempre lo dice. Lo ha dicho un millón de veces. Todas las noches antes de irme a dormir y más veces. Pero, por alguna razón, esta última vez me llega al alma. Y estoy deseando verlo. Deseando hacer que esté orgulloso de mí.

Y sé que lo conseguiré.

Empieza a oscurecer en el tren y las estrellas están a punto de salir una a una. Hay una luna creciente en el cielo. Aquí estoy, contemplando ese espacio infinito y preguntándome cómo las cosas llegan a suceder. A veces todo parece un sueño. Como si estuviera soñando y vosotros también. Como si fuera todo falso. Como un avión de papel.

La nieve ahora cae haciendo remolinos, volviéndose cada vez más impaciente. Ganando energía.

Pienso en Remy y en Milo y no me importa. Ellos son quienes son.

Y yo les permito serlo.

Y los perdono. Los perdono con cada electrón de cada célula de mi cuerpo. Los perdono. Pero, ¿sabéis lo gracioso de esto? Sé que, pase lo que pase, ellos nunca se perdonarán a sí mismos. Por nada. Harán lo que sea por complicar las cosas. Complicarán cualquier cosa que sea fácil.

Ahora todo parece ridículo, mientras contemplo el cielo repleto de nieve, todo pasa ante mis ojos y regreso a aquel lugar, a aquel momento, a las luces de aquella ciudad.

Toda esa época, la sensación de que estaba en una novela de Fitzgerald, deseando poder ser como ellos, intentando ser como ellos, enfadándome conmigo misma por no ser como ellos. Con la esperanza de poder convertirme en ellos, sin pensar ni una vez, ni una sola, que quizá, solo quizá, pudiera convertirme en algo mejor.

Quizá pudiera convertirme en algo que no implicara fincas de millones de dólares, ni veranos en los Hampton, ni apellidos como Hobbes o Peabody o Tate.

Quizá, solo quizá, no esté tan mal ser yo misma.

La nieve cae ahora en ráfagas. Agitada. Al otro lado solo hay abetos, pinos y cedros. El tren atraviesa Pennsylvania, chucu-chu-cu-chuuu. Y, cuando me encuentro con el manto blanco que cubre Ohio, me doy cuenta de que no pienso volver.

AGRADECIMIENTOS

Le estoy tremendamente agradecida a las siguientes personas por ayudarme a lo largo del camino y por ayudarme con esta novela en particular. Mi editora, Kristen Pettit, por supuesto. Katie Shea Boutillier. Fred Ramey. Dan Smetanka. Rosemary Stimola. Elizabeth Lynch y todos en Harper. Me gustaría dar las gracias a mi madre, así como al resto de mi familia, por el increíble apoyo y cariño a cada paso del camino. Querría dar las gracias a mi mejor amigo, Brad, por haberme ayudado todos estos años. Con toda mi alma quiero dar las gracias a mi marido, que me apoya y entiende cada detalle del proceso, y me entiende a mí. Suelo ser una persona ligeramente extraña y mi marido no solo me comprende, sino que acepta mi atípico comportamiento. Y por último, aunque no por ello menos importante, a mi pequeño Wyatt, que está convirtiéndose en un hombrecito y que es tan enérgico, curioso, divertido y cariñoso que cada día es una nueva aventura, no solo para el mundo, sino para mi corazón. ¡El corazón es infinito! Para ti, Wyatt, mi principito.